AF547644

BoD
BOOKS on DEMAND

Die Autorin

Fauntella Kara wurde in Coronel Vallejos (Provinz Buenos Aires, Argentinien) am Frühlingsbeginn 1968 geboren. Sie ist die Tochter von Nélida Fernandez de Massa, Frauenrechtlerin während des Spät-Peronismus, und Juan Carlos Etchepare, Begründer und Pionier der Gaucho-Literatur in Patagonien. Sie verließ mit ihrer Patentante Irma Carrasco Argentinien während der Militärdiktatur. Lebte zunächst bei ihrer Tante Julia Varguitas in La Paz, Bolivien, siedelte Anfang der 80er-Jahre nach Deutschland über und kam nach Stationen in Süddeutschland im Herbst 1986 nach Berlin. Kara studierte Ingenieurwesen und arbeitet heute erfolgreich in einem Männerberuf.

„Die Frau auf dem Bananenboot" ist ihre erste Veröffentlichung, in der sie sich – in Form des südamerikanischen Radio-Fortsetzungsromans – mit den Themen Liebe sowie Glück beschäftigt und sich gleichzeitig mit dem real existierenden Feminismus auseinandersetzt. Fauntella Kara lebt und arbeitet in Berlin.

Fauntella Kara

Die Frau auf dem Bananenboot

Eine Streitschrift für die Liebe, das Glück und über den real existierenden Feminismus

Editorischer Hinweis:
Ähnlichkeiten mit lebenden und verstorbenen Personen auf dem Erdenrund, im Weltall und in diesem Universum gestern, heute und eines fernen Tages sind rein zufällig und nicht beabsichtigt. Jeder Mensch, der sich in diesem Werk erkennt, leistet einen wichtigen Beitrag zur Aufklärung, zum Bekenntnis und Verständnis des real existierenden Feminismus.

Bibliografische Information der Deutschen Nationalbibliothek:
Die Deutsche Nationalbibliothek verzeichnet diese Publikation in der Deutschen Nationalbibliografie; detaillierte bibliografische Daten sind im Internet über http://dnb.dnb.de abrufbar.

Covergestaltung: **Doris Wittig, Bonn**
Lektorat: **Gaby Rotthaus, Berlin**
Herstellung: **BoD – Books on Demand, Norderstedt**

ISBN: 978-3-**9817064-1-3**

Für Paula.

Mit herzlichem Dank an Anja, Christel, Doris aus Berlin, Doris aus Bonn, Gaby, Juliane sowie Maria.

Und weil mir gerade danach ist.

Prolog

Erledigungslisten.

3. Oktober (Samstag)

- Feiertag. Um zwölf Uhr der Einheit von Ost und West Gedenken.
- Buntwäsche waschen.
- Mitgliedschaft im Fitnessstudio kündigen.
- Einkaufen: Naturjoghurt **stichfest**, bequeme Schuhe (mit Absatz), Handtasche.
- *Le Deuxième Sexe* von de Beauvoir kaufen.

Mein Leben besteht aus Erledigungslisten. Sie kleben im Büro am Monitor, zu Hause am Kühlschrank und selbst an der Nachttischlampe kurz vor der Bettruhe prangen bunte, handschriftliche Notizen, die mich erinnern soll an: Terminabsprachen, Einzukaufendes, Wegbeschreibungen, Geburtstagsmemos und Gedankenfluchten. Im Grunde genommen: mein Leben. Im praktischen Format eines Klebezettels. Alle werden feinsäuberlich mit Datum und immer gleichen Wochentag versehen, damit auch diese Zettelwirtschaft ihre Ordnung hat und ich den Überblick behalte, was ich wann erdacht und für wichtig befunden habe und was mich im Leben voranbringen soll, was noch erledigt werden muss und wo das Ziel der Reise liegt.

An jedwedem Samstag versuche ich dieses Erinnerungssammelsurium auf einem einzigen Blatt Papier zu vereinen und jeden einzelnen Punkt mit einem Kästchen zu versehen, in dem ich die Erledigung abhaken kann. Dazu kommt es allerdings nie, denn manche dieser Listen werden mit der Verve einer Erledigungsmanie ausradiert, andere mit dickem Farbstiftbalken übermalt, wieder andere geraten in eine unendliche Wiederholungsschleife. Und ganz andere werden schlichtweg vergessen, einige sogar erledigt.

Andere Menschen schreiben Tagebuch.

Ich verfasse Erledigungslisten.

10. Oktober (Samstag)

- Mitgliedschaft im Fitnessstudio kündigen.
- ~~Altkleidersammlung!!!~~
- Uhren umstellen. Eine Stunde vor!!! Oder zurück? Nächsten Samstag??? Oder nächste Woche? Zeitung lesen!
- ~~Einkaufen: Parmesan, Glückwunschkarten~~
- *Le Deuxième Sexe lesen. Bucheinband besorgen.*
- Verlieben!!!!!!!!!!!!!!!!!!!

Verlieben. Geriet an diesem Samstagabend auf die Liste. Verlieben als Aktion, als Paradigma für das Zustandekommen meiner Zukunft, damit diese Sinn, Bestimmung und Erfüllung findet. Also: Verlieben! Dazu Aktion ausführen, durchführen und in einen emotionalen Zustand überführen, unterführen, hoffentlich nie abführen. So oder so. Verlieben. Das habe ich an einem Samstagabend für mich beschlossen. Nach Durchsicht des Fernsehprogramms für die laufende Woche war ich es definitiv leid, weiterhin Single zu sein. Ich wollte Schmetterlinge, Helikopter, Walfische und Flamingos im Bauch haben. Den Mariannengraben und den Mount Everest, Sonne und Mond, Venus und Mars, schlicht das ganze Weltall unterm Zwerchfell spüren. Das Universum nicht mehr alleine durchmessen wollen. In der Zeitgeschichte eine Entsprechung finden. Topf und Deckel. Fisch und Fahrrad. An einem Samstag. Abend. Kurz vor der Tagesschau.

Ich möchte verliebt sein. Ach, wenn das mal so einfach wäre. Ich schrieb es dennoch auf die Erledigungsliste vom 10. Oktober. Auf dass ich den Status herbeiführen möge. Denn was auf der Liste steht, ist ja quasi schon erledigt, eigentlich fast erreicht, in gewisser Weise bereits Realität. Der Stein des Planens, der die Herbeiführung des ersehnten emotionalen Zustandes definitiv ins Rollen bringt. Dann nur noch die eigenen Ansprüche runterschrauben, vielleicht weniger mäkelig sein, nicht ganz so distanziert wirken, so entrückt, so nomadisch auf dem eigenen Planeten leben. Teilen können. Nähe zulassen. Zweisamkeit akzeptieren. Hach!

17. Oktober (Samstag)

- MITGLIEDSCHAFT KÜNDIGEN.
- **VERLIEBEN.**
- Zettel auf die Uhren kleben wegen Zeitumstellung.

- Abendessenstermine koordinieren: Marion und Johannes am Mittwoch beim Vietnamesen.
- Mit Anna, Martin, Claude und Hanne am Donnerstag zum Franzosen. Dabei die soziale Weltrevolution endlich angehen.

Das mit der Weltrevolution in allen Belangen war so ein fortlaufendes Ding, das im Abstand von drei bis vier Wochen immer wieder diskutiert sein wollte. Ausgehend von der gesellschaftlichen Misere in der argentinischen Provinz und den Vorstädten Berlins wollten wir die Welt erobern, verbessern, ästhetischer gestalten, obwohl, ich will es nicht verschweigen, es da durchaus unterschiedliche Ansätze gab. Auf jeden Fall revolutionär, zumindest aber konterrevolutionär, sofern Revolutionen in dieser unserer Welt überhaupt noch Anhänger – vor allem aber auch Revolutionäre – finden. Selbstredend wollten wir die Welt zu einem besseren, zu einem perfekten Ort machen. Anna, Hanne und ich durchschauten direkt, dass die größte Last der sozialen Revolution auf unseren zarten Schultern lasten würde. Das geht in Ordnung: Wir sind tapfer. Wir sind stark. Wir sind Frauen. Wir schaffen das!

Beim Franzosen gründeten wir dann auch das Damen- und Planungskomitee „Soziale Gender-Weltrevolution". Fortan trafen wir uns regelmäßig in einem respektablen Restaurant, tranken guten Wein, prickelnden Champagner, beschworen den Aufstand in allen seinen bunten Facetten und tauschten Rezepte für Wild, vegane Gerichte und Erdbeertorte aus. Spät zur Nacht gingen wir wieder nach Hause mit dem guten Gewissen, wenn auch nicht die Welt direkt und sofort gerettet zu haben, so doch zu ihrer Verbesserung eine gehörige Portion an gutem Geschmack beigetragen zu haben.

24. Oktober (Samstag)

- MITGLIEDSCHAFT KÜNDIGEN!!!
- **VERLIEBEN!!!!!!!!!!!!**
- DAZU WUNSCH ANS UNIVERSUM SCHICKEN!
- Beba!
- Wochenendeinkauf: Kaffee, Milch, Brot, Wurst (Schinken, Salami), Käse (Brie, Camembert, die leckere Ziegenrolle, Schnittkäse, Streichkäse, Frischkäse, Avocados, Bananen), Wein (weiß 4 Flaschen, rot 6 Flaschen), Fisch (Dorade, Lachs), Gemüse (Fenchel!)
- Wolfgang wegen Rezept anrufen
- Putzmann benachrichtigen
- Gedanken zu Beauvoir machen
- Kerzen!!!
- UHREN!

Beba ist meine beste Freundin. Jede Frau braucht eine beste Freundin, die durch dick und dünn, fern und nah, gestern und morgen die korrigierende Instanz macht. Sonst verläuft man sich im eigenen Leben und dem Leben anderer.

Wolfgang war der Küchenretter und Küchenmeister in der Not, wenn ich in der Küche glänzen sollte oder musste. Das Rezept war einfacher Nudelsalat. Mit dem auch eine Nicht-Köchin in bunten Tupperschüsseln Eindruck schinden kann. Ich hatte mir rechtzeitig die Bekanntschaft dieses Kochs zugelegt, der hin und wieder einsprang, von mir dann aber verlangte, dass ich seine Kaltmamsell sein sollte, was ich nicht wollte. Konkret sah das so aus, dass der Herr Küchenmeister im Hintergrund die Küchenaufführung dirigierte, dabei in einem Magazin für Luxuskarossen las und mich durch die Halbwelt der Essenszubereitung scheuchte: „Weniger Salz! Schneller Rühren! Den Topf kann man jetzt schon abwaschen, er wird nicht mehr gebraucht!“ Sinnvoller wäre gewesen, er hätte es sich auf seinem Olymp des Kochens gemütlich gemacht und en passant ein eindrucksvolles Gericht gezaubert, während ich im Fachmagazin der Tiefbau-Berufsgenossenschaft oder der neuesten Vogue blätterte. Das hätte den Prozess des Kochens ungemein beschleunigt und Ressourcen gespart. Der Ruf „Ist das schon wieder angebrannt?“ wäre nie erschallt.

31. Oktober (Samstag)

- **VEEEERRRRLIIIEEEBEN. HALLO!!! UNIVERSUM. BITTE!!!**
- Soziale Weltrevolution vorantreiben. Tisch reservieren.
- Ins Fitnessstudio gehen.
- Allerheiligen: Route für Friedhofsbesuche ausarbeiten.

Ich bin wohl inkonsequent. Aber nächsten Monat kündige ich das Fitnessstudio auf alle, alle, alle, alleste Fälle. Was ich aber dadurch kompensiere, dass ich die Route für die Friedhofsbesuche an Allerheiligen strategisch geschickt ausarbeiten werde und genügend Zeit für Kaffee und Kuchen einplane. In Berlin ist das einfach, da ist man als

Katholikin oftmals einsam auf dem Gottesacker und findet sozialen Anschluss anschließend bei Tee und Torte. Ansonsten: Dabei unters Volk mischen und über den Weltenlauf philosophieren. Die soziale Revolution von der Friedhofstour fernhalten. Schlechtes Karma.

7. November (Samstag)

- Verliebt.

Mehr braucht es nicht.

14. November (Samstag)

- ***<u>Verliebt.</u>***
- Vielleicht mal wieder: Essen.
- Einkaufen: Irgendwas. Gummibärchen. Senf. Gurken. Staubsaugerbeutel. Luftschlangen.
- Bahnfahrkarte nach Essen?
- Was soll ich in Essen???
- Simone de Beauvoir Beba schenken.

Wenn man verliebt ist, gerät man leicht durcheinander. Die Durcheinanderbarkeit wird zur Grunddeterminanten des Lebens. Ein Blick auf meine Liste offenbart mir dies. Das Denken verläuft sich in deutschen Großstädten. Wer statt Nahrungsmitteln Bahnfahrkarten kauft, der stellt seine eigene Identität in Frage. Oder gar sein eigenes Sein.

Das ureigene und ureigenste Ich bekommt einen Schokoladenüberzug. Vollmilch. Zartsüß, geschmeidig, butterweich und schnell schmelzend. Wenn man sich selbst sein sollte – um dem gegenliebenden Menschen nichts vorzumachen – und doch eigentlich ein ganz anderer Mensch ist. Wenn man dem Lauf der Dinge keine Bedeutung mehr beimisst, weil man über den Dingen schwebt. Den vielen. Den nichtigen. Den ungesagten. Den bedeutungsvollen. Und anderem Schnickschnack.

Chronistenpflicht: Ich lernte Mister Cullen beim Einkaufen kennen. An einem Abend kurz vor Ladenschluss. In der Unaufgeregtheit einer Discounter-Filiale. Wir griffen beide nach dem letzten Beutel Frischmilch, einskommafünf Prozent. Er war ganz Gentleman. Überließ mir die Milch und kaufte noch einen Bund dieser armseligen, plastikummäntelten, kopfhängenlassenden, schnellwelkenden Rosenvielfalt mit Schleierkraut und Farn, die er mir formvollendet überreichte. Die Symbolik der Discountblumen in Klarsichtfolie hätte mir allein Botschaft genug sein müssen und sollen. Aber man ist ja so blind und blöd, wenn die Liebe des Weges galoppiert kommt. Aber war es denn wirklich Liebe? Erscheint die wirklich in Form von günstiger Gartenware in Zellophan? Für die ein junger Mensch an der Kasse dann „einsneunundneunzig und haben Sie es passend“ verlangt? Ist die Liebe so billig, so schnell und leicht zu haben? Jedenfalls. Mister Cullen lud mich zum Italiener um die Ecke ein, wo wir dann saßen, bis die Milch sauer war. Die Rosen hatte ich im Gourmettempel vergessen, was mich nicht weiter betrübte. Ich bin nicht die Frau, die Blumen kopfüber trocknet, auf dass die Erinnerung bleibt.

Verlieben kann höllisch einfach sein. Bereitsein ist manchmal alles. Schlimm ist nur, dass man nur allzu gerne die Augen verschließt vor allen Omen dieser Zeit. Oder: Man ist blind für einige untrügliche Vorzeichen. Sie gehen in der ersehnten und verheißenen Perfektion des

Moments, des Gefühls und des Anlaufnehmens für den ersten Kuss verloren und lassen sich im Nachhinein auf keine Erledigungsliste schreiben.

21. November (Samstag)

- Glückwunschkarte kaufen.
- Häkelnadel Größe 3, Wolle. 150 Gramm.
- Maschenfahrplan kopieren.
- Buntwäsche!
- Soziale Weltrevolution: Tisch reservieren. Neues Restaurant an der Ritzenhoffpromenade ausprobieren.
- Putzmann anrufen. Neue Zeiten absprechen!

Wenn man auf Wolke Sieben schwebt, versucht man das einzigartige Gefühl des Verliebtseins zu konservieren, in eine Tüte zu packen und luftdicht einzufrieren. Meist indem man den Status schnellstmöglich in eine dem Schmachtenden widersprüchliche Situation überführt: den Alltag, die Normalität, oder schlichtweg in das, was eine Partnerschaft ausmachen soll. Nach der eigenen Definition. Dazu braucht es dann die Banalität des eigenen Daseins. Buntwäsche bekommt wieder Priorität, den Platz auf der Liste, der Buntwäsche gebührt.

Man wünscht sich das Besondere mit aller Macht, ist es dann da, muss es ganz schnell wieder alltäglich werden, damit man damit umgehen und es bewältigen kann. Das Projekt Verlieben verschwindet zusammen mit dem geliebten Subjekt von der Liste in den Niederungen der Alltäglichkeit. Es heißt dann: „Die Liebe in den Alltag überführen." Damit sie bleibt und verweilt. Verliebt, beliebt, zerliebt, deliebt und schließlich geliebt – wie gegangen und gestorben. Der Totenmonat November macht einen ganz kirre.

So erging es mir mit Mister Cullen. Ohne, dass ich es beabsichtigte. Er blieb in der Stadt, obwohl seine Missionsarbeit vorüber und erledigt war. Er wollte mich verstehen lernen, wie er sagte. Nicht. Kennen. Lernen. Sondern verstehen. Als gäbe es ein Verstehen und Verständnis zwischen Mann und Frau. Im November und all den anderen Monaten des Jahres.

28. November (Samstag)

- **Vaters Geburtstag**. Glückwunschkarte. Anrufen.
- Nicht so herzlos sein.
- Empfänger für überzählige Glückwunschkarte eruieren.
- Beba anrufen!!!!!
- **BEBA!!!!!!!!!!**
- Rolle der Frau bei den Mormonen recherchieren: Einspruchsformular.
- Sonntag: Über die Religiöse Weltrevolution nachdenken.
- Beba um Rückgabe von de Beauvoir bitten. UNBEDINGT.

Da sehnt man sich mit allen Fasern danach verliebt zu sein, und ist man es dann, bestaunt man nicht mehr den Regenbogen am Firmament in seiner vollkommenen Schönheit und seiner wundersamen Farbenpracht, sondern hält Ausschau nach dunklen Wolken, die drohendes Unheil bringen könnten. Man glaubt zu wissen, welche Himmelsrichtung Sturm, Donner und Blitz gebiert. Die Richtung aus der die Unwetter dann tatsächlich kommen, ist jedoch oftmals eine Überraschung. Und es kam, wie es kommen musste.

In dem Augenblick des Verliebens zückt man ja nicht gleich eine Check- und Abhak-Liste, mit der man seine gegenseitige Übereinstimmung überprüft. Aber im Grunde genommen sollte ich unbedingt eine solche entwickeln und dann unter die Menschheit bringen. Ist eine vielversprechende Geschäftsidee. Mister Cullen war Mormone, hatte seine Sicht der Dinge, deren Betrachtungswinkel sich oft von dem meinigen fundamental unterschied. In Politik, beim Wetter, in Fragen der Kunst, bei der Bewertung von Filmen und Fernsehserien sowie der Güte von Statistiken zum Haushaltseinkommen in westlichen Ländern konnte ich darüber hinweg sehen. Aber nicht dann, wenn es um mich ging. Um mich als Frau. Noch dazu, wenn diese Anforderungen an mich als Frau nicht aus seiner persönlichen Sicht der Dinge, sondern aus einem übergestülptem Himmel, einem jenseitigen Glücksversprechen – sprich: der Religion – stammen.

Freitagabend. Der begann mit den Worten: Ich möge doch bitte die mir zugedachte Rolle einnehmen. Nicht die von ihm ersonnene, sondern von seiner Religion erschaffene Position. Untere Stufe der Hierarchie. Ein Schritt zurück. So wolle es seine Religion. Und er es auch. Daher wehte also der Wind, aus Richtung Unheil, wobei ich schon seit Tagen in Richtung Sonne blickte, Schönwetter machte und alle Unwetterwarnungen aus dem Radar nahm. Ich war auf Konflikte über meine Kochkünste, mein Autoeinparkvermögen und meine Berufswahl als Ingenieurin gefasst, aber doch nicht auf eine solch fundamentale Diskussion über die Grundfesten der westlichen Welt und damit des ganzen Universums und angrenzender Gebilde: Die zugedachte Position. Als Frau. Nicht etwa als Frau des Herzens, der Liebe, die Königin der Nacht und der Rosen, Heldin des guten Geschmacks, der Kommunikation und der Freizeitgestaltung. Einfach als Frau. Was sich da auftat, war der Andreasgraben der Lebensentwürfe. Es war ein Zusammenstoß der Rollenvorstellungen, der vor einer Generation, vor einer ganzen Generation – damit also zu Urzeit – zum Kampf der Geschlechter geführt hatte. Und ich war verdammt schlecht darauf vorbereitet, ins Feld zu ziehen. Ich hatte mich verliebt, ohne mir zu vergegenwärtigen, was denn das Verliebtsein alles für mich bedeuten würde. Als unverliebte Frau war ich selbständig, selbstbewusst und wähnte mich mit beiden Beinen fest auf dem Boden der Realität. Als nun verliebte Frau war ich dabei, alle meine Prämissen auf dem Altar der Liebe zu opfern. Um mich dem Manne Untertan zu machen? Weil es von mir so erwartet wurde? Weil ich dort – in dieser Position – erwartet wurde? Oder gar um es bequem zu haben? Oder um des bloßen Verliebtseins willen?

Erwartete ich von Mister Cullen die gleiche Veränderbarkeit? Oder schmeckte mir seine Schokoladenseite einfach nicht, weil ich auf Vollmilch aus war und nicht auf diese dunkle Zartbitter-Variante?

Ehe ich mich versah, sollte ich mich dem Manne unterordnen oder so etwas ähnliches. Selbstredend aus freien Stücken. Die Logik: Wenn man verliebt sei, sei man verliebt und bereit zu allen Opfern dieser Welt inklusive der Aufgabe des eigenen Ichs, das bei der Geburt eine Fünfzig-zu-Fünfzig-Chance auf ein Leben in Dominanz oder Unterdrückung hatte – wenn ich die große Französin der Frauenrechte richtig verstanden hatte. Mir schwante nichts Gutes. Es ging hier um meine Selbstbehauptung. Um mich als Frau und als Mensch. Und dabei ging es um meine Selbstbehauptung als Selbstbehauptung aller Frauen auf dieser

Welt. Seine Rolle und seine Position hingegen wurde nicht hinterfragt. Die ist so, wie sie ist. Unverrückbar. Sie. Ist. Festgemauert. In Stein gemeißelt. Für die Ewigkeit. Ich – hingegen – sei. Veränderbar. Verrückbar. Verfahrbar.

5. Dezember (Samstag)

- Nikolausa.
- FEMINISTIN WERDEN!
- Beba!

Ja, ich wollte unbedingt Feministin werden. Damit ich ich sein und bleiben konnte. Beba gab eine Kalenderblatt-Kurzdefinition: „Wer sich nicht wehrt, endet am Herd.“ Kochen kann ich nicht. Die mögliche Karriere als Kaltmamsell war ohnehin schnell beendet, nachdem mir der Küchenmeister erklärte, ich solle beim Belegen von Broten bleiben, aber dabei nicht allzu viel Kreativität entwickeln. Ich fand die Kombination von Bulette, Banane und Brombeermarmelade auf Brot gelungen. Lexikalisch. Wie Rezeptorisch. Man muss experimentieren, um den Hunger der Welt zu bekämpfen. Meine Herdkarriere wurde ohne Zertifikat abgeschlossen. Somit war klar: Ich werde nie wieder in die Nähe einer Feuerstelle kommen. Denn dort hatte das ganze Unheil ja angefangen. Für die Frauen. Wer sich wehrt, hat sich bewährt. Also:

Ich werde Feministin.

Was aber ist Feminismus? Oder was genau ist Feminismus?

Vorrede:
Mehr Feminismus. Weniger ich.

Ich bin das also. Die Andere. Das Andere. Das andere Geschlecht. Oder vielmehr eine Vertreterin der Anderen, des Anderen, des anderen Geschlechts. Wie es Simone de Beauvoir formulierte. Darein geschickt in das Los, das mir der Mann zugeteilt hat. Gegen das ich mich aber nicht mehr auflehnen musste, weil das andere Frauen in der Generation vor mir schon erledigt haben. Die sind nun alle unzufrieden mit mir und meiner Generation, regelrecht böse, weil wir uns für den Geschlechterkampf überhaupt nicht mehr interessieren, sondern einfach unser Ding machen wollen. Und wenn es mein Ding ist, eine Frau zu sein, die ihren Mann liebt, dann bin ich eben eine Frau, die ihren Mann liebt. Sollte es mir einen früheren oder späteren Tages in den Sinn kommen eine Frau zu sein, die gerne Fregattenkapitänin sein möchte, dann würde ich den entsprechenden Berufsweg einschlagen. Der käme in meinem Fall zwar recht schnell an sein Ende, da ich mich ganz im Klischee zwischen Pumps und Fregatte entscheiden müsste, aber prinzipiell stünde mir der Weg offen. Wenn ich geschlechtsunabhängige Voraussetzungen wie ausreichende Schwimmfähigkeit und Kenntnisse in der Navigation auf einem Schiff mitbringe. Punkt eins erfülle ich, Punkt zwei auch. Im Leben und im Straßenverkehr, dann kann das mit einem Schiff kein geheimes Weltwissen und keine Männerdomäne sein. Es gibt keinen männlichen Erbpachthof mehr, der erobert werden muss. Diese Ziellosigkeit macht den Kampf so schwer, mühsam und kräftezehrend.

Wer hat denn den Mann als das Absolute gesetzt? Haben das nicht wir Frauen selbst erledigt? Schließlich reicht es ja nicht, das sich jemand für etwas Besonderes hält, sich als Ideal definiert, denn es braucht immer ein Gegenüber, eine andere Person, die ihn in dieser Haltung, mit diesem Habitus und dieser horrenden Selbstüberschätzung anerkennt, bestätigt, würdigt. Der Mann war mit seinem Platz auf dem Sockel einverstanden. Wahrscheinlich aus purer Bequemlichkeit – und die Luft dort oben war so toll, dass er beschloss, in der Denkmalfrische zu bleiben. Für immer. Und ewig. Er hat sich eingerichtet. Mit Verweis auf seine Erledigungsliste – seit Urzeiten unverändert: Entweder war er damals stets unterwegs, um den Sonntagsbraten zu erlegen, oder ist es heute, um den Sonntagsbraten zu verdienen.

Erst seitdem wir Frauen uns selbständig um das sonntägliche Mahl kümmern, fällt es uns auf, dass der Mann das Maß aller Dinge, das Absolute, das Subjekt, das Wesentliche ist. Da gehörten schon jeher zwei dazu. Und seien wir ehrlich: Unsere Mütter, Großmütter und Urgroßmütter haben es sich darin hin und wieder auch sehr bequem eingerichtet. Die Rollen waren klar verteilt: Er besorgte den Sonntagsbraten. Sie bereitete diesen zu, servierte ihn und erledigte anschließend den Abwasch. Als die Frau in der Fabrik gebraucht wurde und im Gegenzug Rechte einforderte, erfand der man die Geschirrspüllotion. Mit ihr wurde das erste Aufmüpfen der Frau gegen ihre Degradierung als Abwascherledigungsperson bei der Reinigung des Porzellans weggespült. Ohne Abtrocknen. Streifenfrei. Mit Glanzeffekt. Und wir Frauen sind darauf reingefallen. Noch Generationen später sind wir zu einer gewissen Tilly gelaufen, um ohne Umschweife unsere Finger in deren Geschirrspülmittel zu tunken, nein, zu baden. Das hat uns angesprochen. Handpflege per Spülseife.

Nun, da ich als Frau meinen Sonntagsbraten selber verdiene, bereite, serviere, verspeise – worüber ich sehr zufrieden bin –, darf ich den Abwasch aufschieben, ohne mich mit dem schlechten Gewissen herumzuplagen, dass ich gegen eine geltende gesellschaftliche Norm oder Konvention verstoße. Das hat doch auch was. Es lebe der Abwasch-Feminismus!

Wie können wir uns so sicher sein, dass der Mann, das angebliche Optimum, in seiner Rolle wirklich glücklich und zufrieden ist? Vielleicht sähe er sich auch gerne einmal in der Rolle einer Hausfrau – mit allen Vor- und Nachteilen des Klischees –, anstatt sich Tag für Tag mit seinen inkompetenten Vorgesetzten herumschlagen zu müssen.

Der Mann hat sich nicht selbst und alleine auf den Sockel gestellt. Frauen haben die Rolle des Mannes zum Optimum erkoren, haben das Podest gebaut, auf dem er eine gute Figur als Denkmal machen kann. Die Welt hat sich den achten Tag gegönnt und ist spazieren gegangen, als sie zurückkam hat sie gedacht, wenn ihr das so haben wollt, bitteschön, dann soll es so sein.

Dieses Gerede, die Emanzipation habe sich verrannt und verlaufen, sie sei auf halbem Weg stehen geblieben – das ist doch Papperlapapp. Auch die Gesellschaft hat sich seit dem Beginn des letzten Jahrhunderts verändert und das kann an der Geschichte der Emanzipation, ihrem Wohl und Werden auch nicht spurlos vorüber gegangen sein. Und haben nicht wir Frauen diese Veränderung der Gesellschaft maßgeblich ins Rollen gebracht, während die Männer allerorten mit Krieg führen beschäftigt waren? Eine Sinnlosigkeit, an der wir Frauen unbedingt auch teilnehmen dürfen, wollen und müssen. Wenn das mal nicht die Krone der Emanzipation und des Feminismus ist.

Jetzt mal mehr Selbstbewusstsein, meine Lieben! Wir haben die Welt nachhaltiger verändert und das ist auch gut so!

Es war der Irrglaube der ersten Frauenrechtlerinnen, dass Frauen auf die Ebene des vermeintlichen männlichen Optimums gelangen müssen, um endlich perfekt emanzipiert zu sein. Um Frau sein zu dürfen. Frau von Frauen Gnaden. Setzen wir den Mann bildlich gesprochen auf die Null und die Frau auf Eins, ist es dann nicht besser, wenn sich beide Geschlechter bei Nullkommafünf treffen? Damit beide sich bewegen? Und zwar aufeinander zu! Gleichberechtigung – was ja das ureigenste Anliegen des Feminismus ist – kann niemals erreicht werden, wenn sich nur ein Teil, eine Gruppe oder ein Geschlecht bewegt – im Sinne von den Standort überdenken. Auch die Männer müssen sich bewegen, auf die Frauen zugehen, die Mitte suchen, den Ausgleich und das Verständnis. Auf halber Strecke. Also: die Frauen sind schon da. Mehr noch: Erste. Wir haben gewonnen. Wie bei der Geschichte vom Hasen und dem Igel.

Haben wir wirklich gewonnen? Oder verfechten wir noch immer den Irrglauben, dass wir uns nur dann emanzipieren können, dass wir nur dann gleichberechtigt sind, wenn wir das Optimum erreichen? Was für eine Bankrotterklärung! Gestehen wir uns doch damit selbst ein, dass wir alles andere als optimal, sondern suboptimal seien. Ziel nicht erreicht – husch, husch in die zweite Reihe. Meine Damen, das sind wir nicht. Das rede uns niemand ein. Wir uns selbst schon gar nicht. Deshalb auf in den Selbstversuch. Emanzipation und Feminismus bedeuten doch wohl nicht, ein besserer Mann zu sein oder zu werden, sondern als selbstbewusste Frau zu leben. Es geht also nicht darum, das Optimum zu werden, sondern das Optimum zu sein. Ha!

Denn was haben Männer zu bieten – außer einem etwas zweifelhaften Verhältnis zu Gewalt, Sexualität und Drogen? Nichts! Okay, sie können besser Holz hacken, Koffer tragen und Spinnen jagen. Aber das werden wir in der nächsten Evolutionsstufe, die kommenden Dienstag beginnt, als evolutionäres Update bekommen.

1.
Mehr Disziplin. Weniger Gladiolen.

„Im gleichen Maße,
wie der Körper einer Frau weicher ist als der des Mannes,
ist auch der weibliche Verstand schärfer."
Christine de Pizan

Aber der Reihe nach. Von vorne. Mein Name: Fauntella. Ein seltsamer Name. Ich weiß. Er klingt ein wenig nach Margarine, Motorenöl oder Marmorkuchen-Backmischung aus dem Discount-Markt.

Es ist auch nicht der Name, den meine Eltern mir gaben. Nein. Zur Erklärung kann ich nur sagen: Ich. War. Verliebt.

Sehr verliebt. Bis über beide Ohren und darüber hinaus. Diese Mister Cullen-Geschichte. Dann sprach er, der Mann dem meine Liebe galt, eines Tages zu mir von der großen, der ewigen, der tiefen, der hautundhaarigen, der herzschmerzenden, der alles benebelnden, der alles einlullenden, der bombastischen, der universellen Liebe.

Und von seiner Religion, der mormonigen. Mir war nicht klar, was das eine mit dem anderen zu tun haben sollte. Aber er sprach davon. Wie er von der Liebe sprach, diesen Schmetterlingen, diesen Gefühlen, diesem Gigantismus, diesem süßen, diesem säuselnden Zustand des Seins, des Wollens, des Könnens.

Ich. War. Verliebt.

Ich erwähnte es bereits.

Er redete. Zugegeben, ich hatte irgendwann die Orientierung verloren, ob er nun von der Liebe oder von der Religion sprach. Er sprach. Er sagte. Er äußerte. Er wollte. Er erklärte. Er wünschte. Er verwies. Er zitierte. Er führte aus. Er plapperte. Und ich glaube: Er betete auch. Es sei ein Liebesbeweis. Ein Beweis meiner untrüglichen, unbetrügenden, untrügbaren, tragbaren, treuen Liebe. Und ich solle endlich meinen Platz in seiner Geschichte, seiner Historie, seinem Schicksal, dem vorherbestimmten mit Seelenheilsgarantie, einnehmen und als seine Viertfrau durch die Lande tingeln. Während ich darob noch um Fassung rang, legte er nach und zeigte Heilswege auf. Besonders denjenigen Weg mit einer Abkürzung zum vollkommenen Glück:

Wenn. Ich. Meinen. Namen. Ändere.

Stünden mir alle Himmelspforten offen.

„Welche genau?", fragte ich.

„Zum Paradies", antwortete er, „es gibt so schöne mormonische Namen. Finde das Glück. Ändere deinen Namen!"

„Mehr nicht? So einfach geht das", entgegnete ich. Und: Ich wolle nur nicht Gisela heißen. Alles andere sei verhandelbar. Gisela – in jedweder Variante – ginge überhaupt nicht, denn dann kämen in mir zu viele Erinnerungen hoch, die ich seit meiner Kindheit verdrängt hätte. Als Gilla, Giselle, Sele oder was auch immer. Gisela sei tabu. Aber der Name stand auch gar nicht auf der Liste.

Er redete. Er sprach. Er sagte. Ich war verliebt. Ich war verloren. Ich war vergeben. Ich war ergeben. Ich war erlegen. Mein Fehler. Wenn man verliebt ist und sich schon beim Verlobt und beim Verheiratet sein wähnt, wenn etwas sein soll, was gar nicht da ist. Wenn. Denn. Dann.

„Fauntella!“ Das sei die mormonische Version meines Namens und abgesegnet. Auf Schnucki, Schatz, Schatzi, Schätzelchen, Liebling, Honigmund, Rose, Himmelblau, Kruschtelchen, Tigerlilly, Dahlie, Tulpe, Nulpe, Nelke, Welke, Königin der Nacht, Königin der Herzen, Tratscha, so hieß mein liebstes Stofftier, auf all das war ich gefasst. Selten waren mir so viele Kosenamen durchs Hirn geschossen, wie in diesem einen Moment. Er schaute tief in meine Augen. Liebe. Beweis. Höher als der Himmel. Tiefer als der Ozean. Leuchtender als die Sonne. Roter als die Rose. Fauntella!

Moment, wandte ich ein, es gibt auch unrote Rosen. „Gelbe zum Beispiel! Mag kein Mensch, aber die gibt es! Es soll sogar chartreusefarbene Rosen geben! Und schwarze sowieso!“

„Roter als die Rose“, säuselte er. Nein, lispelte er.

Es ist eine Kunst, in diesem Satz zu lispeln. Finde ich. Überhaupt. In diesem Augenblick fiel mir zum ersten Mal auf, dass er lispelte. Ja, er lispelte. Ob das wohl auch mit der Religion zusammenhing, fragte ich mich in einem inneren Dialog der Pro- und Kontra-Fauntella-Argumente. Dabei rückte die Sache mit dem Namen vollkommen in den Hintergrund. Aber, dass er lispelte. Störte mich. Männer dürfen nicht lispeln. Das Optimum hat keinen Sprachfehler. Denn dann wäre es ja kein Optimum mehr, sondern ein lispelndes Suboptimum.

Mister Cullen. Mein Mister Cullen. Mein Mann aus den Weiten des wilden Westens. Mein Griff zur Milchtüte. Mein Bund bunter Blumen – Grünzeugs und Plastikfolie inklusive. Mein Wildwestler. Ein Bild von einem Mann. Groß, stark, breite Schultern, ein verschmitztes Lächeln, mit Humor und Intelligenz, festen, viel zu festen Prinzipien. Ein Held. Er sprach vom Öl und erzählte vom Großen Salzsee. Mister Cullen war charmant, dass sich die Balken bogen. Wusste, wie man einer

Dame in den Mantel hilft, wie man ihr die Bühne bereitet und sie im Scheinwerferlicht glänzen lässt. Er lud mich ein. Zu einem spontanen Wochenende in Paris mit Champagner – den er nicht vertrug, wie er mir erzählte, weshalb ich die Flasche alleine trank. Ich meine, sie war bezahlt die Flasche und einen Dom Pérignon 1993 lässt man nicht ungetrunken zurückgehen. Er zeigte mir an einem Abend Don Giovanni in Wien, am nächsten Vormittag die kleine Meerjungfrau in Kopenhagen. Und das aus dem Stand heraus. Er war weltgewandt und gebildet. Eben: ein Bild von einem Mann. Der lispelt. Und es war nicht so sehr das Lispeln an sich, es war vielmehr diese leicht ins schmierig gleitende Stimmlage, die bei Mister Cullen damit einherging. Eine unangenehme Stimmlage. Kurz zusammengefasst: Ich hatte mir ein Bild von einem Mann geangelt, der lispelte. Und ich hieß fortan Fauntella.

Ich. Dumme. Nuss.

Ich konnte aber durchsetzen, dass weitere Determinanten meines Lebens erhalten blieben. Geschlecht, Sexualität, Konfession, Staatsangehörigkeit, kulturelle Identität, Disposition der Persönlichkeit, Allergien, Führerschein, Zertifikate, Schulabschluss, Kontostand, fehlende Talente, Sehschwäche, Augenfarbe, Form der Fingernägel, Kleidungsstil, Haarfarbe, Teint und Schlüsselanhänger. All das änderte sich nicht. Nur der Name. Fauntella.

Da Dinge ihre Ordnung haben müssen, begab ich mich Tage später zum Standesamt zwecks Namensänderung. Liebesbeweis und Anbeginn eines neuen, wunderbaren Lebens. Eines Lebens auf Rosen, auf roten Rosen, auf dornenlosen, roten Rosen. Eben so wie es begonnen hatte in der Zweisamkeit. Mit einem schicken Penthouse mit Blick auf den Park, Putzfrau, Chauffeur, einen Goldesel mit Diarrhö, Abos aller führenden Frauen-, Mode- und Stilmagazine, die es so gibt, vielleicht noch den Vorsitz in irgendeiner gemeinnützigen Stiftung, die sich um das soziale und gerechte Miteinander kümmert und all diesen kleinen Annehmlichkeiten, für die man gerne sein selbstbestimmtes Leben aufgibt, auf seine Ausbildung, seine Stellung pfeift. Ach, ganz ehrlich, das Leben kann so einfach sein. Einen Hut und eine Sonnenbrille für den Pool hatte ich mir schon gekauft, die ich auch beflissentlich der Standesbeamtin zeigte, als Unterpfand der wahren, der treuen, der neuen Liebe, des Lebens jenseits allen Mühsal und aller Not, als Begründung meines Antrags auf ein neues Leben, als Rechtfertigung und Ausrede für Fauntella.

Im Wartesaal zum großen Glück und neuen Leben lernte ich zuvor ein freundliches Paar kennen. Wir kamen ins Gespräch. Zusammengefasst: Sie hatte sich aus Gründen der Tradition, der Familie und auch der Bequemlichkeit in ihrer Heimat von ihren Eltern verheiraten lassen, fand die Auswahl gar nicht mal so schlimm, nein, mehr noch, sie fand, dass ihre Eltern den heißesten Kerl der umliegenden Felder, Äcker und Dörfer für sie geschossen hätten, wie in einer dieser Jahrmarktsbuden.

Und: Sie. Sei. Verknallt. In. Ihn.

Eine Zwangsehe also. Das geht gar nicht. Tief geprägt durch die Liebes-, Lebens-, Freiheits- und Glückskultur der westlichen Welt machte ich mit ihr einen Parforceritt durch sämtliche feministischen Theorien der letzten achtzig Jahre. Stelle ihr die wichtigsten Protagonistinnen vor und machte auch vor sprachtheoretischen Abhandlungen der Geschlechterdiskriminierung nicht halt. Ich war stolz auf mich. Alle Frauenrechtlerinnen dieser Erde auch. Und alle Suffragetten dieses Universums sowieso. Für mich war klar, dass diese Frau diesen Mann nicht heiraten könne, dürfe, solle. „Aber ich liebe ihn doch“, sagte sie, „wirklich. Ich liebe ihn!“

Warum spielt die Liebe in all diesen gesellschaftsspezifischen Diskussionen und feministischen Exkursen überhaupt keine Rolle? Warum wird sie nicht beachtet? Nicht debattiert und vor allen Dingen nicht gelebt? Ein Glück, dass meine Nummer aufgerufen wurde, sonst hätte ich an diesem Tag, im Vorzimmer zu meinem neuen Leben eine neue philosophische Schule begründet und diese als Schlüssel zu allen Fragen der Welt deklariert. Allerdings war mir unklar, unter welchem Namen ich diese vermarkten solle. „Fauntella: Wege zum Glück.“ Oder „Fauntelismus als Fortführung der Göttinnen-Bewegung.“ Oder: „Das Unbehagen der Liebe: Konvergenter kypernetischer Feminismus als Differenzbetrachtung in Konkurrenz und Abgrenzung zu Nulljahrtheorien des postkapitalistischen Individualfeminismus.“ Vielleicht auch als: „Sie-Feminismus. Ein globalhumanistischer Ansatz zur totalen Inklusion des burnout-geprägten Maskulinismus mit Exklusion purfeministischer Lebensweisen bei besonderer Berücksichtigung differenter Lebenswirklichkeiten und devianter Freiheitshuldigungen während eines Discountmarktbesuchs“. Oder doch: „Postkapitalistischer Mobfeminismus“? Die Mitbürgerin mit türkischem Migrationshintergrund richtete ihr Kopftuch. Ihr Mann lächelt sie an. Sie hatte ihm meine Ausführungen über den Feminismus in bemerkenswert kurzen Sätzen ins Türkische übersetzt. Er lächelte. Freundlich. Ich war noch nicht fertig.

„Bananenboot-Feminismus.“ Das war es. Das war die Quintessenz des Denkens. Nicht Mann und Frau sind an dem verkrampften Verhältnis der Geschlechter miteinander, zueinander und untereinander verantwortlich, sondern die Gesellschaft an sich. Und wenn nicht die, dann entweder die Banken oder die katholische Kirche oder der örtliche Turnverein. Es musste die Gesellschaft sein. Erst wenn wir das System des Kapitalismus überwinden oder überwunden haben werden, werden wir in einer in alle Himmelsrichtungen emanzipierten Gesellschaft aufwachen, uns die Augen reiben und keine Schuhe mehr im Angebot finden, die wir kaufen, keine Handtaschen, die wir lieben, und keinen Lippenstift, den wir auftragen können. Wollen wir das überhaupt?

Nummer Dreiundsiebzig. Schalter Achtzehn.

Der Standesbeamtin gefiel mein Hut. Sie setzte ihn auf. Er stand ihr gut. Wir waren uns auch einig darin, dass gelbe Rosen in gar keinen Garten gehören. Der Hut stand ihr wirklich äußerst ausgesprochen gut. Meinen achtzehnminütigen Monolog über die Leichtigkeit des Seins mit neuem Namen konterte sie mit einem einzigen Einwand: „Kennen Sie seinen Kontostand?!" Ich hatte diese Frau noch nie zuvor in meinem Leben gesehen. Ich bin ihr nicht um den halben Erdball gefolgt, wie jenem lispelnden Mormonen aus dem wilden Westen. Gut, fiel mir in diesem Moment auf, dass er nicht aus dem sonnigen Süden kommt. Und dennoch setzte sie mich mit diesen wenigen Sätzen in den Topf der Realität und schaltete die Herdplatte ein. Der Rest war ein paar Stempel hier, Unterschriften da, Glück- und Segenswünsche. Und ich stand am Anbeginn des Fauntella-Lebens ohne mir einen einzigen Kontoauszug angeschaut zu haben. New York. Rio. Tokio. Austern. Champagner. Erdbeeren. War ich wirklich so oberflächlich? Durch kleine Neckereien am Wegesrand zu beeindrucken?

Jetzt bitte nicht die Vor- und Einwürfe, was für eine berechnende dumme Nuss ich doch sei. Nein. Es war im Grunde ein ganz normaler betriebswirtschaftlicher Vorgang. Ein Handel. Leistung gegen Gegenleistung. Neuer Name gegen neues Leben. Aber wie neu durfte denn das Leben überhaupt werden, wenn man vor dem alten nicht davonlaufen möchte?

In Fernsehserien stehen in solchen Momenten gute Menschen aus der Familie oder sonstige Bekannte Spalier und zur Seite. Eine heißt „Es“, die andere heißt „Über-Ich“, die dritte „Alter Ego“. Man bildet gemeinsam eine Viererkette zur Abwehr unvorhergesehener Lebensereignisse, in der keine Abseitsfalle funktioniert. Und auch keine Mauer. Auch nicht mit weniger als 9,15 Meter Abstand, wie es der große Fußballweltverband verlangt. Ich hatte nur eine gute Freundin, Beba, die zugegeben in diesen Lebensfragen auch nicht gerade die hellste Kerze auf der Torte war und die just an diesem Morgen sich ein Fahrrad kaufen und zum Fischmarkt wollte. Man muss Prioritäten im Leben setzen.

So wartete auf mich die Mitbürgerin mit türkischem Migrationshintergrund. Und ihr Mann, den sie verliebt anblickte. Beide luden mich in das Gartenlokal gegenüber ein. Ich schickte Beba eine SMS, wo sich mich abholen könne, mit ihrem neuen Fahrrad und dem Fisch.

Ich bestellte Minztee, weil ich ja so wahnsinnig rücksichtsvoll und im interkulturellen Dialog wahnsinnig bewandert war. „Wollen wir nicht eine Flasche Sekt bestellen und auf das neue Leben anstoßen?“, fragte die Mitbürgerin mit türkischem Migrationshintergrund. Ihr Zwangsmann hatte einen Freund getroffen. Er entschuldigte sich kurz, lächelte dabei buttererweichend, berührte sie in einer kleinen, beinahe unscheinbaren, liebevollen Geste. Und ging.

Wir hatten fortan uns. Und eine Flasche Sekt. Mir fiel auf, dass ich meinem Hut auf dem Kopf der Standesbeamtin vergessen hatte. Ich kann gönnen. Er stand ihr wirklich ausgezeichnet. Wir parlierten über das Leben hier, das Leben dort, Liebesbeweise und Lebenslügen und selbstredend über das Glück an sich und überhaupt.

„Ist das die Bilanz deines Lebens?“, fragte sie.

„Ich bin nicht am Sterben, vielleicht verliebt, aber … .“ Weiter kam ich nicht.

„Aber was?“

Sie hatte mich ertappt. War das die Bilanz meines Lebens? Ein lispelnder Mann aus Wildwest wirft mein Leben über Bord. Und ich lasse werfen. Mich aus der Bahn und gegen die Wand. Aber es ist doch nicht endgültig. Ich sterbe nicht. Ich habe es zumindest noch nicht vor.

Die Zwischenbilanz eines schwebenden Lebens. Mein Leben, wie es war und wie es sein sollte, wie ich sein wollte und wie ich bin. Wie ich an eben jene Wegkreuzung des Daseins kam, über die Autobahn des Lebens, über falsche Ausfahrten und Überholspuren, über Frauenparkplätze und Missachtungen der Vorfahrtsregeln. Die Zwischenbilanz eines Lebens auf Parkplatzsuche.

Wie zieht man eigentlich die Zwischenbilanz? Haut man da einfach einen Summenstrich rein, schaut auf das Ergebnis und denkt sich, ach, das ist aber putzig, das ist ja mein Leben. Och, so schlecht war das ja gar nicht. Lustig war es allemal und erfolgreich. Ja, ich bin eine erfolgreiche, beliebte und mormonisch-geliebte Frau.

Außerdem katholisch. Römisch-katholisch. Oh mein Gott? Meine Göttinnen und meine Götter! Meine liebe Frau Turnverein! Das soll mein Leben sein? Gewesen sein? Verwehe! Leben! Weiche von mir! Aber nicht heute, weil, ich würde dann neben diesem Herrn Zorro auf dem heimischen Gottesacker beerdigt und neben dem möchte ich nicht den Rest der Ewigkeit verbringen. Auferstehung hin oder her. Wenn ich die dann noch mit ihm gemeinsam erledigen muss, dann teilt mich, bitte, dem Fegefeuer zu. Das kann nicht so schlimm sein, wie mit diesem Herrn in die ewigen Jagdgründe zur reisen. Hand in Hand. Womöglich noch in weißen Klamotten. Welchen Eindruck hinterlässt denn das auf dem Friedhof bei all den anderen Auferstehenden. Ach schau' an, hatte das junge Ding doch was mit dem Herrn Zorro. Das haben wir doch schon immer gewusst und getratscht und getuschelt. Ich sollte mir langsam die vierzehn Nothelfer verinnerlichen. Dann hat man immer jemanden zu Hand, wenn die Situation ausweglos erscheint. Aber ich schweife ab. Obwohl?

Ich bin Katholikin. Ja. Und auch das ist gut so. Ich habe keinen Brass mit der Kirche. Mit der römisch-katholischen. Ich mag meinen Glauben, ich mag das Brimborium, ich mag den Weihrauch, vor allem aber den Moment des „Alles ist vergeben und vergessen". Nur den Geistlichen, der mir in seinen endlosen Predigten immer beibiegen möchte, dass ich ein schlechter Mensch bin. Den mag ich nicht. Aber ich muss ihn ja auch nicht heiraten. Ich darf ihn nicht einmal heiraten. Der Zölibat hat auch etwas gutes, präventives.

Die Katholiken haben aber auch für alles einen Heiligen. Einen Schutzpatron. Stewardessen habe in Bona von Pisa ihre himmlische Begleitung, Prostituierte können ein Stoßgebet zur heiligen Afra von Augsburg schicken, Frauen im Allgemeinen vertrauen auf Franziska von Rom, Jungfrauen und junge Mädchen auf den heiligen Nikolaus von Myra. Warum auch immer. Verliebte halten sich an Valentin. In ausweglosen Anliegen hingegen richtet man seine Fürbitte an Rita von Cascia, die allerdings auch für Autofahrende zuständig ist. Und selbstredend gibt es da, wie in der katholischen Kirche üblich, eine Hierarchie. Kann die Schutzpatronin nicht erlösen, muss der Nothelfer ran. Vierzehn gibt es an der Zahl und nur drei davon sind Frauen. Ich fühle mich übergangen, zurückgesetzt, diskriminiert. Quotenregelungen sollten auch für die Nothelferriege in der katholischen Kirche gelten.

Ich beginne meine Zwischensumme mit dem heutigen Tag. Tag der Heiligen Katharina von Alexandrien und Internationaler Tag zur Beseitigung von Gewalt gegen Frauen. Kurz nach den Tagesthemen ziehe ich folgende Bilanz des Tages als Zwischenbilanz – geht das überhaupt? Kann ich eine Bilanz in die Zwischenbilanz einbringen? Betrachten wir jeden einzelnen Mosaikstein, der sich irgendwann mit seinen Gesellinnen und Gesellen zu einem großen, bunten Bild zusammenfügen wird: Aufgestanden, Körperhygiene, Frühstück (zwei Kaffee), Fahrt zur Arbeit. Arbeitsaufgaben erledigt. Mittagsplausch mit Kolleginnen über übliche Themen in der weiblichen Kommunikation. Keine weiteren erhellenden Erkenntnisse.

Übrigens ist Katharina von Alexandrien tatsächlich eine der Nothelferinnen und Nothelfer. Vor allem dann, wenn es um die Zunge geht und um Sprachschwierigkeiten. Sie gehört auch zu den vier großen Jungfrauen. Nun, die Dame hat ein Leben gehabt. Die ist am Jüngsten Tag bestimmt ganz, ganz vorne. Nachgedacht über die Auferstehungsvermeidungsprophylaxe mit Herrn Zorro. Ich muss mir da was einfallen lassen. Am Nachmittag weitere Arbeitsaufgaben erledigt. Pünktlich in den Feierabend gestartet. Auf dem Heimweg zehn Minuten Stau. Diese genutzt, um mit Rita von Cascia einen kurzen Plausch und mit der Mitbürgerin mit türkischem Migrationshintergrund ein längeres Telefongespräch zu führen. Abendessen zwei Scheiben Vollkornbrot mit Käse. Senf. Die Heimat lässt sich nicht leugnen. Dann wenige Minuten generell über den Sinn des Lebens nachgedacht. Zu keinem Schluss gekommen. Zumindest zu keinem endgültigen. Über Schmutzwäsche gestolpert.

Erledigungsliste: Morgen unbedingt Wäsche waschen. Buntwäsche.

Und die Bettwäsche der letzten Woche liegt immer noch hier rum und sie riecht nach dem lispelnden Wildwestler. Morgen unbedingt waschen, aber sie wird mich auch dann immer an den lispelnden Wildwestler erinnern. Problemstellung erkannt. Mathematische Betrachtung begonnen. Systematische Lösung angestrebt, die in künftigen Lebenslagen verwendet werden kann. Ich bin ja so wahnsinnig analytisch. Ist Analysmismus eigentlich eine männliche Eigenschaft? Welchen Schutzpatron haben Analysten?

Zusammengefasst: Merkwürdige, denkwürdige Bilanzeröffnung. Die Zeichen stehen eindeutig auf Leben, ich will mehr von dir. Jetzt gerade im Augenblick. Aber was genau will ich denn da?

Zurück auf Anfang. Reden wir also über die Sache mit dem lispelnden Wildwestler. Kennengelernt haben wir uns vor zwei Monaten beim Discounter und waren sofort Feuer und Flamme für einander. Bekannte Geschichte. Er ist ein Mensch, der nach einem festen Stundenplan lebt, was ich durchaus bewundere. Ein wenig. Alles war darin organisiert. Auch ich. Ich hatte sogar eine eigene Farbe in seinem Kalender. Mauve. Holzbuntstift-Mauve. Das ist jetzt keine deckende Farbe, aber auch keine Farbe, die aufträgt. Meine Stunde war der Sonntag, siebzehn Uhr. Spätestens nach zehn Minuten lagen wir in der Kiste und dann beschloss er gebietend und gebieterisch, dass er bei mir nächtigen werde. Nein, nicht zunächst die Frage, ob mir das überhaupt Recht sei. Mit solchen Dialogen, Verzögerungen oder möglichen Hindernissen hielt er sich gar nicht erst auf. Nein, es ward beschlossen und verkündet. Ich hatte mich dann zu fügen. In mein Schicksal. In die Nacht.

Wehe, ich hatte für das Wochenende andere Pläne. Fahrten in die Vergangenheit. Ausflüge mit der Familie oder Eingebungen in der Einsamkeit. Dann musste ich hoch und heilig versprechen, um siebzehn

Uhr wieder zu Hause zu sein, um den Herrn zu empfangen. Wenn man dann aber in seinen Eingebungen gefangen ist, vergisst man gerne Uhr und Zeit. So unterhielt ich mich am vergangenen Sonntag sehr anregend mit meiner Waschmaschine über dieses ganze Bilanz-Dings. Es war wunderschön, wie sie die Argumente durchknetete, walkte, rotierte, vorwusch, weichspülte, schleuderte. Und so es der Zufall wollte, hatte ich ein rotes T-Shirt zur weißen Bettwäsche gepackt – ja, eben jene Bettwäsche und ich liebe weiße Bettwäsche, geht mir weg mit diesen Designs und Mustern und Motiven und Wappen und Wünschen. Am Ende des Waschgangs jedenfalls hatte ich gebrochenaltdeutschrosafarbene Bettwäsche. Ein wenig mauvig. Aber überhaupt keine Lust den lispelnden Westwilden zu sehen, zu hören, zu sprechen. Ich stellte mich stumm. Blickte auf mein Werk und überlegte, ob mich die Bettwäsche jetzt überhaupt noch an ihn erinnern würde, oder ob mit dem neuen Farbton des verblassten Rots gerade auch ein neuer Zusammenhang geschaffen worden sei. Inwieweit braucht man die Erinnerung, um sich von seinen Dingen, seinen Eigenschaften, seinen Lieben, seinen Leidenschaften zu trennen? Reicht es aus, wenn man Wäsche umfärbt, um keine Lust mehr zu verspüren? Um sich zu entlieben? Nach der achtundsiebzigsten Schleudergang-Umdrehung habe ich festgestellt, dass ich dich nicht mehr liebe? Weitere vierhundertundzwölf Umdrehungen später war ich begeisterte Neu-Singlefrau weitere eintausenddreihundtundachtundsechzig Umdrehungen später ein heulendes Elend, das sich durchgedreht und nicht geliebt fühlte. Gespräche mit der Waschmaschine können sehr erschöpfend sein. Ich hängte die Wäsche an der Leine auf. Mich nicht. Ich hatte das Gesicht von Herrn Zorro kurz vor dem Schleuderstopp in der Wäschetrommel gesehen. Er sah nicht glücklich aus. Er konnte aber nicht im Fegefeuer sein. Da war zu viel Wasser mit Schaumkronen um ihn herum.

Am darauffolgenden Montag schickte ich dem wilden Lispelwestler eine Mail, dass ich wieder im Diesseits sei – als ob ich jemals im Jenseits gewesen wäre – und man doch am Abend zum Italiener um die Ecke gehen könnte. Oder in einen langweiligen Montagabendfilm oder an einer geschlossenen Museumstür rütteln. Er antwortete, dass er mein Verhalten merkwürdig fände. Daraufhin schrieb ich ihm etwas über die Heilige Katharina von Alexandrien. Seitdem lässt er nichts mehr von sich hören. Ich bin nicht einmal unglücklich darüber. Hätte nur gerne einen geraden, einen akkuraten Schlussstrich gezogen.

Um neun Uhr klingelte das Telefon. Ich denke, dass es der Herr aus dem wilden Westen war. Ich hatte keine Lust und auch nicht den Mut abzuheben. Da will man die ganze Zeit den Schlussstrich ziehen, setzt man aber die Linie an, kommt man ans Zittern, ins Beben und ins Schleudern. Dagegen ist eine siebenundzwanzig Jahre alte Mia Miele ein Inbegriff der Beständigkeit. Ich ließ es klingeln. Der Anrufbeantworter sprang an. Er sagte nichts. Still und stumm. Kein Wort. Kein Ton. Heilige Katharina von Alexandrien, hilf!

Die Gute schlug uns mit Sprachlosigkeit. Was mich dazu brachte, über das Konzept der Nothelfenden noch einmal nachzudenken. Vielleicht war die Heilige aber auch einfach zu sehr beschäftigt. Irgendwie kam es mir dann doch recht gelegen, nicht länger auf siebzehn Uhr reduziert zu werden und minutengenau in seinen Stundenplan passen zu müssen. Er war mir egal. Aber ich wollte unbedingt den Schlussstrich haben, damit ich nochmal heulen konnte, mich befreit fühlen würde, die Sache ordentlich archiviert hätte. Gerade so wie es sich für eine Bilanz gehört und wenn es nur eine Zwischenbilanz ist.

Zwei Tage später machte er Schluss. Das war mir dann auch nicht Recht. Da saß ich dann. Zu blöde selbst die Sache zu beenden – aus

Angst vor der Karmapunkte-Berechnung, auch so eine Bilanz. Da hatte ich nun meinen Schlussstrich, bloß dass ich nun die Verlassene war. Als solche fühlte ich mich stigmatisiert und hundselend. Mein Rettungsplan: Ich widme mich neuen Herausforderungen. Mögen sie zahlreich sein.

Den Satz hat die Heilige Katharina von Alexandrien gehört und mir zahlreiche geschickt. Da sehnt man sich nach dem Ende, dem Schlussstrich, dem Finale und dann ist es einem doch nicht gebacken. Man steht morgens um sechs Uhr auf, obwohl der Wecker erst um acht Uhr klingelt. Macht das Bügeleisen heiß und jagt es über die Wäsche, plättet sogar Geschirrspültücher. Dann stellt man mit Verwunderung fest, dass es wohl tatsächlich Menschen gibt, die immer um diese Uhrzeit aufstehen. War mir nicht so bewusst. Die Heilige Katharina von Alexandrien gehörte wohl auch dazu. Als Schutzpatronin der Näherinnen mehr als verständlich. Es war für mich ein völlig neues Triumphgefühl, dass man Bügelwäsche auch morgens erledigen kann. Aber im Grunde genommen war ich doch nur ein Häuflein Elend. Nicht, die Frau, die jeden Tag im Beruf der Mannheit erklärte, wie man erfolgreich ist und sich dann doch anhören muss, dass man als Frau nie und nimmer Führungskraft sein kann, wird geschweige denn sollte. Ich dachte über Vermeidungsstrategien und Aufheiterungsgeplänkel nach. Ich hätte besser über mein Leben nachdenken sollen.

Katharina und ich wurden nicht so richtig warm miteinander. Vielleicht brauchte ich aber auch etwas Ablenkung vom Verlassensein. Heiliger Damasius, hilf! Gegen Fieber. Gegen Fieberwahn. Gegen Wahn an sich. Und lass den Mantel der Barmherzigkeit über diesen deinen Festtag fallen. Ich gelobe Besserung. Denn irgendwann kommt immer die beste Freundin hinter dem Vorhang hervor, betritt die Bühne und gibt die *Dea ex Machina* in perfekter Würde, aber mit kruden Vorstellungen davon, was so ein Eingriff in den Lauf der Geschichte bewirken kann.

Mail von Beba, beste Freundin, schummrigste Kerze auf der Torte: „Fauntella, ich werde mich nie an den Namen gewöhnen können. Wir wollen am Samstag feiern gehen! Mach dich lustig vorher. Nimm' prophylaktisch Aspirin, dann wird der Sonntag nicht so schlimm!" Ich suchte mich dumm und dusselig. Ich hatte kein Aspirin mehr. Wie konnte das geschehen? Nur eine Packung Prozac 20. Die hatte Mister Cullen zurückgelassen. Kurz vor dem Verfallsdatum. Na, das Zeugs muss ohnehin weg, dachte ich.

Gut, eine weitere Lektion auf dem Weg zum Optimum. Machen wir es den Männern gleich und hüllen wir alles, aber auch alles in einen Erkenntnisgewinn. Das Lustigmachen überführte ich in eine Testreihe, die ich auch später würde wiederholen können, wenn mich ein ähnlicher Kummer peinigen sollte. Sinn und Zweck einer Bilanz ist ja immer auch für das Leben zu lernen. Und die Liebe dabei nicht zu vergessen. Streng wissenschaftlich durchgeführt und geprüft. Den höchsten Ehren meiner Alma Mater zur Überprüfung übereignet. Gut, dass ich auf einer geisteswissenschaftlichen Hochschule war.

2.
Mehr Wissen. Weniger Narzissen.

„Adam war nichts als ein Rohentwurf, und die Schöpfung des Menschen ist Gott erst völlig gelungen, als er Eva geschaffen hat.“
Simone de Beauvoir

Es gilt also zu beweisen, dass man ohne Reue Spaß haben kann. Männer können das aufgrund ihrer Genetik. Oder ihrer Erziehung. Oder ihrer Einbildung. Ohne direkt auf Freud verweisen zu müssen, sind Frauen doch eher zurückhaltend. Sie lieben und sie leiden. Beides mit Hingabe. Irgendwann hat dann die Pharmaindustrie Mutters kleine Helferchen auf den Markt gebracht. Die hießen und heißen selbstredend anders, doch auch hier funktioniert direkt die Zuschreibung, dass bei drohendem Seelenunheil nur Frauen medikamentöse Unterstützung bräuchten. Erfunden wurden diese Pillen natürlich von einem Mann. Das starke Geschlecht war immer das starke Geschlecht und kannte keine Unbill, brauchte keine Pillen – oder beschäftigte sich erst gar nicht mit solchen Themen wie Liebe und Partnerschaft, Kummer und Glück, Männer und Frauen. Drohten Zwist und Streit, Konflikt und Diskussion, dann durfte der Mann ungeniert zur Flasche greifen und sich den Frust von der Seele saufen. Frauen hatten derweil ein Pillendöschen als Kummerkasten. Kommen nun beide Geschlechter sich auf halbem Weg des Seins und Müssens entgegen, dann heißt das Alkohol und Pillen. Das muss getestet werden. Von einer mutigen Frau. Von mir. Die Ergebnisse lassen sich auf die Anforderungen der modernen Gesellschaft übertragen und die Kommunikation zwischen beiden Geschlechtern wird über den Wissenssprung neu gestaltet werden. Denn es wird klar sein, warum Männer nicht mehr lallen und Frauen verständlich sprechen.

Testreihe 1.0

Prozac 20 und Freixenet ergibt Proxenet

Datum: Tag des heiligen Damasius

Uhrzeit (Start): 14:02 Uhr MEZ

Ort: Der rote Salon der heimatlichen Wohnung

Systembedingungen: Hoher Luftdruck, Sonnenschein, Außentemperatur Minus zweikommavier Grad, Innentemperatur plus dreiundzwanzigkommaacht Grad. Ich sollte das Thermometer abdrehen und endlich mich an der Abwendung der Klimakatastrophe beteiligen. In irgendeiner Form.

Versuchsanordnung: Eine Dosis Prozac 20, das sind Muttis kleine Helfer, von denen ich nicht genau weiß, ob sie auch gegen Kopfschmerzen helfen, in Tablettenform, eine Flasche Freixenet (0,75 l), gestiftet vom lispelnden Wildwestler vor Wochen, aber in den Wirren des gemeinsam Seins und des daran anschließenden gemeinsamen Nichtseins in der dunkelsten Ecke des Kühlschranks verschwunden, ein Glas (10 cl) der Marke Villeroy und Boch, entspannte Körperhaltung.

Beginn: 14:02 Uhr – eine Prozac 20 in den Mund. Freixenet entkorkt. Korken fliegt bis in den grünen Salon. Ich jage ihm nach. Finde ihn nicht mit der Pille im Mund. Ein Glas (0,1 l) Freixenet zum Spülen. Die störrische Pille klebt am Gaumen. Ob da die Heilige Katharina von Alexandrien ihre Finger mit im Spiel hat? Ein zweites Glas. Freixenet ist mäßig lecker, ein bisschen sauer, perlt nicht so dolle. Dieses Kitzeln in der Nase bleibt aus. [Prozac: okay, Freixenet: 0,2/0,75]

14:10 Uhr – Start geglückt. Suche im grünen Salon nach dem Korken. Schalte den Fernseher ein. Im Zweiten Deutschen Fernsehen kommt eine Livesendung vom Damen-Biathlon in Östersund. Vier Mädels müssen durch den Schnee, jeweils sechs Kilometer lang. Insgesamt vierzehn nothelfende Nationen sind am Start, darunter auch Japan. Ich werte dies als eine maskulinäre Unterdrückung des Feminismus und mache mir Sorgen um die weibliche Emanzipation in Japan. Die Deutsche geht mit der Startnummer Eins ins Rennen. Die Norwegerin versagt beim Liegen-Schießen, die französische Favoritin patzt beim Stehend-Schießen und muss vier Strafrunden absolvieren. Die dumme Nuss. Bisher hat mich das Skijagen nicht sonderlich interessiert. Finde es nun überraschenderweise sehr, sehr spannend. Sogar aufregend. Ich fiebere mit den Ladies in der Loipe. Das ist mir in meinem Leben noch nicht passiert.

14:38 Uhr – Ich schreie „Deutschland, Deutschland“. Sonderbar. Können Frauen überhaupt patriotisch sein? Dürfen Frauen patriotisch sein? Fürs Vaterland jubeln? Gedanken schwirren durch meinen Kopf. Schwarz. Rot. Gold. Rot. Weiß. Hellblau. Grün. Dunkelblau. Mauve. Taupe. Gibt es Flaggen in Mauve und Taupe?

14:47 Uhr – Lerne, dass es in Östersund bald Nacht wird. Ich fühle mich wohl. Die Trikots der Deutschen gefallen mir nicht. Auch das Weiß des Schnees blendet ein wenig. Die Japanerinnen sind letzte. Ich habe Mitleid. Bin traurig.

15:00 Uhr – Das ZDF wechselt zu einer Familiensendung mit Unterhaltungsanspruch. Ich trinke noch ein Gläschen Freixenet. Muss davon rülpsen. Es ist das erste Mal seit meinem bewussten Freixenet-Konsum, dass ich aufstoßen muss. Formuliere Nebenwirkungen und Risiken für Ärzte und Apotheker: „Rülps-Gefahr". [Freixenet: 0,3/0,75]

15:03 Uhr – Wechsle den Sender. Suche nach dem Biathlon. Bleibe bei einer Gerichtsshow mit rothaariger Richterin hängen. Nicht sonderlich spannend. Freisprüche sind so gewöhnlich. Beschließe, vorerst kein weiteres Glas Freixenet zu mir zu nehmen, sondern die bereits eingenommene Menge zunächst ihre Wirkung entfalten zu lassen.

15:32 Uhr – Der zweite Fall der TV-Justiz ist Nierenklau. Ein ganz alltägliches Delikt. Seitdem mein Supermarkt oben an der Ecke wieder eine Frischfleischtheke hat, wird die Anzahl der Nierenklau-Delikte im Bezirk drastisch angestiegen sein. Auf das Thema habe ich keine Lust. Meinen Nieren geht es gut, der Leber besser. Ich überlege kurz, ob es der Versuchsanordnung widerspricht, wenn ich zwischendurch ein wenig Tee oder Wasser trinke. Die Entscheidung ist negativ, also her mit der Marie. Habe seltsame Gedankengänge. Schalte den Fernseher aus. Gucke mir die Welt aus neuen Blickrichtungen an. Habe im Grünen Salon noch nie auf dem Boden gelegen.

15:50 Uhr – Werde nochmals produktiv. Mit Schwung sammle ich die Fotos zusammen, die ich morgen an eine Kunstgalerie in New York City oder Manila verkaufen will. Sollte mir Scans davon machen, damit ich weiß, was weg ist. Vielleicht sollte ich auch mal mein Gesicht scannen und nachschauen, ob sich Änderungen in der Physiognomie ergeben.

16:04 Uhr – Der Scanner spinnt. hpqthb08.exe verursacht einen Fehler. Es gibt kein Fehlerprotokoll. Es ist mir gleichgültig. Ich bekomme

Hunger. Essen war jedoch in der Anordnung nicht vorgesehen. Darauf muss ich den nächsten Schritt der Versuchsanordnung einhalten. Nicht, dass da was schief geht. Heute mit gutem Anlass. [Freixenet 0,4/0,75]. Schaue bei Dating-Plattform im Internet nach, ob ich morgen ein nachmittägliches Verliebtsein haben könnte. Alles findet nur im Freien statt. Oder bei mir. Letzteres macht mich konfus. Das will ich nicht. Vielleicht kommt dann ein Triebtäter, ein Unhold, ein Bösewicht. Und für Liebe im Freien ist es mir zu kalt und Autobahnraststätten finde ich unsexy. Obwohl, ich muss lachen.

16:35 Uhr – Eine meiner Mitarbeiterinnen ruft an. Sie hat Schwierigkeiten die Statik einer tragenden Wand eines neugebauten Flughafens zu berechnen. Es ist Samstag! Lappalien. Ich lache nur noch. Wir plaudern viel. Frage sie, was ich denn am Montag anziehen soll. Schließlich will man beim Mittagessen über kommende Projekte verhandeln. Habe großen Hunger. Habe einen Sportfernsehsender gefunden, wusste gar nicht, dass mein Fernseher das kann. Aber da fahren komische Autos um die Runde und aufgeregte Männer sind kaum zu verstehen. Kein Biathlon. Ich bin enttäuscht. Trotzdem: Die Welt ist schön.

17:12 Uhr – Ich telefoniere mit der Herstellerfirma meines Druckers. Ich bemühe mich um deutliche Aussprache. Die Hotlinelady bleibt gefasst. Erklärt mir, dass ich ein IRQ-Sharing-Problem habe. Was mich nicht wirklich interessiert. „Sie haben viel zu viele Sachen auf der zehn“. Na, besser als auf der zwölf. Wie ich mein Problem behebe, weiß sie auch nicht. Ich traue mich nicht zu fragen, nicht, dass die Lady bemerkt, dass ich besoffen bin. Bin ich das? Ich bin heiter, aber doch nicht besoffen. Und noch immer multitaskingfähig, konzentriert und lösungsorientiert. Immerhin habe ich die Nummer der Hotline fehlerfrei gewählt. Oder spreche ich vielleicht doch mit der Dame von

Sanella? Ich frage vorsichtig nach, ob man zum Kuchenbacken nur Sanella verwenden dürfe, oder ob es auch ganz normale Butter verrichten würde? Die Dame sagt, sie könne mir nicht folgen. Ich mache auf weibliche Solidarität. Blitze ab. Die Hotlinelady verweist mich auf ein Forum im Internet, in dem mein Problem diskutiert würde. Potzblitz. Das Internet ist wahrhaft des Teufels. Heilige Katharina stehe mir bei!

17:32 Uhr – Eine Forumsdame im Internet findet meine Problembewältigungsstrategien bemerkenswert. Ja, ich bemerke es auch. Ich bin stolz auf mich, wahnsinnig stolz. [Freixenet 0,5/0,75]. Rufe Beba an, frage, ob sie mich zur Abendveranstaltung abholen kommen kann. Sie sagt, es sei verabredet gewesen, dass ich fahre. Diese unflexible Menschheit. Dieses Unverständnis. Diese Ignoranz. Ich opfere mich auf für wissenschaftliche Erkenntnisse rund um die Sektflasche und ordentlichen Nachmittagssex und werde angepampt. Ich pampe zurück. Muss ich wirklich mit der Straßenbahn fahren? Habe ich gerade Nachmittagssex geschrieben? Ich finde den Grünen Salon witzig. Die Farbe. Grün. Beim Biathlon gab es gelbe Lichtleins. Habe nicht verstanden, den Grund des Aufleuchtens und der Einblendung. Finde aber, dass die Welt sich einige Mysterien behalten muss. Wenn alles erklärt ist, wird es langweilig. Gerade auch im Feminismus. Dabei bemerke ich, dass ich durch meine Versuchsreihe einen großen Beitrag zur entstehenden Langeweile leiste. Erst die Klimakatastrophe befeuern, dann die Große Langeweile herbei organisieren. Meine Damen und Herren, ich bin es, Fauntella.

17:54 Uhr – Ich zähle die Glühbirnen in der Innenhof-Weihnachtsbaumbeleuchtung meines gegenüber wohnenden Nachbars. Er ist total sexy. Sie eine tumbe Nuss. Es sind wohl achthundertdreiundneunzig. Hat meine Beleuchtung auch. Und meine Beleuchtung ist ohnehin viel schöner, viel heller und vor allem viel, viel weihnachtlicher. Warum geraten Frauen direkt in Konkurrenz zu einander? Selbst dann, wenn es um einen Weihnachtsbeleuchtung-anbringenden Mann geht? Ich beschließe zu gönnen. Ich gönne der Nachbarin ihren gutaussehenden Mann und verspreche ihn nie lüstern oder begehrend anzuschauen. Für den Beipackzettel vermerke ich, dass Prozac-Freixenet dem Weltfrieden sehr zuträglich ist. In ausreichender Menge genossen. Ich kannte einst einen Mann, der vorschlug, um die Bevölkerungsexplosion in Ländern südlich der Sahelzone in den Griff zu bekommen, sei es angebracht, Zitroneneis über der Wüste abzuwerfen. Dann würden die Menschen Zitroneneis essen und nicht schnackseln, wie es jene hochadelige Dame aus Bayern nannte. Ich frage mich, ob auch Vanilleeis hilfreich sein kann? Schokoladeneis, das sehe ich ein, ist politisch inkorrekt und könnte missverstanden werden.

18:04 Uhr – Meine Vermieterin bekommt Besuch. Eine gewisse Frau Huhu steht vor der Tür und schreit in die Sprechanlage. Mit dem Namen würde ich auch nur im Schutze der Dunkelheit zu Hausbesuchen aufbrechen. Seltsames Geschöpf, diese Frau Huhu.

18:09 Uhr – Die Ladies über mir machen einen Höllenlärm.

18:22 Uhr – Die Ladies über mir verlassen kichernd das Haus.

18:23 Uhr – Ich lese im Spiegel, dass Jaguar demnächst nur noch Leichtmetallautos aus Aluminium baut. Beschließe, direkt morgen einen Brief an Jaguar aufzusetzen, dass sie bitte auch an die Leute denken sollen, die mit einer Aluallergie auf die Welt kommen. Schätze, dass ich dazu gehöre und sie mich demnächst aus der Liste ihrer potenziellen Käufer streichen müssen. Erledigungsliste: Morgen zum Arzt, wegen Allergietest auf Alu. Terminkalender an mich: Geht nicht, da Sonntag. Bin mutig, krame in der Schublade nach Alufolie. Finde sie. Fasse sie an. Keine allergischen Reaktionen sichtbar. Beipackzettel an mich:

Prozacfreixenet ist ein Allergiehemmer. Wow. Die Teflonpfanne war auch nur ein Abfallprodukt der Raumfahrt, so wurde mir berichtet. Bei mir kommt eben die therapeutische Wirkung von Proxenet raus. In den kleinen Dingen erkennt man wahren Forschergeist. Irgendwie ist mir schummrig.

18:46 Uhr – Kurze Unterbrechung der Versuchsreihe, denn der Hunger hat gesiegt. Toast mit Honig. Im normalen Leben würde mir schwindelig werden von dieser Kombination. Angabe für den Beipackzettel: „Zur Überwindung von Ekelgefühlen geeignet. Auch in der Schwangerschaft." Den letzten Satz sollte ich streichen, weil sich da neue Wehmutsgefühle auftun könnten. Rufe nochmals Beba an. Maule ein wenig rum, aber sie kommt mich abholen. Meine Wohnung beginnt sich zu verändern. Nicht unsympathisch. Die Decken hängen endlich etwas niedriger. Merken: Dieses Gemisch auch für das Putzwunder bereitstellen. Dann kann er endlich mal die Spinnweben aus den Deckenecken entfernen. Die Mitarbeiterin ruft nochmals an. Es ist noch immer Samstag. Sie braucht meinen Rat, weil sie gerade ihr Wohnzimmer neu dekoriert. Sie hat Blumenvasen gekauft. Schickt mir ein Foto. Grässlich bunte Dinger. Witzig aber, dass es morphende Vasen sind. Sie können ihre Form und ihre Farbe und ihre Funktion verändern. Die ersten veränderbaren Vasen, die ich sehe. Schön ist dennoch anders. Wie nur sage ich es ihr.

18:59 Uhr – Neue Musik zur Untermalung des weltdramatischen Geschehens zwischen dem roten und dem grünen Salon muss her. Ganz spontan entscheide ich mich für den Kaiserwalzer. Die Musik macht klaustrophobisch. Glaube ich. Ich weiß nicht, wie dieses Gefühl heißt und bin zu sehr neben der Kappe, das große Fremdwörterbuch zu konsultieren. Lesen strengt an. Verwirrt die Sinne. Lesen verwirrt die Sinne. Sinnhafte Verwirrung der Lesung. Stimmhafte Verlesung der Wirre.

Ich suche nach dem Begleitheft zur wunderschönen Walzermelodie-CD, denn ich will lauthals mitsingen.

19:05 Uhr – Der Toast spricht zu mir. „Hilfe", schreit er, „friss mich nicht. Ich bin eine verwunschene Senftube. Früher war ich ein Boeing-Flugzeug." „Na ja", antworte ich, „jetzt wirst du ein Alu-Jaguar. Auch kein schlechtes Schicksal. Proxenet macht's möglich." Rundmail an alle Autobauer: Senftuben zu Nobelschlitten. Ich esse den Toast trotzdem und habe nun einen Jaguar im Bauch. Andere schlagen sich da mit Schmetterlingen herum.

19:23 Uhr – Eine gewisse Gerda Schröder ruft an. Anfangs bin ich mir ziemlich sicher, dass sie sich verwählt hat. Wir sprechen über Menschen, die ich nicht kenne, aber ich gebe ihr viele gute Ratschläge. Macht aber nix. Schließlich sind mein Urteilsvermögen und mein Gerechtigkeitsempfinden nicht beeinträchtigt, sondern hellwach. Gerda schwätzt auch von meinem IRQ-Problem. Woher sie das nur weiß? Ich bin ihr ja so dankbar. Proxenet sollte auch in karitativen Einrichtungen ausgegeben werden und in Seelsorgeberufen zum Pflichtgesöff werden. Mit wie vielen Lebensjahren hat Madame Curie den Nobelpreis bekommen? Was muss ich tun, damit mir gleiche Ehre zuteil wird? Tapfer weiter trinken!

20:12 Uhr – Beba fährt vor, dabei habe ich ihr gesagt, nicht vor oder während der Tagesschau. Die Wetterkarte hat noch gar nicht über die meteorologischen Bedingungen des morgigen Tages orakelt. Es überanstrengt mich ein wenig. Ich stelle fest, dass Beba keinen Jaguar fährt, sondern so ein billiges Kleinauto. Das ist aus Blech und nicht aus Alu. Bekomme ich wenigstens keine Pickel auf der Fahrt in die östliche Vorstadt. Schnell noch ein Sektchen [Proxenet 0,6/0,75], damit die Reise erträglich und der Abend wunderschön, voller Wonne und wundersamer Erlebnisse, bleibender Eindrücke und neuer Ausdrücke werde. Oder wird werden können.

20:22 Uhr – Das Auto von Beba ist von außen echt kein Jaguar, aber innen: Hui, welche Beinfreiheit. Das ist phänomenal. Mit allerlei Komplimenten zum noblen Gefährt stimme ich die Dame wieder gnädig.

20:48 Uhr – Wir treffen in der östlichen Vorstadt ein. Manni ist auch da. Ich kenne Manni nicht. Und ich will Manni nicht kennen lernen. Manni ist ein Mann. Als Feministin kann ich ihm das nicht durchgehen lassen. Es gibt keinen Alkohol bei der Gastgeberin. Aus ernährungstechnischen Gründen. Sie fragt, ob wir vorgeglüht hätten. Ich erkläre ihr, dass man selbst bei einem solch kleinen Gefährt wie Bebas Auto nicht mehr vorzuglühen braucht, sondern dass die meisten Autos direkt anspringen, wenn denn die Batterie geladen ist. Dann verkünde ich, warum ich glücklich bin, dass es keinen Alkohol gibt. Die Gastgeberin und die Gästin – das ist Beba – verstehen mich nicht. Manni dafür sehr gut. Kein Wunder, denn ich spreche auch deutsch. Ich habe einen Freund fürs Leben gefunden. Genau das, was man braucht in einer solch schwierigen, wegweisenden Situation. Ich bin gerührt. Das Lallen hat sich gelegt. Allerdings bin ich bei der althergebrachten feministischen Streitfrage angelangt, ob Männer und Frauen überhaupt miteinander befreundet sein können, oder ob nicht doch immer der Sex als Grundkomponente dazwischen funken würde. Ich schaue mir Manni an und stelle fest, Männer und Frauen können auf rein platonischer Ebene miteinander befreundet sein. Allerdings nicht für die Ewigkeit, denn nichts ist für die Ewigkeit, auch nicht ein Leben lang, höchstens in gewissen Situationen, die zeitlich deutlich begrenzt sind. Denn als ich Manni ein zweites Mal anschaue, stelle ich fest, dass ich mit ihm überhaupt nicht einmal befreundet sein möchte und der Begriff der Freundschaft zunächst grundlegend gewürdigt werden muss, bevor ich Manni davon überzeugen kann, die Rotweinflasche zu entkorken, die ich im Wohnzimmerschrank der Gastgeberin gefunden hatte. Hat die Schlingelin sich dort verstecken wollen?

Im Grunde genommen ist auch das Konstrukt der Ehe ziemlich daneben. Frauen können Männer nicht ein Leben lang oder die längste Zeit ihres Lebens ertragen. Es sollte endlich ein schlauer Kopf eine Revisionspflicht für die Ehe einführen, nach der alle zehn Jahre überprüft wird, ob es da überhaupt noch eine gemeinsame Basis, ein Miteinander, ein Füreinander gibt oder ob man beide wieder dem Markt übergibt. Autos müssen schließlich auch zum Tüv.

21:00 Uhr – Wir wollen Doppelkopf spielen. Klasse. Superidee. In meinem Zustand genau das Richtige. Ich klatsche vor Begeisterung in die Hände und haue meinen Kopf zwei Mal auf die Tischplatte. Dann würfle ich. Sechserpasch. Ich bin eine Heldin. Gastgeberin, Gästin und Manni sagen jedoch, dass ich mich zusammenreißen soll oder ich dürfe nicht mehr mitspielen. Gott, sind die spießig. Ich unterhalte mich fortan mit dem Adventskranz. Ein Pfundsbursche. Ich erzähle ihm von Honigtoast. Der Senftubenjaguar imponiert dem Burschen sehr. Manni will mit uns nach Prerow fahren, wo immer das auch liegt. Ich glaube, ich will da auch hin. Aber nur wenn der Adventskranz auch mit darf.

21:33 Uhr – Ich mache dem Adventskranz eine riesige Freude und zünde die übrigen beiden Kerzen an. Die Gastgeberin schimpft mit der Gästin. Es ist schon verdammt spießig hier.

22:12 Uhr – Und langweilig. Ich darf noch immer nicht mitspielen. Aber Manni erklärt der Gästin zunächst, wie Doppelkopf funktioniert. Ich habe sie mit meinem Sechserpasch völlig verwirrt. Empfehle ihr Proxenet. Ein Wundermittel. Für jedwede Lebenslage. Auch bei Reisen zum Mond und darüber hinaus. Aber Vorsicht im Asteroidengürtel!

23:55 Uhr – Der Abend ist zu Ende. Ich werde nach Hause geschickt. Beba fährt wieder ihren Wahnsinnswagen vor. Ich nehme den Adventskranz mit, denn der winselte lauthals um Befreiung. „Zeige mir die Welt“, rief er, „ich habe auch viel Geld.“ Ich liebe ihn.

00:07 Uhr – Ich bin wieder zuhause. Wir sind geflogen. Beba kann auch schnell Auto fahren. Ein Fakt, den sie mir bislang verheimlicht hat. Dumme Gans.

00:16 Uhr – Meine Vermieterin spielt mit Frau Huhu Topfschlagen im Obergeschoss. Auch ein schönes Spiel. Ich werde es Manni vorschlagen. Er soll extra große Würfel besorgen, damit ich auch treffe. Werde aber direkt einen Riegel vorschieben müssen, denn nur weil ich mit ihm Topfschlagen spielen würde, wäre das noch lange kein Eingeständnis der Liebe. Da müssten schon tiefere Beweise erfolgen.

00:19 Uhr – Frau Huhu hat den Topf getroffen. Himmel, macht die Lady einen Lärm. In meiner Wohnung hängen die Decken schief. Böses Putzwunder.

00:38 Uhr – Wenn ich im Dunkeln meine Wohnungstür aufschließe, schlägt der Schlüssel funken. Faszinierend. Ich gehe zurück sorge für Zappendusterheit, schließe die Wohnungstür auf und zu, auf und zu, auf und zu und veranstalte ein kleines Feuerwerk im Hausflur.

00:45 Uhr – Nun gehe ich aber zu Bett. Ende der Versuchsreihe.

Ergebnis: Der Tag darauf in ungewohntem Desordre. Ich bin ein wenig derangiert. Ich habe zwei neue Freunde gefunden und habe die Mission zur Befreiung der Adventskränze angenommen. Abschlussbericht folgt. Verwirrt hat mich bislang der Zustand, dass ich die Flasche nicht leer getrunken habe, aber ich nie die angebrochene Pulle in meinem Haushalt wiederfand. Woran man die enorme Kraft der Verdunstung erkennen kann. Oder meine Blumen haben einen Schwips. Hin und wieder lasse ich sie gerne an meinem aufregenden Leben teilhaben. In Hülle. Und in Fülle. Erkenntnisgewinn: Das Geschlechterverhältnis ist für jedwede Form von Gleichberechtigung viel zu verkrampft. Die Frauen starren immer wie hypnotisiert auf das Optimum und fragen sich, warum das Optimum bloß das Optimum ist. Männer sind Frauen egal. Manni ist irgendwo dazwischen und übt Topfschlagen. Ich liege im Bett. Alleine.

In der anschließenden Nacht hatte ich einen bizarren Traum. Ich jagte mit einer Wunderwaffe durch den Weltraum und Tausende von Kometen wollten mich rammen. Aber ich war schneller und gewiefter und als ich raushatte, wie das mit dem Zeitsprung und der Teleportation funktioniert. Halleluja. Der Heilige Damasius und ich, das wird wohl funktionieren. Aber ob Ablenkungsmanöver in Zeiten seelischer schwarzer Löcher wirklich geeignet sind, den Horizont zu erweitern, Freundschaften zu knüpfen und zu bewahren, am sozialen Leben mit der übrigen Menschheit teilzuhaben – diese Fragen habe ich mir nie gestellt. Stattdessen einen Schlussstrich gezogen. Unter die Affäre mit dem lispelnden Wildwestfilm „Zwölf Uhr Siebzehen. Mister Cullen jagt Fauntella Kara zur Reifeprüfung bei Gilda“.

3.
Mehr Strenge. Weniger Amaryllis.

„Nicht das Lippenbekenntnis,
nur das Leben und Handeln adelt und erhebt."
Clara Zetkin

Allerdings hatte der Tag auch seine Folgen. Kommen wir also zum Thema Sex. Wie macht das Optimum Sex und was sind seine Vorlieben dabei. Um Haaresbreite hatte ich zu viel darüber nachgedacht und hätte mich beinahe nachts auf einer Wegkreuzung im Wald wiedergefunden. Aufgrund meiner eigenen Schusseligkeit.

Ich hatte, wohl eine temporäre Subraumverschiebung während des Proxenet-Versuchs, eine Kontaktanzeige auf der Dating-Plattform hinterlassen und war zu blöde, diese auch wieder zu löschen. Der Delete-Button versteckte sich oder hatte sich zum Freixenet-Korken gesellt, der noch immer irgendwo im grünen Salon lag und nachts kicherte. Jedenfalls. Ein Herr hatte mich angeschrieben: Er suche ein Freiluft-Abenteuer! – Um diese Jahreszeit? Es ist Dezember. Es liegt Schnee. Wir haben Minustemperaturen. – Er sei einbeinig, ließ er mich an Details wissen und wurde dann konkreter: „Ich möchte zu dir ins Auto hüpfen, nachdem dich ausgezogen und du befriedigt hast." Das ist weder normal, noch richtiges Deutsch.

Eigentlich ein perfektes Setting für Sex im Feminismus. Denn der reduziert den Sex allzu oft auf den bloßen Akt, auf die Mechanik, auf Fragen von Dominanz und Macht. Beraubt aller Lust, allen Verlangens, aller Zärtlichkeit, Intimität, allen Spaßes bleibt als Ergebnis eine Verrichtung mit drei Buchstaben. Ein weiteres Wort mit X. In diese Betrachtungsweise der Sexualität hat man sich als Feministin einfach zu fügen. Wehe, man hat Lust oder – und sei es nur für einen schwachen Moment – das Verlangen nach Sex und all dem, was mit der Liebe zwischen Menschen einhergeht. Bei einer solch mechanisierten, im Koordinatensystem von Macht, Dominanz und Unterwerfung angeordneten Interpretation ist es nur folgerichtig, sich nachts im Winter an einer einsamen Wegkreuzung im Wald zu verabreden, um die Mechanik der Unterordnung der Frau bei minus drei Grad Celsius in einem Auto ohne Standheizung zu erledigen. Dann erliegt die Frau auf dem zurück geklappten Beifahrersitz des Vulgärfeminismus ihrer erträumten Bitch-Identität und Jo Freeman rappt vom Rücksitz ihr Manifest dazu. Ganz taktlos. Aber ganz Sister Bitch like. „Yo, Mam! Yeah, Sis!"

Einwand Eins: „Bitch", sagt Beba völlig ungerührt, „ist so etwas von Nuller-Jahre." Für den Ausdruck gäbe es heute schlichtweg keine Credibility, keine Glaubwürdigkeit und kein Ansehen mehr, weder bei einer Straßengang noch unter Schwestern im Geiste und im Feminismus schon gar nicht.

Der Vulgärfeminismus gefällt sich in dieser, seiner eigenen Überkommenheit, in seiner Abgewetztheit, seiner Bricolage der Theorien und abgenutzten Ausdrücke. Seiner eigenen Würdelosigkeit. Geradezu zur Vorzeige-Vulgärfeministin wird die Frau nämlich erst dann, wenn sie vor, während und nach der Nummer im Auto sich selbst als Bitch bezeichnet, das Wort in die beschlagenen Fensterscheiben malt und mit ihren perfekt manikürten Fingernägeln in die Birnbaumholz-Imitation des Armaturenbretts ritzt. Dann ist alles gut, alles perfekt, alles vulgär, alles feministisch, alles weiblich – und so gar nicht mehr auf dem Stand der Dinge, nicht mehr aktuell, en vogue oder in.

Einwand Zwei: Die Herabwürdigung als Bitch verfestigt die Aufwertung des Mannes als Optimum.

Eines darf nur unter keinen Umständen bei der Nummer im Auto geschehen: Es darf keinesfalls zur Penetration kommen, denn diese allein ist ja – mancher Theorie zufolge – an und für sich wahnsinnig frauenfeindlich. Außer, wenn ich mich, wie gesagt, zuvor als Bitch bezeichne und ganz mechanisch der Sache nachgehe. Also: Die Sache. Der Prozess. Der Ablauf. Ich aber möchte es Sex nennen, der mit Gefühl, mit Verlangen, mit Lust und Begehren einhergeht. Nicht unbedingt mit Liebe, was ein ziemlich starkes Gefühl ist, ein verdammt schönes, ein herrliches, ein wunderbares, ein überschäumendes, ein knallendes – was hin und wieder durch den Sex auch erlöscht.

Ich schickte eine hilferufende Mail ins konkrete Universum, das ist in diesem Fall Hanno, IT-Kollege: „Hanno, warum dürfen Frauen nicht selbstbewusst nach Liebe suchen. Zum Beispiel im Internet. Aber kannst du mir zeigen, wie ich meine Anzeige gelöscht bekomme?! Herzlich, Fauntella."

„Fauntella, suchst du Liebe? Wahre Liebe? Oder die Ware Liebe? Bloßen Sex? Wo steht deine Anzeige?"

„Willst du sie lesen? Jedenfalls in der richtigen Rubrik. Ist das Internet eigentlich nur für Männer da?"

„Weiß ich auch nicht. Ich meine nur, dass zum Beispiel auf deiner Dating-Plattform in der Abteilung „Freie Partnerschaften" 318 Anzeigen in „Er sucht Sie" vier Anzeigen in „Sie sucht Ihn" gegenüberstehen. Das sollte die Effizienz der Kontaktanbahnung für Dich ja dramatisch höher machen als, sagen wir, für mich. Die Gehbehinderung sollte ja nicht stören. Über Gehen habt ihr ja nicht gesprochen, oder? Eher übers sich Gehenlassen. Ich verstehe gar nicht, wie Du so ein Angebot ablehnen konntest?"

„Wir haben gar nicht miteinander geredet. Aber allein die Vorstellung, dass ein gehbehinderter Mann zu dir ins Auto hüpft, in dem du bei minus vier Grad nackend sitzt, macht mich konfus, sehr konfus."

„Mich ängstigt die Vorstellung eher. Aber du könntest vor ihm davonlaufen. Lösche dein Profil. Warum hast du überhaupt eins? Bringst du heute Abend den Glühwein mit?!"

Immer diese entlarvenden Fragen. Warum hatte ich ein Profil dort? Aus Gründen der Gleichberechtigung? Der Emanzipation? Weil ich mich nach Liebe sehne, aber wohl Liebe mit Sex verwechselte? Da kämpft und engagiert man sich für die Gleichberechtigung der Geschlechter, gegen Diskriminierung und für die grenzenlose Freiheit. Sieht dann aber ein Rümpfen der Nase, wenn Frau in die letzte Bastion des Mannes eindringen will. Es ist nicht die leidige Diskussion, ob Frauen Schlampen sind, nur weil sie gerne lieben, und Männer Hechte im Karpfenteich, weil sie jede Nacht eine andere haben können. Warum erinnert sich die ganze Republik noch immer an den Satz von Romy Schneider: „Sie gefallen mir sehr", den sie einem Mann zuraunte? Wichtige Fragen, die irgendwann beantwortet werden müssen, wenn zunächst die wichtigste unter allen Fragen geklärt ist: Wer bringt heute Abend den Glühwein mit?!

Und es geht doch gar nicht um die Frage, warum ich ein Profil auf einer Dating-Seite im Internet angelegt habe. Es geht auch nicht darum, ob dieses Profil authentisch ist. Ich habe mich als Reinkarnation von Audrey Hepburn beschrieben, die noch immer bei einem Nobeljuwelier ihr Frühstücksbrettchen nicht weggeräumt hat. Im übrigen: Das trifft zu. Ich bin nicht so hübsch wie Audrey Hepburn, aber ich würde beim Nobeljuwelier auch nicht mein Frühstücksbrettchen wegräumen. Aber das Fabergé-Ei in die Spülmaschine – aus bekannten Gründen – platzieren.

Es geht auch nicht darum, dass Männer immer dürfen und überall, Frauen hingegen auf die hohe Moral, auf Anstand und Zucht und Ordnung achten müssen. Der Dreh- und Angelpunkt ist doch vielmehr die kontextuelle Zuschreibung der Frau in dieser macho-maskulinen Welt. Die kann im real-existentiell-philosophischen Zusammenfassungsdienst auf dem Boden der Tatsachen geerdet und verknappt werden auf die Frage: Welche Frau sitzt bei Minusgraden splitterfasernackt an einer abgelegenen Wegkreuzung in einem Pkw, masturbiert und verriegelt die Türen nicht? Welche Frau ist so blöd? Und welche Frau lässt sich zu einer solch bescheuerten Situation überreden? Umgekehrt erwartet auch keine Frau von einem Mann etwas Vergleichbares. In einem Wagen – ohne Standheizung – in einer dunklen, einsamen Nacht, auf einer unheimlichen Waldlichtung, nackt, masturbierend. Ob das nun Fetische sind oder nicht: Es geht doch letztendlich um die Zuschreibung von Aufgaben und Erfüllungsleidenschaften im feministisch-machohaften Diskurs der Geschlechter. Es hilft dann auch nicht, dass neueste Werk von Lady Bitch Ray – sofern sie denn überhaupt ein Werk veröffentlicht hat – auf dem Armaturenbrett oder der Hutablage liegen zu haben, um – nachdem der einbeinige Mann über eine Distanz von geschätzt vierhundert Metern, denn sonst wäre die Szenerie ja nicht wirklich abgelegen, zum Auto gehüpft kam, bar aller modischen Labels und Hüllen – über das wahre Verhältnis der Geschlechter zueinander, untereinander und miteinander zu diskutieren. Frauen sind einfach nicht die dummen Puten, die sich nachts, wenn's friert, nackt in ein Auto ohne Standheizung hocken. Und darauf warten, was sich im Umkreis von vierhundert Metern ereignet. Dieses Erlebnis eignet sich auch nicht zur Horizonterweiterung oder zur Selbstbestimmung der eigenen Sexualität in Abhängigkeit von unbestimmbaren Determinanten. Was ist, wenn der Einbeinige auf dem Weg zum heilsbringenden Wagen ausrutscht und sich aus eigenen Kräften nicht mehr aufraffen kann? Da ich davon ausgehe, dass dieser Erwartungshaltung „Nackter Mann bei Minusgraden im Auto“ nie und nimmer entsprochen werden wird, kommuniziere ich sie erst gar nicht. Das kann nun einerseits ein Fehler meinerseits sein, ach nein, nennen wir es falsche Zurückhaltung – ober übertriebene Rücksichtnahme, aber nicht Verklemmtheit. Vielleicht ist es aber auch ein Ausdruck von Sprach- und Denkeffizienz, denn da ich vermute, dass meinem Wunsch nie entsprochen werden wird – es sei denn ich suche ein entsprechendes Etablissement auf –, äußere ich ihn es erst gar nicht und verbrenne keine Kalorien darauf. Was nun wiederum unklug ist, denn auch mit unnützen Gedanken kann man auf einem langen und beschwerlichen Weg zu seiner Traumfigur gelangen.

Zusammengefasst: Männer und Frauen haben unterschiedliche Wahrnehmungen. Das ist ein alter Hut. Männer äußern ihre daraus resultierende Erwartungshaltung stets und immer, egal wie wahrscheinlich oder unwahrscheinlich ihre Erfüllung sein wird. Frauen sind effizienter und machen die Kommunikation vom Erfüllungsgrad des Erwartungshorizonts abhängig. Ungleichheit ist an sich ein misslicher Zustand. Doch einen herrschafts- und hierarchiefreien Kommunikations- und Interaktionsrahmen wird es niemals geben. Und ist eine solche Hierarchiefreiheit überhaupt ein erstrebenswerter Zustand?

Es ist Sylvester. Es ist kurz vor achtzehn Uhr. Die Geschäfte sind zu. Und ich habe den Glühwein vergessen. Mist. Hanno steht vor der

Tür. Er will mir helfen, das zu Profil löschen, aber will ich das wirklich? Antwort: Nein.

Und brauche ich dabei wirklich Hilfe?

Danke. Nein.

Testreihe 2.0 – Glühsekt

Datum: Tag des Heiligen Silvester

Uhrzeit (Start): 17:55 Uhr MEZ

Ort: Küche und Salon in der heimatlichen Wohnung

Systembedingungen: Mittlerer Luftdruck, bewölkt, aber trocken, Außentemperatur plus einskommaacht Grad, Innentemperatur plus dreiundzwanzigkommasieben Grad. Ich habe das Thermometer noch immer nicht nach unten reguliert.

Versuchsanordnung: Zwei Flaschen Schaumwein aus deutscher Produktion, Sternanis, Zimtöl, Vanillestangen, Lorbeerblätter, Nelken, Pfefferkörner, Zucker, Salz, Rum, Wodka, Gin, Kirschsaft, Bittermandelaroma, Orangeat, Zitronat, Muskatnuss. Ein Gast. Eine Packung Aspirin Plus C.

17:55 Uhr – Wir schalten den Fernseher an, befeuern den Herd auf Stufe zwei. Eine Flasche Perlschaumwein wird entkorkt (Korken bleibt in Reichweite) und in den Topf geleert. Ich biete Hanno jede Menge Schweigegeld für das, was sich in den kommenden Minuten in meiner Küche ereignen wird. Er will kein Geld, aber auch keinen Glühsekt.

18:07 Uhr – Im Fernsehen ist Dramatik. Im Topf auch. Das Zeugs wird heiß, der Alkohol verflüchtigt sich. Wir müssen handeln: Gewürze kommen ins Teesieb und rein in den Sekt. Der Zucker direkt in den Topf. Löffeltest: Warmer Perlschaumwein schmeckt furchtbar. Das Teesieb blutet aus. Unschöne Farbkombi im Topf, stellen wir ernüchtert fest. Wir drehen den Herd um eine halbe Stufe runter.

18:23 Uhr – Die Farbe törnt ab. Wir füllen mit Kirschsaft auf, damit wenigstens das Auge glaubt, es gäbe ein dem Glühwein angelehntes Getränk. Löffelprobe: Irgendwie seltsam. Wie eine missratene Hühnerbrühe. Gezuckert statt gesalzen. Und ohne alle die Gewürze, die eine Hühnersuppe zur Brühe machen.

18:25 Uhr – Die Farbe stimmt. Der Alkohol-Gehalt nicht mehr. Wir schmecken unter Schmerzen mit Wodka ab. Drei Tropfen Zimtöl wirken Wunder. Ha, finden noch einen letzten Rest Nelken-Kardamom-Gemisch und rein damit. Löffeltest: Ein bisschen läppisch, aber wir sind auf dem richtigen Weg.

18:39 Uhr – Temperatur: okay. Farbe: okay. Geschmack: exotisch. Zur Problembehebung erinnern wir uns einer ähnlichen Problemstellung. Karlsruhe, 24. August, eine Dachterrasse in der Innenstadt. Es gibt Drinks in Pink, alkoholfrei. Wir beschließen diese aufzupeppen. Erster Versuch: Cognac – fehlgeschlagen. Zweiter Versuch: Rum – fehlgeschlagen. Dritter Versuch: Wodka – suboptimal. Vierter Versuch: Gin – Volltreffer. Rückschluss: Gin muss auch in diesem Sylvester-Fall her. Und rein damit. Löffeltest: Ja, es wird.

18:52 Uhr – Es muss mehr Lorbeer rein. Löffeltest: Immer besser.

19:00 Uhr – Wir zwacken eine Portion unseres herrlichen Glühsekts ab und lösen vier Aspirin-Tabletten darin auf. Löffeltest: Hanno hat es befürchtet, es schmeckt ein wenig bitter. Mehr Kirschsaft. Der Abend kann beginnen. Die experimentelle Küche kann durchaus eine Ödnis im Leben abwenden.

20:12 Uhr – Die erste Portion des Glühsekts ist weg. Her mit der zweiten. Aus moralischen Gründen verzichten wir auf das Aspirin. Im Ersten kommt eine Musiksendung. Wir füllen unsere Versuchsanordnung in vier Thermoskannen um und fahren zur Soiree. Ich lasse den Fernseher eingeschaltet. Niemand soll sich an diesem Abend alleine fühlen oder gar einsam.

Am Morgen danach bleibt festzuhalten: Trinken ohne Reue funktioniert. Ich bin total begeistert. Wir haben die Thermoskannen geleert, sind zum Tanzen übergegangen, lagen irgendwann im Bett – in einem einzigen Bett – zunächst Beba, Hanno und ich, dann Hanno und ich, dann Beba und ich, dann kam noch ein Andreas dazu, den mochten wir aber nicht, dann wieder Beba, Hanno und ich, bis Beba den Andreas suchte, weil sie wollte nicht abweisend sein. Hanno und ich haben uns von Richard Wagner erzählt. Da kann nichts gelaufen sein. Um vier funktionierte die Taxi-Zentrale wieder und ich fuhr nach Hause. Heute Morgen, Punkt acht, hüpfe ich aus meinem Bett, jung, gut aussehend, mit Esprit, bereit für das neue Jahr. Nur die Küche sah schlimm aus. Nach dem ersten Kaffee las ich, dass Hanno auf mein Profil geantwortet und mir seine Liebe gestanden hatte. Himmel hilf. Wahnsinnig kitschig in seiner Wortwahl, aber zum neuen Jahr sehe ich darüber hinweg. Dennoch: Er ist ein guter Freund. Ich kann damit nicht umgehen. Nicht solche Irritationen im ersten Licht des neuen Jahres. Das neue Jahr braucht seine Regeln und seine Ordnung. Sonst ist da einfach zu viel Neuanfang. Und man kann mit Männern in einem Bett liegen ohne Sex zu haben und ohne auch nur an Sex zu denken, aber das reicht immer noch nicht aus, um darauf eine Freundschaft, eine geschlechterübergreifende Freundschaft aufzubauen. Und was soll überhaupt das Gefasel von Freundschaft zwischen Mann und Frau. Muss das denn sein?

Jawohl, ich habe geschlechterübergreifende Freundschaften. Schon seit vielen Jahren. Aber bei diesen geht es darum, ein Miteinander mit Leben, mit schönen Momenten und geschenktem Vertrauen zu füllen, und nicht darum, ein theoretisches Verständnis zwischen Mann und Frau und Frau und Mann zu überhöhen und zu bewerten. Keine Genderdiskussionsdebatten, schlicht und einfach eben Freundschaft. Die ist im Rahmen des Spruchs, dass nichts, aber auch gar nichts für die Ewigkeit ist, nämlich sehr wohl möglich. Zwischen Frau und Frau. Zwischen Mann und Frau. Zwischen homosexueller Frau und Mann. Zwischen heterosexueller Frau und Mann. Zwischen homosexueller Frau und heterosexueller Frau. Zwischen homosexuellem Mann und Frau. Zwischen heterosexuellem Mann und Frau. Zwischen homosexuellem Mann und heterosexuellem Mann. Und allen Zwischenstufen sowieso. Voraussetzung: Man ist sich seiner eigenen Identität bewusst. Seiner Identität als Frau. Nicht unbedingt als Feministin.

4.
Mehr Stärke. Weniger Herbstzeitlose.

Die feministische Bewegung begann in den Sechziger-, Siebziger-Jahren mit der These, dass Frauen – jenseits der Biologie – etwas gemeinsam haben, nämlich eine gewaltsame Schädigungs- und Ausschluss-Geschichte, die sie in die Randständigkeit gedrängt, als minderwertige Menschen definiert, von der öffentlichen Teilhabe ausgeschlossen und der alltäglichen Gewalt ausgeliefert hat."
Christine Thürmer-Rohr

Auf der anderen Seite konnte ich von all' diesen Neuanfängen gar nicht genug kriegen. Hier was neues, da, was neues, dort was neues, überall Neuigkeiten in der Luft.

Doch jeder Neuanfang braucht zunächst ein Ende. Einen bewältigten Abschluss. Mister Cullen, den Lispler aus Wildwest hatte ich erfolgreich verarbeitet. Genaugenommen hatte ich ihn schlichtweg vergessen, obwohl mein neuer Name fortan an mir klebte wie die Fliege an einem ranzigen Fliegenfänger. Es war bilanziert, dass ein Mann, der von dir einen neuen Namen als Liebesbeweis verlangt, einfach nicht von dieser Welt sein kann. Und ein ganz verschrobenes Frauenbild hat. Das verschrobenste Frauenbild haben allerdings die Frauen selbst. Von sich als Frau. Und von allen anderen Frauen. Das ist so. Da ich mich selbst für wahnsinnig abgeklärt und über den Dingen stehend halte, bin ich in die

Offensive gegangen. Rückblickend. Zum Tag des Heiligen Apostel Johannes. Lieblingsjünger. Also ein Tag für die Liebe. Dachte ich.

Und ich hatte einen Fang gemacht. Dachte ich abends um sieben Uhr. In diesen Tagen „zwischen den Jahren". Dieser unentschiedenen Zeit. Morgens um sieben sah die Welt dann anders aus. Dazu brauchte es kein dickes Buch, sondern es reichte der Anblick des Tages vor dem Morgengrauen. Der Sex mit meinem „Fang" war nicht gerade klasse. Man quälte sich so durch die Laken, die Stunden, die Dunkelheit. Da möchte man nicht unbedingt gemeinsam den Sonnenaufgang erleben, am Frühstückshörnchen nuggeln und sich die Zeitung teilen.

Ich wollte einfach nur den üblichen Abgang machen. Zwischen zwei und drei Uhr, als ich meinen koitalen Counterpart in den süßesten Träumen wähnte, raffte ich meine Klamotten zusammen und suchte den Ausgang. Das ist ein durchaus üblicher Vorgang, der nichts über die Qualität der sexuellen Begegnung aussagen sollte. Dabei stolperte ich über den Fernseher, der unglücklich am Bettende stand – wieso um alles in der Welt haben Männer immer einen Fernseher im Schlafzimmer stehen? –, wollte mich im letzten Moment abfangen, griff nach einem Halt und riss auch noch das Bücherregal mit – oder das Gestänge, auf dem vier Bücher standen, lagen oder was auch immer. Da lag ich nun. Nackig. Zwischen Fernseher und Büchern, ein paar Kleidungsstücke in der Hand, den Griff der Handtasche im Mund. Das ist in etwa so, wie nachts bei Minusgraden in einer einsamen Ödnis nackt im Wagen zu sitzen und kurz darüber nachzudenken, ob nun der richtige Zeitpunkt für ein Masturbationserlebnis sei. Man sieht am Erfahrungshorizont einen einbeinigen Mann hupfen. Die Szenerie wurde selbstredend mit einem Höllenlärm inszeniert.

Er wird wach.

Er: „Was'n los?“

Ich: „Wo war denn hier nochmal das Klo?“

Er: „Und dazu brauchste Klamotten?“

Ich: „Hast nicht den Wetterbericht gehört? Ist kalt!“

Er: „Draußen.“

Ich: „Ehrlich? Ich geh mal gucken.“

Abgang nach links. Dunkelheit auf die Szene. Auf dem Weg nach draußen, habe ich dann die Telefonnummer von Hanno mit derjenigen der Taxizentrale verwechselt. Selbstredend machte er sich direkt auf den Weg von A nach C, um mich anschließend nach B zu bringen, damit er nach A zurückkehren konnte. Perfekter Ringschluss. Im Zug der wehenden Kälte berichtete ich ihm von Fernseher und Bücherregal.

Hanno: „Er wird bestimmt traurig sein, dich beim Aufwachen nicht vorzufinden und das perfekt vorbereitete Frühstück alleine essen zu müssen. Er wird sich auch fragen, was er jetzt mit den extra gekauften Schnittblumen macht und wann er die jeden Tag gießen muss. War es das wert?“

Ich: „Natürlich wird er empfinden, dass es das wert war. Ich hingegen kann vergeben und vergessen. Als Frau auf sexuelle Erfüllung zu bestehen, macht ziemlich einsam zwischen den Bettlaken. Und außerdem sollte ich unbedingt und schleunigst das Telefonbuch in meinem Handy aufräumen. Oder Gruppen einrichten. Oder was auch immer.“

Es war wirklich kalt draußen an jenem Enddezembertag. Der Wetterbericht hatte nicht gelogen. Frierend und mit meinem Schicksal hadernd leuchtete mir in diesem Moment ein, dass Frauen und Männer sich nie auf Augenhöhe begegnen können. Wollen. Vielleicht sogar sollen. Braucht es nicht ein gewisses Maß an Ungleichheit in dieser Welt? Was nicht heißt, dass ich die eine Unperfektion als das Optimum bezeichne und die andere Unperfektion der ersten unterordne, sondern ganz einfach: beide sind ungleich. Nicht im Sinne einer Rangfolge und einem Dominanzgehabe, sondern im Sinne einer bereichernden Differenz. Die Welt ist bunt, das Leben rund. Ende. Feminismus.

Doch nun ist Neujahr. Alles auf Anfang!

Das Taxi setzte mich drei Straßenecken vor meiner Wohnung ab. Ich ging den restlichen Weg zu Fuß nach Hause. Durch die frische Luft des ersten Morgengrauens des neuen Jahres.

Naja, der Rest vom Tag war dann eine mittlere Katastrophe. Nach dem Glühsekt-Experiment sah die Küche aus wie Herr Zorro kurz vor der Auferstehung. Ich räumte auf und jagte dabei den Messerblock per Faustschlag durch die Küche und brachte heißes Wachs auf Wohnraumkacheln zum Brennen. Meine Höhepunkte in einem selbst gelebten Leben. Ich weiß, kleine Sünden straft der Herr sofort. Zur Abwehr hilft weder ein Seufzer an einen Schutzpatron noch eine Litanei an alle heiligen Nothelfer links und rechts des Weges. Ich erkenne durchaus den Reformbedarf in der römisch-katholischen Kirche. Das Zweite Vatikanische Konzil kann nur ein Anfang gewesen sein. Wobei aber klar sein muss, dass das Dritte Konzil wieder zu den Werten und Visionen der Urkirche zurückfinden und führen muss. Ich werde für dieses Konzil morgen einen Schutzpatron erwählen und meine Nachbarin Mollie fragen, ob sie sich einer solchen Aufgabe gewachsen sieht und bereit sei, dieses ehrenvolle Amt zu übernehmen.

Ich ließ dies alles im alten Jahr zurück und freute mich auf den Neuanfang. Auf den Anbeginn. Auf das neue Jahr. Am Nachmittag des Neujahrstags schaute die Mitbürgerin mit türkischem Migrationshintergrund vorbei. Mit ihrem Mann. Es galt die besten Wünsche zum neuen Jahr zu überbringen. Beide waren noch immer verliebt. Ihm machte es nichts aus, stundenlang in einer Ecke meiner Wohnung zu hocken und Zeuge zu sein, wie zwei Frauen sich über die Geschicke ihrer beider Leben austauschten. Ohne dass er ein Wort verstand. Und trotzdem hatte er das Sagen. Damit kam ich natürlich mit meiner Westlichen-Welt-Attitüde überhaupt nicht zurecht und musste auch gleich einen auf Befreiung der Frau aus ihren selbstgehäkelten Fesseln machen. Sturmerprobt und theoriesicher machte ich mir stracks die Befreiung der Mitbürgerin mit türkischem Migrationshintergrund aus ihrem historischen Schicksal zu einem dringlichen persönlichen Anliegen. Zweiter Anlauf.

Mir war klar, dass es dabei zu einem Aufeinanderprall, Aneinanderprall und einem Knalldrall der Kulturen kommen würde, da ich einige Positionen und historische Entwicklungen erneut im Schnelldurchlauf abhandeln musste. Aber, Leute, auf diese Frau wartete die verbotene Frucht vom Baum der Erkenntnis und ich musste nur überlegen, ob ich diese zuvor schälen oder ihr vom Baum gepflückt kredenzen sollte. Ich entschied mich für die erste Variante, schnitt alles noch dazu in mundgerechte Happen zur besseren Verdaulich- und Bekömmlichkeit. Die Mitbürgerin mit Migrationshintergrund griff beherzt zu. Die Frau hatte wirklich Hunger.

Aber sie schluckte sie nicht. Die Erkenntnis, die formvollendet auf einem Villeroy-und-Boch-Wildrose-Kuchenteller vor ihr stand. Ich meine, ich bin aus der westlichen Welt. Diese hat per se und per definitionem einfach Recht. In allen Fragen. In allen Entscheidungen. In allen Lebenslagen. Morgen, mittags und abends. Nachts ohnehin. Nach der sexuellen Revolution. Die westliche Welt im Allgemeinen macht alles richtig und die Frauen in der westlichen Welt im Besonderen. Und Frauen in der Frauenbewegung der westlichen Welt noch mehr im Besonderen – also im Besondersten. Und Frauen in der richtigen Frauenbewegung der westlichen Welt übertreffen auch das noch. Nachdem ich der Mitbürgerin mit Migrationshintergrund meine profunde Autorität in dieser Frage offenbart hatte und ihr sämtliche feministische Differenz- und Schwanz-Ab-Theorien erläutert hatte, kam ich zur Conclusio, dass sie sich in der arrangierten Ehe mit einem Mann, den sie zuvor nur freundlich gegrüßt habe und sonst gar nicht näher kenne, nicht selbstverwirklichen könne.

Grundvoraussetzung für die Selbstverwirklichung, erklärte ich ihr, sei die Selbstbestimmung. Dass sie selbst bestimme, wie, wo, wann und mit wem sie ihr Leben lieben und leben wolle. Weder männliche Dominanz noch männliche Macht hätten das Recht dies zu verhindern. Beim Wann ließ ich einige physikalische Realitäten bezugnehmend auf die vierte Dimension gelten. Dass es beim Wo gewisse geopolitische Einschränkungen gebe, anerkannte ich auch, schob es wahlweise auf die gute alte Tante Europa oder die Machtbesitzende im Kanzlerinnenamt. Beim Wie merkte ich, dass auch hier die postkapitalistische Gesellschaftsordnung postneoliberaler Prägung auch ihre Fallstricke hatte. Ich redete was schneller. Ich kann es nämlich nicht leiden, wenn unbeeinflussbare Voraussetzungen meine wunderschönen Definitionen und Denkwerke zerstören. Nein. Das mag ich gar nicht. Und die Bundeskanzlerin würde das auch nicht mögen. Sie, die Mitbürgerin mit türkischem Migrationshintergrund, müsse sich selbstverwirklichen und das gehe keinesfalls in einer arrangierten Ehe. Ich bin eine Vertreterin der westlichen Welt. Ich habe Recht. Und ich kenne mich aus.

„Aber“, entgegnete die Mitbürgerin mit türkischem Migrationshintergrund, „ich bin glücklich. Ich bin verliebt und glücklich.“ Verliebt sein, entgegnete ich ihr, komme in keinem theoretischen Konstrukt des Feminismus vor und sei von daher zu vernachlässigen. Glück sei Begriff einer ganz anderen Philosophie-Schule, die heute und hier an diesem Tisch und mit diesem Porzellan gar nicht zur Debatte stünde. Es gehe um ihre Selbstverwirklichung, lautete mein eindringlichster Appell an sie – im Auftrag aller Schutzpatrone und Nothelfer in profanen wie glückseligen Dingen. Und bei ihr streikten die Deutschkenntnisse. Lehrt eine Bildungseinrichtung wie das Goethe-Institut nicht die Welt mittels Vokabeln? Ist der Wortschatz im Deutschunterricht staatlicher Stellen etwa nicht durchgängig gegendert? Also, nicht nur was das Binnen-I betrifft, sondern auch was den Grundwortschatz feministischer Grundseminare betrifft.

„Ich bin glücklich", antwortete die Mitbürgerin mit türkischem Migrationshintergund. „Sehr glücklich und verliebt." Dann kam es noch schlimmer. Nur zwei Worte, die wusste sie gezielt einzusetzen, zückte ihr verbales Schwert und betrat ohne Gruß die Blanche, setzte den ersten Stich. Der traf. Unvermittelt ins Herz: „Und du?"

Ist der Feminismus nicht auch nur der hilflose Versuch eine Glückstheorie aufzustellen und endlich, endlich eine geschlechtsspezifische Definition des Zustands von Glück zu beschließen und zu verkünden? Die Antwort darauf gibt Barbara Cartland in „Bianca – Wege zum Glück" oder irgendeinem ihrer anderen Romane. Die britische Autorin formulierte ihre Vorstellung vom Glück und vom Frausein in – wie sie selbst angab – mehr als einer Milliarden gedruckten Romanen, die hauptsächlich von Frauen gekauft und gelesen wurden. Was ja nichts anderes heißt, als dass eine sehr hohe Anzahl von Frauen sich in dieser Welt, diesem Frauenbild und diesem Rollenverständnis wiederfand: dem Cartland-Feminismus oder Tüll-Feminismus, weil die Autorin sich doch sehr gerne in pinke Kleider hüllte und nie im Leben auf Tüll verzichtete.

Zusammenfassung des Tüll-Feminismus und des Cartland'schen Oeuvres: Weibliches Mauerblümchen aus verarmtem Adel oder niederer sozialen Schicht trifft auf verwegenen, finanziell unabhängigen Beau, der als Schwerenöter durchs Leben tingelt. Widersacher, Erbschleicher und Missgünstige legen den Beiden auf deren Weg zum Glück Steine in den Weg, aber am Ende kriegen sie sich doch. Frau blüht auf. Mann ist gezähmt. Ehe wird vollzogen. Kinder werden geboren, die neuen Stoff für einen neuen Roman nach gleichem Strickmuster liefern. Ende gut, alles glücklich. Drei weitere Determinanten im Cartland'schen Frauenbild: Sie geht niemals arbeiten, ist dem Mann stets intellektuell unterlegen und hat keinen Sex vor der Ehe. Jede für sich genommen für Feministinnen ein einziger Affront. Cartland verstand sich selbst als Kämpferin für Liebe, Schönheit, Romantik und Glück und zückte ihre Waffen gegen die sexuelle Befreiung, die – so Cartland – von der Frau nicht gewollt sei.

Die Lady in Pink machte jedoch nichts anderes als alle anderen Feministinnen auf dem Erdenrund. Sie setzte ihren eigenen Lebensentwurf als absolut und verbindlich, verkündete ihn gleichsam mit dem und unter dem Dogma der Unfehlbarkeit und fand eine ungehörige Anzahl von Jüngerinnen, die das Ideal lebten und sich auf den Weg ihrer Erfüllung machten.

Auf dem Weg zum Glück.

5.
Mehr Veränderung. Weniger Rosen.

„Eine Frau, die zu uns kommt, verändert sich,
ein Mann, der schlägt, bleibt immer der alte.“
Nebahat Akkoç

Da saß ich nun. Mein Lebensstatus war ungebunden, basierend auf einer Namensänderungserfahrung mit einem lispelnden Wildwestler und einer ausgiebigen Alles-ist-vergeben-und-vergessen-Party mit Experimenten in Barmixkunst für Fortgeschrittene. Ich bin im Sternzeichen der Jungfrau geboren und – schlimmer noch – habe die Jungfrau als Aszendenten. Was nicht heißt, dass ich an Auswüchse und Auswirkungen der Astrologie glaube, aber ich konnte da durchaus gewisse Determinanten im Leben feststellen. Was mich natürlich zu der Feststellung führt, dass der Feminismus in der Astrologie völlig im Sternenstaub versinkt. Da ist einzig die Jungfrau, die sich gegen den Schützen und den Wassermann durchsetzen muss und von den Zwillingen keine Hilfe zu erwarten braucht: In den Tierkreiszeichen sind Frauen deutlich unterrepräsentiert – worin sie mit der römisch-katholischen Kirche und den Führungsetagen von Weltkonzernen etwas gemeinsam hat. Simone de Beauvoir hat sich nicht die ganze Mühe gemacht, nur um nach getaner Arbeit in den Sternenhimmel zu schauen und festzustellen, dass dort der Machismo die Oberhand behält. In allen Lebensfragen.

Wenn die Sterne günstig stehen, heißt dass doch nichts anderes, als dass die Männer am Firmament mal wieder gesagt haben, wo die Reise hingeht und wie die Würfel zu fallen haben. Bei den Sternschnuppen angefangen und bei Schicksalswonnen aufgehört. Es brauchte eine Menge von Folgen, bis bei Star Trek endlich mal eine Frau an den Steuerknüppel durfte.

Überhaupt Frauen im Weltraum: Lieutenant Uhura musste in einer dunklen Feinstrumpfhose durch die Galaxis taumeln und – wenn das nicht auch ein absolutes Klischee ist – als Kommunikationsoffizier auf einem wackeligen Schreibtischstuhl ihrem Dienst nachkommen. Über das viel zu knappe Dress möchte ich nicht viele Worte verlieren: So geht man doch nicht auf Abenteuerurlaub in den Weltall. Dem zeitgeistigen Feminismus der Sechzigerjahre entsprechend ordnete sie sich Captain Kirk unter. Als Belohnung durfte sie den Haudegen küssen. Das war ein Skandal. Weniger aus feministischer oder physikalischer Sicht – sondern in Hinblick auf die Emanzipations- und Freiheitsbewegung der Mitbürgerinnen und Mitbürger schwarzer Hautfarbe.

Wenn eine Frau schon nicht ihre geschlechtsbefreite Rolle im luftleeren Weltall behaupten kann, wie soll sie es dann unter der atmosphärischen Last der Erde können? Dann, wenn von allen Seiten Druck auf ihr lastet, Kräfte an ihr zerren. Wie soll man da den entspannten Zustand des Schwebens erreichen können?

Ich liebe es geerdeter und irdischer als Frau Uhura – die, und das kommt hinzu, auch noch ohne Vornamen auskommen und ihr Schicksal meistern musste. Sie hieß nicht Gisela oder Fauntella sondern gar nichts. Wurde also von Kirk, Spock, Scotty und Pille wohl die meiste Zeit im All „Ey“ gerufen oder vielleicht auch „Ey, du da“, das aber nur sonntags.

Aber es geht nicht darum, wie Uhura durchs Weltall schippert, sondern darum, wie gleichberechtigt, emanzipiert und inkludiert sich die

Sechzigerjahre die ferne Zukunft vorstellten. Denn das ist der visionäre Blick aus der Zeit, in der sich der Feminismus erfand und sein Fundament erbaute: Mann fliegt mal gerade aus, das Universum sich Untertan zu machen. Frau darf mit. Als Quasselstrippe, pardon, Kommunikationsoffizier. Das heißt, dass sich die herrschenden Kräfte in der westlichen Gesellschaft der Sechzigerjahre die Entwicklung des sozialen Konstrukts selbst als Kontinuum, als Fortschreibung, als Zementierung der bestehenden Verhältnisse vorstellten. Während Teleportation und Kommunikation Quantensprünge in Forschung und Entwicklung machten, sollte die Gesellschaft das sichere Fundament für alle Raumfahrenden bleiben – mit allen tradierten Rollenmuster, die sich finden ließen. Der Ost-West-Konflikt schien schneller lösbar als die Parität zwischen den Geschlechtern herzustellen.

Man mag dagegen halten, dass die Fernsehserie Star Trek in erster Linie für Männer ersonnen und gefilmt wurde. Und die Männer waren mit allem futuristischen Schnickschnack in der Serie, mit all den fremden Völkern und fernen Planeten so sehr überfordert, dass überhaupt kein Gedanke daran zu verschwenden war, wie denn wohl die Gesellschaft in einer fernen Zukunft aussehen könnte

Eine Gemeinsamkeit aber habe ich mit Uhura: Ich bin durchaus viel gereist oder mag als solches gelten. Auf astronomische Maße umgerechnet: Ich habe 1,077-Mal die Strecke von der Erde zum Mond in einem Flugzeug bewältigt oder 10,33-Mal den Globus umkreist. Da lacht Frau Uhura nur müde. Ich brauchte dazu 45 verschiedene Airlines, die mich an 102 unterschiedlichen Flughäfen abholten oder abluden. Das hat mir der Mann der Mitbürgerin mit türkischem Migrationshintergrund ausgerechnet. Er fand die Statistik sehr beeindruckend. Auch, dass mein kürzester Flug zwischen zwei Atollen der Malediven nur zehn Minuten gedauert habe.

Das war das Stichwort. Sie hatten es am Vorabend verabredet. Für die Mitbürgerin mit türkischem Migrationshintergrund und ihren Göttergatten ohne Weltraumerfahrung sollte das Raumschiff zur Retourkutsche werden. Beim Anstandsbesuch zum neuen Jahr mit all den obligatorischen Glückwünschen steuerten sie das Gespräch auf die Lasterhaftigkeit der westlichen Welt lenken, ob in der Jetztzeit oder in der Zukunft. Das Stichwort für die Brandrede: Malediven. Dazu meldete die Mitbürgerin mit türkischem Migrationshintergrund Verständnisfragen an, genau genommen war es nur eine einzige: „Was genau hast du auf den Malediven gemacht?“ – die Betonung lag eindeutig auf dem Wort „genau“. Um die Diskussion um die Bedeutung des westlich geprägten, feministischen Tourismus auf ein islamisch geprägtes Land abzukürzen: Es war Freitagnachmittag und ich hatte nichts anderes vor. Und schwipsschwups saß ich in einem Flieger. Das Kleingedruckte: Beba hatte sich verliebt und dabei die Logik der Abläufe außer Acht gelassen: Erst kommt das Verliebtsein, dann das Verlobtsein, dann das Heiraten, dann die Flitterwochen. Es kommt einem Verstoß gegen das Gesetz der Erdanziehung mit dem Formelzeichen „g“ gleich, wenn man Punkt Vier zwischen Punkt Eins und Eins-Sternchen schiebt. Das ist die Phase Eins, die die Transzendenz in Phase Zwei nicht schafft, auf den harten Boden der Tatsachen kracht und sich im Entliebtsein verfängt. Somit müsste der Status eigentlich „Eins Minus“ heißen. Aber das ist dann doch ein wenig negativ, denn man kann aus dem Prozess des Entliebens durchaus positive Energie gewinnen, die zu gar mannigfachen Rachefeldzügen gegen den aktuellen Ex führen. Wer es weniger dekonstruktivistisch mag, der kann sich Eiscreme kaufen. Oder was anderes. Feinstrumpfhosen für die nächste Reise ins Weltall.

Ich flog nur zu den Malediven, weil Beba die Reise für sich und ihr Herzblatt gebucht hatte. Ohne Reiserücktrittsversicherung. Nun, da die

Liebe verblüht und verwelkt war, durfte ich mich auf die Eilande in tropischen Gewässern freuen. Wie Bolle und Bolla. Zwei Wochen. Bungalow über dem Meer. Blubberbadewanne auf dem Balkon inklusive. Direkter Einstieg in die Lagune. Eine Flasche Sekt zur Begrüßung. Kein Familienanschluss. Satelliten-TV. Mehrere Kanäle zur privaten und gemeinschaftlichen Erbauung. Ventilator. Aussicht. Weihnachtsmusik im September. Meeresbrise inklusive.

Die Hotelmanagerin machte sich über Feminismus und Frauenpolitik keine Gedanken, viele hingegen darüber, dass Beba unter der Frage nach Allergien auf dem Reiseformular angegeben hatte, sie habe „Bahncard 50". Bei ihren Recherchen stieß sie auf eine deutschsprachige Seite im Internet über Zugreisen, deren Sinn und Bezug zu Allergien sich ihr nicht ganz erschloss. Im übrigen war für mich mit dieser Reise das Thema Malediven für alle Zeiten abgeschlossen. Es war nämlich die langweiligste Zeit meines Lebens. Die Atolle sind definitiv kein Ort für Individualtouristen. Nicht ganz: Ich muss zugeben, es war ein ruhiger und sehr erholsamer Ausflug in den Indischen Ozean.

Grundsätzlich bewertet die Mitbürgerin mit türkischem Migrationshintergrund feministische Tourismustheorien ganz anders als der westliche Mainstream: „Wieso hast du so viel Zeit, um dich dem Müßiggang auf einer indisch-ozeanischen Insel hinzugeben?"

„Weil ich Geschlechterbarrieren überwunden habe und nun in der männlichen Arbeitswelt partizipieren darf und damit auch an dessen Segnungen wie dreißig Tage bezahlten Urlaubs im Jahr."

„Kein Grund sich barbusig an den Sandstrand der Malediven zu legen und mit Hautkrebs die Heimreise anzutreten."

„Kein Grund dieses Privileg einzig und allein der Männerwelt zu überlassen. Wir haben hart um die Teilhabe an den positiven Errungenschaften gekämpft, so dass wir gerne bereit sind, auch die Leiden auf unsere starken Schultern zu nehmen und zu tragen und zu ertragen und zu meistern. Und außerdem lag ich nicht barbusig am Strand. Nicht einmal auf meiner Terrasse. Basta."

„Auf den Malediven kriegt man keinen Mann ab."

„Weißt du, wie viele glückliche Hochzeitsreisen auf die Malediven in einer vorzeitigen Trennung endeten?"

Vermutlich keine. So viel war mir nach zwei Abenden auf den Atollen des Indischen Ozeans klar. Ich kannte mittlerweile alle Barkeeper auf der Insel und alle Barkeeper kannten mich. Beba hatte sich selbstredend in den Surflehrer verknallt, der glücklich war, dass es in diesem Fall kein eifersüchtiger Mann, Freund, Frischgatte gab, den man erst in den Sand oder den Wind schießen musste. Er hatte leichtes Spiel. Der Tauchlehrer war dann für mich reserviert. Sein Fehler war bloß, mich immer nur unter Wasser zu suchen. Da. War. Ich. Aber. Nicht.

Ich lag ja – in der Vorstellungswelt meiner Mitbürgerin mit türkischem Migrationshintergrund – barbusig im weißen Feinkornsand und gab das Abziehbild westlicher Dekadenz. In Wahrheit saß ich mit Zehnmetersonnenhut auf der Terrasse unseres Bungalows, versuchte Mary Daly zu verstehen und kritzelte „Sisterhood is powerful" auf die Badezimmertür. Für das Zimmermädchen, das eigentlich ein Zimmerbursche war, womit dann mein Export feministischer Ideologie auf ferne Trauminseln an der Badezimmertür hängen blieb. Und verreckte. Ich war nach drei Tagen auserholt und wechselte das Atoll. Die Ansicht der Tropen nach Sonnenuntergang jedoch änderte sich nicht, sondern verblieb. Mit freundlichen Grüßen. Ich hatte nicht eine Ansichtskarte verschickt. Ich war ein schlechter Mensch.

Die Mitbürgerin mit türkischem Migrationshintergrund hatte andere Pläne. Sie hatte meine Lage durchaus analysiert und wusste, dass ich einfach zu viel Zeit zum Nachdenken hatte und die Gefahr, dass ich auf dumme Gedanke kommen könnte, bei mir durchaus gegeben sei. Sie legte ihren Kopf schief. Die Übersetzung meiner Ausführungen in die türkische Sprache dauerte ungewöhnlich lange. Sie war doch sonst so sehr die Dame der knappen Worte. Ihren Mann schien meine Misere auch sehr zu interessieren. Sie diskutierten lebhaften. Zückten die Handys. Telefonierten mit der Verwandtschaft, die wohl am Scheitern des Feminismus in der westlichen Welt und darüber hinaus Anteil nehmen musste. Und sich dabei unsolidarisch freute.

Dann verstummten beide.

Sie hatten den perfekten Plan für mich: Pauschalurlaub in der Türkei. Sie kenne da ein tolles Angebot, das der Cousin ihres Mannes, der im Reisebüro des angeheirateten Onkels arbeitete, gerne für mich buchen würde. Andere Cousins arbeiteten in dem Hotel in Antalya und wären mir eine hervorragende Reisebegleitung und alles wäre ein einzig' Honigschlecken für mich, die ich vom Kampf für Gleichheit und Gerechtigkeit in der Geschlechterwelt doch völlig erschöpft sei.

War ich auch. Und so machte ich Pauschalurlaub in der Türkei. In Rücksichtnahme auf die dortige Kultur und Religion sowie den Gefühlen der dortigen Menschinnen und Menschen ließ ich meine Bibliothek zum Radikalfeminismus zu Hause und nahm nur ein Kompendium zum Differenzfeminismus mit, denn oftmals wackeln in solchen Etablissements Tische und Bänke und dann ist man froh, wenn man was zum Unterlegen dabei hat – was ruhig auch da bleiben kann.

Und wenn alles nichts sei und nichts werde, dann sollte ich den Ausflug dazu nutzen, mir ordentliche Bratpfannen zu kaufen. Die seien dort außerordentlich günstig zu erwerben – in einer großen Anzahl entsprechender Fachgeschäfte, erklärte mir die Mitbürgerin mit türkischem Migrationshintergrund. Ich hatte noch nie von Menschen gehört, die in die Türkei reisen, um Bratpfannen zu kaufen. Aber man muss sich auch manchmal von seinen Vorurteilen frei machen.

Wochen später fand ich mich in einem Designhotel in Antalya wieder. Das war schön, sehr schön, stylish, weiß und poliert und ich hatte ein Zimmer mit Meerblick. Das hatte der Mann der Frau mit türkischem Migrationshintergrund so arrangiert. Wir beide hatten unterschiedliche Vorstellungen davon, was „Meerblick" genau zu bedeuten habe und auch unterschiedliche Körpergrößen sowie sportliche Vorbildung. Wenn es auf der Straße ruhig war, konnte ich das Rauschen des Meeres hören. Draußen auf dem Balkon. Meines Zimmers. Auf diesem war eine wunderbare Liege mit integrierten Leuchten, die man entweder rot oder weiß leuchten lassen konnte. Das fand ich toll. Toller als jedweden Meerblick. Der Pauschalurlaub war dann übrigens auch sehr nett. Man wird am Flughafen abgeholt und im Hotel wissen sie schon, dass man kommt und haben das Bett schon gemacht.

Das Hotel war groß. Sehr groß. Ich verlief mich immerzu auf der Suche nach dem Meer, das ich von meinem Zimmer aus erblicken können sollte. Am dritten Tag fertigte ich mir eine Skizze an. Die half auch nicht. Schon im Kindergarten fiel ich nicht durch ein besonderes zeichnerisches Talent auf. Fortan blieb ich in der Anlage, auf dass ich mich nicht noch mehr verlaufe, sondern mich erhole. Ich hatte auch Musik und, wie gesagt, ein klein wenig Literatur dabei. Außerdem sollte ich mich ja auch ausruhen. Das Hotel hatte ein Spa, in dem zwei göttergleiche Wesen aus Bali die Knochen kneteten. Das fand ich wunderbar.

Direkt nebenan war ein Friseur, der auch sehr freundlich war und mir von seiner Familie in Duisburg erzählte, die aber nicht mit der Familie meiner Bekannten mit türkischem Migrationshintergrund verwandt oder bekannt war. Letzteres schloss er aber nicht aus. Denn dies müsse, so sagte er, nach meiner Beschreibung, die Tochter von jenem entfernten Vetter aus Trabzon sein. Ich sagte ihm, dass die sicherlich nach Trier gezogen sei. Er sagte, nein, kein Mensch mit türkischem Migrationshintergrund würde nach Trier ziehen. Warum auch immer. Dennoch blieb die Mitbürgerin mit türkischem Migrationshintergrund auch für ihn ein namensloses Wesen, was meiner Meinung nach mit dem Uhura-Theorem einhergeht, nach dem wir irgendwann alle unsere Namen ablegen werden, um in Feinstrumpfhosen durchs Weltall zu tingeln. Ich erläuterte ihm das Theorem. Er wollte mit mir Abendessen und dann irgendwo spazieren gehen. Ich erklärte ihm, dass Spaziergänge außerhalb der Anlage aus Sicherheits- und Orientierungsgründen nicht für mich in Frage käme. Er entgegnete, dass er mein Begleiter sei und mir somit nichts passieren könne. Meine Replik zielte natürlich auf den differenzfeministisch-theoretischen Ansatz ab, dass das Geschlechterklischee des „Nur Männer können sich hervorragend orientieren. Auch im Dunkeln“ überwunden werden müsse, was aber nicht meine Aufgabe sei, sondern die der nächsten Generation des Navigationsfeminismus, der dann eine genaue Ortsbestimmung des Seins im Hiersein und des Werdens im Dortsein sei. Ich aber wäre durchaus bereit zu einem Gespräch mit ihm im Rahmen einer Podiumsdiskussion. Er könne die Position Sartres bestimmen, ich wäre dann die de Beauvoir.

Er fragte mich dann, ob Trier eine schöne Stadt und weit von Berlin entfernt sei. Was ich nicht ganz verstand, hatte er sich doch auf Navigation verlegt und verlangte nun umfassende Geographiekenntnisse von mir. Mit meiner rudimentären Vorstellung von Deutschland ließ ich ihn wissen, dass Trier und Berlin die beiden Antipoden Deutschlands seien. Mehr Deutschland passe nicht zwischen zwei Städte, die eigentlich viel zu unterschiedlich seien um im gleichen Land zu existieren. Erklärte aber zugleich, dass ich nicht sagen könne, wie sich der Feminismus in Trier definieren würde und ob man sich dort verlaufen könne. Letzteres vermutlich nicht.

Der Friseur schwieg fortan. Auch diesen Abend blieb ich innerhalb der Anlage, die sehr weitläufig war, damit ich mich nicht verlaufe, fand aber dennoch den Weg zur Außenbar – auch ohne Hilfe des Friseurs. Ich war so stolz auf meinen Wagemut und wusste, dass ich die wahre Tochter im Geiste von Vornamenlos Uhura war. In all dem Überschwang kleckerte ich mir Rotwein auf mein weißes Kleid. Und verbrachte länger als gedacht am Rande des Außenbar-Universums und erkannte die wahren Vorteile der Teleportation. Ich suchte nach einem geeigneten, menschenleeren Zeitpunkt, zu dem ich meinen Rückzug auf mein Zimmer, meine Burg, mein Schloss des sozialen Friedens zwischen den Geschlechtern antreten könne. Ein Paar aus Russland, das aus Mitleid mir gerne zuwinkte, erkannte meine missliche Lage und sie half mir aus ihr heraus, in dem sie sich auch Rotwein über die Hose goss. Ein Akt der Völkerverständigung. Aber warum blieb seine Hose verschont? Ist Völkerverständigung im Dienste von mehr Frieden auf diesem Erdenrund eher ein weibliches Ding, gegenüber dem männlichen Imponiergehabe: Völker der Welt, schaut auf meine weiße Hose, westenrein, ich kann Rotwein trinken ohne zu kleckern, egal in welchem Schlamassel gerade die Nachbarnation sich windet. Ich unterhielt mich mit der Russin über Feinwaschmittel und den Frisör. Wir fanden es durchaus bemerkenswert, dass beides in deutscher Sprache mit einem F beginne, wie viele andere Worte auch.

Dann kam Caner. Der Außenbarwirt. Die Dinger liefen aus dem Ruder. Der letzte Gedanke war, dass ich unbedingt nach Trier fahren müsse. Und, dass Trier nicht mit F beginnt. Das war ein Zeichen. Der Rest war Abend. Mehr in Verknalltsein-Rot, denn in Nüchtern-Weiß.

Er sprach deutsch, weil er Deutschtürke ist, der in einer hübschen deutschen Stadt ein Fach studierte und überhaupt. Den ersten Abend haben wir uns über sozialdemokratische Ansätze im Alltagsdesign der Bauhaus-Architektur unterhalten. Den zweiten Abend über Auswirkungen geschlechtsspezifischer Sozialisation unter Berücksichtigung gesellschaftlicher Machtstrukturen. Am dritten Abend über Ansätze des Feminismus in der türkischen Gesellschaft des Neokonservativismus und dessen Auswirkung auf die Rolle der Frau in ländlichen Regionen der Türkei. Ich lernte viel und wollte nach meiner Rückkehr endlich die Mitbürgerin mit türkischem Migrationshintergund auf fehlende Sinnzusammenhänge in ihrer Sozialisation aufmerksam machten.

An der Außenbar hatte ich inzwischen meinen Stammplatz, der von der Barmannschaft gegen Sitzplatzbegehrende vehement verteidigt wurde. Auf den Barhockern neben mir saß stets ein russisches Pärchen. Es hatte schon tagsüber am Strand die Liege neben mir und ließ mich an ihren Bestellungen von Getränken teilhaben. Die waren übrigens sehr nett und hatten sehr viel zu erzählen. Am nächsten Abend zeigte der Russe, welche Fehler man beim Kassaschock tanzen machen kann. Das war sehr lehrreich und ich habe auch intellektuell etwas mitnehmen können, was ich für ein paar Tage gerne angewandt habe. Revanchiert habe ich mich mit einem Fachvortrag zu Fehlerquellen bei Dauerwellen.

Dann kamen die Cousins meiner Mitbürgerin mit türkischem Migrationshintergrund. Die wollten auch alle mit mir im Dunkeln spazieren gehen, wozu ich aber keine Lust hatte. Sie hatten sogar einen Stundenplan ausgearbeitet, wer wann mit mir im Dunkeln spazieren gehen würde. Ich hatte aber immer noch keine Lust, weil ich Spazierengehen im Dunkeln anstrengend finde. Außerdem sieht man nix. Doch, so Cousin Nummer Sieben, man habe einen wunderbaren Ausblick auf die Stadt.

„Den habe ich auch von meinem Hotelzimmer. Mit ohne Meerblick. Aber bei Licht in Rot und Weiß."

Die Cousins gingen. Ich schickte der Mitbürgerin mit türkischem Migrationshintergrund eine Postkarte, in der ich ihre Cousins über den grünen Klee lobte und ihre Zurückhaltung pries.

Am nächsten Abend waren die Russen sonst wo, Caner hatte immer noch keine Argumente und so haben wir was ganz anderes gemacht. Das war auch sehr schön. Die Russin sagte am nächsten Morgen, dass sie das ohnehin habe alles sehen kommen.

„Ja, ja", antwortete ich. „Im Nachhinein ist man immer so unheimlich schlau und weise und weitblickend und durchdringend und umsichtig und visionär und weiß auf Anhieb, dass Sedimentbohrungen im östlichen Ural nicht immer auf Gold stoßen."

„Im Ostural wird nicht nach Gold gebohrt", sagte ihr Mann.

„Im Ostural wird irgendwo immer nach Gold gebohrt. Oder nach Erdgas. Oder nach Erdöl", antwortete ich.

„Recht so", sprach sie. „Aber man müsse auch nicht immer bohren. Manchmal könne man direkt graben."

Caner und ich hatten fortan mit der Komplizenschaft der Russin und unter Protektion des Russen eine amouröse, ach, was auch immer. Ich hatte den Sartre-Figaro vergessen und das war gut so. War. Ich hatte dieses Riesenzimmer mit diesem Riesenbett und diesem Wahnsinnsausblick, theoretisch, und jetzt diesen Typen, der blieb, obwohl er nicht durfte. Denn es war den Hotelangestellten strikt verboten, in Gästezimmern des Hotels – mit oder ohne Meerblick – zu schlafen. Das stand so ausführlich in den Hotelrichtlinien, die mir am Tag meiner Anreise quasi auf das Kopfkissen gelegt wurden. Andererseits stand in diesem sehr umfänglichen Regularienwerk, dass die Hotelangestellten immer um das Wohl ihrer Gäste bemüht seien. In jedweden Lebenslagen. Er hielt sich daran und erfüllte beide Punkte. Er kümmerte sich sehr um mein Wohl und schlief nicht im Gästezimmer. Weil er gar nicht zum Schlafen kam. Das war gut, für Nacht sechs bis neun. Dann habe ich mir überlegt, ob ich nicht doch mal in die Stadt wackeln solle, um mir besagte Bratpfanne zu kaufen. Schließlich auch, um meine eigenen Argumente zu haben. Ich weiß, Gewalt ist keine Antwort – Bratpfannen- und Nudelholzbrutalität schon gar nicht.

Im Grunde genommen wollte ich nur so im Bett liegen. Liegen bleiben. Mit diesem Mann, der eigentlich nicht da sein durfte. Gerade so, wie es mir gefiel. Oder draußen auf diesem Balkon ohne Meerblick liegen mit Aussicht auf das vermaledeite Dasein im Schlund der Existenz. Oder auf dem Hocker vor der Minibar einschlafen. Das, so gluckste die Russin, mache ihr Mann gelegentlich. Ich habe ihm, dem Russen, dann gesagt, dass es im Untergeschoss balinesische Göttinnen gebe. Mit magischen Händen und Griffen gegen Verspannungen vom Vor-der-Minibar-schlafen. Er wollte nur wissen, ob mit oder ohne Happy Ending. Hätte ich damals um die Bedeutung der Phrase gewusst, hätte ich wehrhaft gegen Ausbeutung von Hotelangestellten protestiert. Caner zeigte mir am Abend und in der Nacht, was Happy Ending bedeutet. Ich wollte noch in der gleichen Nacht beim Russen vorbeischauen und ihm sagen, wenn er Frauen nur auf Gefühlserfüllungsmaschinen reduzieren würde, würde der Kalte Krieg in eine neue Ära gehen und ich mich gerne als Jean d'Arc der Emanzipation in Russland zur Verfügung stellen. Es käme der Position russischer Frauen in der Gesellschaft gut zu pass, wenn sie mehr Beachtung fänden und es einen Dialog auf Augenhöhe und nicht in Aussicht auf ein Happy Ending gäbe. Allerdings wusste ich nicht, wie man das Zimmer des Russen finden würde und Caner wollte mich nicht begleiten. Er zog sich auf eine neutrale Beobachtungsposition in dem sich anbahnenden deutsch-russischen Konflikt zurück, verwies auf die Rolle der Türkei als EU-Mitgliedschaftsaspirant und ließ nicht unerwähnt, dass mindestens sieben Cousins mit mir im Dunkeln spazieren gehen wollten. Letzteres fand ich einen tollen Hinweis, weil ich könne die Jungs doch auch zu einer Wandertour durch die Hotelgänge einladen, auf der wir rein zufällig auch am Zimmer des Russen vorbei kämen. Caner erklärte mir, dass der Russe als Reaktion darauf mir den Energiehahn zudrehen würde und ich im nächsten Winter frierend in meiner Westberliner Wohnung sitzen würde. Ich könne nach Trier ziehen, sagte ich ihm. Das liege im Süden und dort sei es warm.

Zwei Stunden später kannte ich alle deutschen Autobahnen mit Nummern und Abfahrten. Caner ist deutscher als ich es bin und je sein werde. Wenn man sich an Klischees orientiert. Aber der Feminismus macht ja auch nichts anderes. Hier ein kleines, abgedroschenes Vorurteil, dort eine überkommene, eingefahrene Vorstellung vom Wesen der Welt mit all ihren Geheimnissen. Nun, da ich in diesem Hotelbett lag und er meinen Kleiderschrank aufräumte. Ich wollte aufs Meer hinaus schauen, in die Unendlichkeit blicken, als könne ich am Horizont die Zukunft sehen gerade so, wie sie geschehen sollte. Stattdessen lag die nächtliche Unaufgeregtheit einer Einöde in meinem Blickfeld und das Tosen des Meers ertrank im Rauschen des Autoverkehrs. Er sortierte meine Kleider, ordnete meine Mitbringsel und führte eine Art Haushaltsbuch über meine Ausgaben – vor allem die in der Außenbar, die er aber direkt in Relation zu den Getränken setzte, die mir die sieben Cousins spendieren wollten, es aber nicht taten, weshalb der Russe sie alle zahlte. Caner hat stets für mich bezahlt, was ich nicht unangenehm fand, sondern schwäbische Talente in mir weckte. Caner weiß auch alles, war immer besorgt, dass es mir gut gehe, ich nicht zu lange in der Sonne liege, hat aufgepasst, dass ich mich nicht verlaufe und hat dafür gesorgt, dass ich einen Vorzugstermin bei den Balidamen bekomme. Er bereiste mit mir das Mittelmeer, wo es blau und schimmernd ist, und reden wir nicht lange drum herum, kommen zum Punkt und zum Wesentlichen: Er war ein Held im Bett. Ein Punkt, den keine feministische Theorie beachtet und erklärt. Obwohl es nicht mehr ist, als ein weiterer Mosaikstein in der Reduktion auf das Einfache. Oder Wesenhafte. Oder kurzum: Haben Feministinnen einfach nur die falschen Männer im Bett? Womit wir wieder beim Vulgärfeminismus wären. Ist die Penetration wirklich die Erniedrigung der Frau in ihrem ursprünglichsten Element, ihrem eigentümlichsten Akt, ihrer lustvollen Erfüllung? Hätte sich dann die Evolution nicht einen anderen Weg zur Fortpflanzung überlegt? Wie bewertete eigentlich die Frau im Neandertal zu ihrer Zeit den Sex? An sich?

Pauschalurlaube sind sehr, sehr nett. Ich hätte mir durchaus mehr vorstellen können, hatte aber stets auch den Erwerb der Bratpfanne im Hinterkopf und mir einen entsprechenden Barbetrag beiseite gelegt. An der Rezeption ließ ich mir eine Liste möglicher Erwerbsquellen zusammenstellen. Verdutzte Gesichter ließen aber keinen Zweifel daran, dass ich seit langer, langer Zeit die einzige Bratpfannen-Touristin – wenn nicht sogar die erste – war, die es durch die Zoll- und Passkontrollen des Landes geschafft hatte. Deshalb auch die mühsam vom zu gebenden Trinkgeld abgesparten Barmittel. Denn man sollte keine Spuren hinterlassen und ein der schlagkräftiges Argument nicht mit der Kreditkarte bezahlen.

Und ist es nicht schon ein deutlichen Zeichen der unzureichenden männlichen Kommunikation, dass Frauen in Bratpfannen Gerätschaften zur Erhitzung von Essen sehen, wenn Männer diese auch als Werkzeug zum Weichklopfen von Schnitzeln benutzen? Das ist nicht nur bei der kreativen Verwendung von Gegenständen, sondern auch bei der Verwendung von Sprache so. Welche Frau darf „Meine Fresse" sagen? Keine. Männer tun dies unentwegt. Könnte es also sein, dass Männer über einen weitaus größeren, weniger restriktiven Wortschatz verfügen dürfen als Frauen?

Die Gegenreaktion auf weiblicher, feministischer Seite ließ nicht lange auf sich warten. Das Vokabular der Männlichkeit – also des Optimums – wird erobert und an Vulgarität sogar noch übertroffen, beispielsweise wenn man sich selbst als Bitch bezeichnet, bezeichnen muss. Daraus lässt sich zunächst und unmittelbar als Determinante abstrahieren: Das Vulgäre ist das Optimum. Diese Prämisse gilt dann auch gleich für jegliche Theorie im Vulgärfeminismus.

Auch wenn beide Geschlechter sich in ihren Positionen aufeinander zu bewegen, aufeinander zu laufen, können sie sich dabei durchaus verlaufen. Man landet dann bei Romanen, die sich Gedanken über Madenwürmer machen. Dieser Gedankengang entspricht aber der kurzgegriffenen weiblichen Interpretation von Männlichkeit, dass alles, was der Mann als solcher macht, denkt und sagt nur primitiv, dumm und vulgär sein kann. Wenn gleichzeitig nach der Meinung von de Beauvoir das Männliche eben auch das Optimale ist, ergibt sich daraus logisch, dass Vulgarität das optimale Ziel allen Seins sein muss. Inklusive

Weichklopfen von Schnitzeln mittels einer Bratpfanne. Wir Frauen sollten uns gut überlegen, ob wir künftig alle Schnitzel dieser Welt mit Bratpfannen weich und breit klopfen wollen, oder ob wir dafür nicht vielleicht doch auf eine entsprechende Gerätschaft zurückgreifen wollen? Wollen wir fluchen und saufen? Ich plädiere für einen gepflegten Pauschalurlaub, Zimmer mit Meerblick, das Pfeifen auf die Hotelregeln und eine Neubestimmung des Optimums!

Als der Pauschalurlaub sich dem Ende neigte, kam mir in den Sinn, dass ich den sieben Cousins der Mitbürgerin mit türkischem Migrationshintergrund – die im übrigen immer noch mit mir im Dunkeln spazieren gehen wollten und wohl noch immer keine Taschenlampe hatten –, noch die Geschenkeüberreichen musste, die mir die Mitbürgerin mit türkischem Migrationshintergrund in den Koffer gequatscht hatte. Für jeden eine Packung Gummibärchen. Oder vielmehr, was noch von diesen übrig war, nachdem Caner sie entdeckt hatte. Die Süßwaren und mich. Er hatte alles vernascht.

Schwund allerorten, denn ich sollte recht bald feststellen, dass statt der nächtlichen Gruppenwanderung von acht Menschen nur noch ein Aspirant sich zusammen mit mir auf den Weg in die Dunkelheit machen wollte. Ich war beleidigt. Zunächst.

Die anderen Cousins und der Frisör hatten andere deutsche Damen gefunden, denen sie Herz und Geldbeutel öffneten – und ich eröffnete an der Außenbar ein Beratungsbüro für deutsch-türkische Liebschaften. Die Damen waren alle unsterblich verliebt in ihre türkische Errungenschaft, trugen Bicolor-Frisuren und hatten sich an unmöglichen Stellen hässliche Hautbilder von betrunkenen Tätowierern aufbringen lassen. Die Cousins hatten sich allesamt auf mich als den Autoritätsbeweis aus Deutschland berufen – und ich konnte nicht anders als gute Miene dazu zu machen, weil ja die Gummibärchen weg waren. Wir brauchten Stillschweigen auf allen Seiten. Cousin Fünf legte sein Coming-Out hin und pochte auf seine Gummibärchen-Ration.

Pauschalurlaube zu verlängern ist teuer. Ich bin dann abgereist und Caner stand am Flughafentor dieser türkischen Stadt am Mittelmeer und heulte und heulte. Er flennte, weinte und schluchzte. Es war herzzerreißend. Mir war das unangenehm. Was macht ein Mann heulend am Flughafentor von Antalya? Ich heulte nicht. Nicht eine Träne. Keine. Einzige. Träne. Kullerte. Über. Meine. Wangen. Was da lief, war eher ein Sturzbach, eine Flutwelle, ein Dammbruch – aber auch erst, als Caner mich nicht mehr sehen konnte. Weil heulen ist doch Kinderkacke, nur was für Mädchen.

Ich bin direkt und schnurstracks in den Duty-Free-Shop, um dort doch noch Bratpfannen zu erstehen. Sicher ist sicher, dachte ich mir. War mir aber doch ein wenig unschlüssig, weil ich zuhause bereits zwei Pfannen habe. Eine von einer Premiummarke und eine von einer anderen Firma. Ich kaufte dennoch zwei Pfannen. Sie waren so schick. Schwarz. Ich sah ohnehin alles tränenverschwommen. Und die Frau im Duty-Free-Laden dachte, wenn sie mir keine Bratpfannen verkaufte, würde ich den Laden erst richtig unter Wasser setzen. Mein Sitznachbar fand die Pfannen auch schick. Seine Frau nicht. Sie hatten beide irgendwann keine Tempos mehr und der Stewardess ging das Mitleid aus. Heulte ich halt so für mich rum. Laut. Klagend. Haare zerraufend. Leise Weinen ist doch Kinderkacke. Nun. So war das eben.

Wochen später kam Caner nach Deutschland. Zurück. Er war Student. Ich dachte, er sei Professor gewesen. Zumindest aber Doktor. Der schönen Künste. Hatte ich mal wieder nicht richtig zugehört oder darauf vertraut, dass meine Wunschvorstellung schon mit der Realität kompatibel sein würde oder sich die Realität dieser anpassen würde. Er hatte eine Teekanne als Geschenk dabei. Und eine Bratpfanne. Seine Mutter hatte die Pfanne gekauft. Damit war das Eindruck schinden bei den Schwiegereltern direkt erledigt.

Caner hatte noch etwas in seinem Reisegepäck: seine Schwester. Jetzt nicht kleingeschnürt und mit Geschenkband umwickelt, sondern als Geist aus der Wunderlampe schwebte sie fortan über uns. Die Gute war manisch besorgt um ihren Bruder, pardon, ihr Brüderchen und scheute keinen Inlandsflug in Deutschland, um sich um die Belange und Anforderungen ihres Brüderleins zu kümmern. Inklusive stundenlanger Telefonate mit mir, was denn bei dem Knaben unbedingt zu beachten sei. Sie lieferte die Pflegeanleitung gleich mit: Bitte nicht zu heiß waschen, von links bügeln, täglich füttern, darauf achten, dass er sein Pausenbrot eingepackt hat, die Klamotten bereits am Abend zuvor ankleidungsgerecht rauslegen. Hatte der Bruder falsch geparkt, erledigte sie das. Er hatte den Abgabetermin für die Diplomarbeit vergessen – sie rief den Prof an und klärte das mit dem. Konflikte in einer sich anbahnenden Partnerschaft: Die Schwester stand mit Rat und dummem Geschwätz zur Seite. Zum Glück verzichtete sie auf die Handlungsanweisungen. Als Ratgeberin, pardon, meine neue beste Freundin, die ich gar nicht haben wollte, war sie gerne auch nach Einbruch der Dunkelheit, während der Tagesschau oder schon morgens vor dem Aufstehen eine gern gehörte Kalenderblatt-Tante mit schlauen Sprüchen, Rezepten und Berichten aus der Welt des schwesterlichen Daseins. Man kann dies auch als Plage bezeichnen. Müssen wir Frauen immer und direkt und allen Menschen gegenüber das mütterliche Gen demonstrieren? Ohne Möglichkeit des Einspruchs. Trifft es auch zu, dass Frauen immer schon vorher alles besser wissen, bereits am Mittwoch erkennen, dass der Braten am Sonntag anbrennen wird? Andererseits ist das Vorschicken des mütterlichen Gens eine herrliche Methode der Einmischung und der Überwachung. Man darf ungehindert sich das Mobiltelefon des Angebeteten schnappen und dieses einer Generalinspektion unterziehen mit der Ausrede, das Telefonbuch bedürfe einer dringenden Grundreinigung – und außerdem sei der Stromverbrauch viel zu hoch, wenn man zu viele Kurznachrichten erhalte. Männer glauben so etwas, sie sehen darin das Wirken und Walten des mütterlichen Gens. Nochmal: Wir glauben doch nicht wirklich, dass so viel Unvermögen – nennen wir es einmal so – tatsächlich das Optimum sein kann.

Es sollte das Mantra des aufgeklärt-verrückten, des esoterisch-entrückten, des sozialistisch-zerdrückten, des psychologisch-bedrückten und des historisch-abgerückten Feminismus sein, dass ein Mann niemals, zu keinem Zeitpunkt das Optimum ist und es niemals, zu keinem Zeitpunkt werden kann. Basta!

Caner hatte sein Leben an der Garderobe der mütterlichen Fürsorge abgegeben. Das dämmerte mir bald. Und da ich nun einmal eine Frau bin und bleibe, schlussfolgerte er daraus glasklar – männliche Logik: wenn A dann B – dabei, liebe Männer können dem A durchaus auch ein M, ein E und ein N folgen, um ein sinnhaftes Wort zu ergeben –, dass auch ich selbstredend über dieses mütterliche Gen verfüge. Es schlummere nur in mir und warte darauf, aus seinem Dornröschenschlaf erweckt zu werden, auf dass ich mich endlich in der mir eigenen Mutterrolle austoben könne. Wie überaus praktisch für mich. Mutter werden in zehn Sekunden, ohne Schwangerschaftsstreifen, Windeln wechseln, Erziehungssanktionen verhängen und Pausenbrote in Butterbrotpapier einwickeln zu müssen. Einfach nur kochen, putzen, Rücksicht nehmen. In der männlichen Welt gibt es noch immer die Festlegung der Partnerin auf die Funktion des Dienstpersonals, des zwar anstrengenden aber unerreicht günstigen Dienstpersonals. Die Mitbürgerin mit türkischem

Migrationshintergrund mag darin ihr Glück gefunden haben. Aber ich. Feministin der aktuellen Stunde. Ich musste gegen diese Form des Patriarchats aufbegehren. Mich an den Kühlergrill der Bewegung ketten. Dabei fiel mir auf, dass Caner gar kein Auto hatte. Seine Schwester schon. Ich auch. Er hatte nicht mal den Führerschein. Denn diesen konnte seine Schwester nicht für ihn erwerben.

Das Aufbegehren gegen das Patriarchat fand bei mir andere, subtilere Ausdrucksformen: Ich kann nicht kochen. Kann nicht stricken. Nicht putzen. Selbst unter Aufsicht nicht. Unter Anleitung schon gar nicht. Aber ich kann häkeln und ich kann tippen. Perfekt. Weißgottwieviele Anschläge in der Minute. Und Maschen. Eine schöner als die andere. Das war meine historische Chance, mich endlich in die zugeschriebene Rolle einzufügen, meinen Platz in der Partnerschaft einzunehmen, dem Kissen der Position den Handkantenschlag zu geben und still zu sein. Ich tippte, korrigierte, schrieb seine Diplomarbeit. Wie eine Weltmeisterin. Nebenbei häkelte ich ihm einen Sattelbezug für sein Fahrrad. Natürlich ging auch das nicht ohne seine Schwester, die derweil die Wohnung putzte und fortwährend meine Körperhaltung korrigierte. Mit einem perfekten, ergonomisch geformten Bürostuhl ginge das Tippen noch schneller und besser und überhaupt. Ich war eine Tippse. Tippse von Mannes Gnaden. Ich hatte nicht mal was dagegen. Ich saß warm und trocken. Das Thema der Arbeit berührte mich nicht. Ich bekam Lob und Anerkennung. Und nachts noch ein wenig Liebe als Dreingabe. Brauchen Frauen mehr? Ja! Unbedingt!

Ich habe die Affäre dann beendet. Erwähnte ich eigentlich schon, dass der Junge verdammt gut aussah und eine Granate im Bett war. Bin ich so oberflächlich? Es war aus. Vorbei. Geschichte. Historie. Caner stand am Flughafentor einer anderen Stadt und heulte, heulte, heulte und nochmals heulte. Es war mir sehr unangenehm. Ich heulte nicht, weil Heulen ist doch Kinderkacke und Mädchenkram. Anschließend fuhr ich in die Innenstadt und wollte einkaufend kompensieren, was mir an Unheil geschehen war. Ich probierte dreiundsechzig Paar Schuhe an, eines schöner als das andere, keines passte. Ich zwängte mich in die schönsten Kleider dieser Welt, keines wollte mir wie angegossen sitzen. Also kaufte ich mir noch eine Bratpfanne. Ein weiteres Markenprodukt. Mit ganz schwerem Boden. Ein Qualitätsmerkmal, wie mir die Verkaufsfachkraft erklärte. Jetzt habe ich den Überblick verloren über mein Bratpfannensortiment. Eine davon habe ich der Mitbürgerin mit türkischem Migrationshintergrund gegeben. Als Versöhnungsgeschenk. Sie hatte mich bereits als verdientes Mitglied ihrer Familie gesehen und heimlich in Cousin Vier ihren Favoriten auf meine Hand ausgemacht. Sie revanchierte sich mit einer Teekanne.

Heute sind Caner und ich sehr gute Freunde. Er besucht mich hin und wieder und dann gibt es Stress mit dem jeweils aktuellen Beziehungspartner. Ich machte mir eine Notiz, dass Pauschalreisen fortan verboten seien und der Feminismus auch ohne Pauschalurlaub auskommen muss. Schließlich kann man auch keinen Urlaub vom Feminismus machen.

Erst Monate nach dem gezogenen Schlussstrich ging mir auf, dass ich diesen Menschen geliebt habe. Mit allem drum und dran. Nicht nur aus dem einen Grund – habe ich diesen eigentlich schon erwähnt? –, sondern auch aus vielen anderen, aus unzähligen anderen. Seine aktionistische Herangehensweise in der Problembewältigung, sein Lachen, seine Kreativität, sein Nicht-ständig-Reden-müssen. Dies aber nur nach aktueller Gemütslage, denn sein Schweigen konnte mich dann schon auf die Palme bringen und ließ mich ohne Kokosnüsse zurückkehren. Ist diese Phrase eigentlich sexistisch? Antifeministisch? Warum sonst sollte man auf die Palme gebracht werden, als um Kokosnüsse zu ernten? Jetzt bitte nicht die Palmöl-Diskussion. Ich habe diesen Menschen geliebt. In diesem einen, wie in vielen anderen Augenblicken, nicht für die Ewigkeit, nicht in der Unendlichkeit. Der Moment. Das Nun. Das Jetzt. Das Hier. Und wenn man auf die Palme gebracht wird, will man doch nicht mit leeren Händen auf den Boden der Realität zurückkehren.

Der Prozess des Entliebens ist schmerzhaft, traurig, hin und wieder auch endgültig. Man sucht nach seiner Normalität, seinem Wert, seinem eigenen Ich. Das Überleben, ohne in allzu tiefe Melancholie zu fallen, regelte ich mittels Listen, die ich früh am Morgen schrieb, um sie abends mehr oder weniger abgearbeitet in den Müll zu werfen.

Erledigungsliste

16. Januar (Samstag).

- **Aufräumen.**
- Schraubenschlüssel suchen.
- Martini mixen lernen.
- **Kochkurs im Internet belegen.**
- Einen Kalten Hund zubereiten.
- Judith Butler lesen. Mindestens zwei Seiten.
- Anschließend einkaufen gehen.

Nein, es stimmt einfach nicht, dass Einkaufen eine typisch weibliche Sublimationsangelegenheit ist. Auch Männer gehen gerne shoppen. Sie sind nur wesentlich schneller fertig und würden es niemals zugeben, dass es ihnen imponiert, wenn ihnen eine Verkäuferin Honig um den Bart schmiert: „Klar, können Sie das tragen.“ „Wer, wenn nicht Sie.“ „Sitzt wie angegossen, wir müssen nur hinten was rauslassen, die Arme kürzen, vielleicht dann oben doch was bei nähen. Unsere Näherin macht das. Kostet nur einhundert Euro. Der Anzug macht tausend Euro. Aber der Anzug steht Ihnen ausgezeichnet. Dieser Schnitt ist wie für Sie gemacht. Da hat sich der Herr Lagerfeld etwas richtig Schickes einfallen lassen.“ Frauen sind beim Einkaufen selbstbestimmter. Und wissen, was sie wollen. Gemeinhin.

Das ist alles auf der evolutionären Festplatte eingraviert. Seit abertausenden von Generationen. Frauen jagten vor der Höhle Kleingetier für den Hunger zwischendurch, während Männer sich in Seilschaften auf Abenteuerreisen um den Sonntagsbraten kümmerten. Vor der Höhle war der Konkurrenzkampf größer, denn auch Nachbars Katrin hatte einige Mäuler zu stopfen und so verfestigte sich in der Damenwelt eine ganz genaue Vorstellung dessen, was erstens: satt macht und zweitens: schnell zu erlegen ist. Später übertrug sich das auf schicke Schuhe und andere dekonstruktivistische Geschlechtermerkmale, aber da hatte der Supermarkt die Tiefkühltheke längst perfektioniert.

Am Abend des darauffolgenden Tages wanderte folgende Liste in den Müll: Den Schraubenzieher gefunden. Den Martini gefunden, gekühlt und gerührt. Den Martini gerührt und für gut befunden. Festgestellt, dass man ein statistisches Mittel zur Geschmacksanalyse heranziehen muss. Noch einen Martini getrunken. Mich der Rührung hingegeben. Die über mir wohnende Frau K. beim Fegen der Haustreppe angefeuert. Mit Verve. Sie dabei auf Versäumnisse in ihrer Kehrkunst hingewiesen. Vom Fegefeuer erzählt. Dabei was gehörig durcheinander gebracht. Ermattet auf das Sofa gesunken. In der Aufregung und der anschließenden Zeit der Rekreation das Projekt Kalter Hund vergessen. Ich habe alles erledigt. Ich bin bereit für neue Erledigungslisten, Erkenntnisse, Gewinne und Erfahrungen. Gewappnet und gerüstet. Gekleidet und gewogen.

6.
Mehr Erkenntnis. Weniger Apfelblüten.

„Die Prophetin Mirjam, die Schwester Aarons, nahm die Pauke in die Hand und alle Frauen zogen mit Paukenschlag und Tanz hinter ihr her."
2. Buch Mose, 20

Am nächsten Morgen stand ich unter der Dusche und ließ kühles, erfrischendes, seifiges Nass über mich perlen, als plötzlich eine Stimme zu mir sprach. Ich solle, raunte sie, am nächsten Vollmondmorgen auf die höchste Erhebung des Landstrichs pilgern, denn dort würde ich den Stein der Weisen finden, absolute Erkenntnis erlangen, und so zur lupenreinen Feministin werden. Ich hatte mir irgendwann mal eine Flasche Meister Propper gekauft und hatte den Typen auf der Flasche in Verdacht mir einen blöden Streich zu spielen. Aber, der konnte ja gar nicht reden. Ich hatte das Radio nicht an. Das Licht flackerte nicht. Es zog kein göttlicher Odem durch die Duschkabine. Der Briefbote war vor Stunden grußlos an meinem Briefkasten vorbei gegangen. Und die Nebenkostenrechnung war auch bezahlt.

Nachdem ich alle Eventualitäten durchdacht hatte und scharfsinnig schlussfolgerte, dass Meister Propper der einzige Mann in Sprechweite mit Möglichkeit zu einer solch sonoren Männerstimme war, dieser aber eigentlich nicht sprechen konnte und außer Seifenblasen auch nix zu sagen hatte, begann ich am ganzen Körper zu zittern. Auf die Liste des Tages kam nur ein einziger Auftrag: „Topographische Karte der näheren Umgebung besorgen. Höchste Erhebung über Normalnull ermitteln. Dorthin pilgern. Weise heimkehren. Einen Mondkalender besorgen und nochmals über die Sache mit den Nothelfern und Patronaten nachdenken. Aber nur kurz.“

Die höchste Erhebung der Region war schnell ermittelt. Der Tag des kommenden Vollmonds auch. 15. Februar. Ein Sonntag. Aber ich hätte besser nicht im Mondkalender weitergelesen.

Das passiert am 15. Februar:

Mond im Löwen: zunehmend. Kraft: absteigend.

Element: Feuer.

Pflanzenqualität: Frucht. Nahrungsqualität: Eiweiß. Wetterqualität: Wärmetag. Körperregionen: Rücken, Herz, Blutkreislauf. Organsystem: Sinnesorgane.

Garten und Landwirtschaft. Günstig: Säen und pflanzen von Fruchtgemüse, Getreide, Obst und Rasen. Umsetzen von Zimmer- und Balkonpflanzen. Veredelung von Obstgehölzen. Erstes Umgraben der Beete im Frühjahr. Ungünstig: Düngen von Obst, Gemüse und Getreide. Jäten von Unkraut. Setzen von Tomaten und Kartoffeln.

Heilkräuter. Günstig: Sammeln von Kräutern gegen Herz- und Kreislaufbeschwerden.

Körperpflege. Günstig: Hautpflege zur Glättung. Fußreflexzonenmassage. Massagen zur Regeneration und Kräftigung. Schneiden von Haaren und Haarspitzen. Ungünstig: Dauerwellen legen. Entfernen von Körperhaaren.

Gesundheit. Günstig: Sport. Aufbauende Heilmittel und Methoden wirken gut. Ungünstig: Behandlung und Entfernung von Warzen. Operationen an Organen, die dem Zeichen Löwe entsprechen.

Nahrung. Günstig: Eiweißhaltiges Nahrung und Obst sollte an diesen Tagen besonders berücksichtigt werden. Ungünstig: Diät kommt nicht voll zur Wirkung.

Haushalt. Günstig: Betten nur kurz im Freien lüften. Polieren und einwachsen von Möbeln. Ungünstig: Waschen von Wäsche. Reinigen und Putzen. Die chemische Reinigung von Kleidungsstücken.

Ich war froh endlich eine perfekte Ausrede für das Nichterledigen von Wäsche und Hausputz bekommen zu haben. Gartenarbeiten hatte ich an diesem Sonntag im Februar auch nicht geplant und welcher Frisör wollte mir schon an einem Sonntagnachmittag eine Dauerwelle legen. Ein Blick in den Mondkalender bringt viel Freude und Freizeit.

Esoterik ist die Wissenschaft der runden Ecken, weichen Kekse und von Mutter Erde und– seien wir einmal verschwörungstheoretisch – ein Instrument der männlichen Unterdrückung. Alle Stifter von Sinnsystemen sind männlich und machen sich um Geschlechterparität überhaupt keine Gedanken. Man denke nur an das Machtsystem der einzelnen Religionen. Für die Graswurzel- oder Weihrauchebene bleibt jedoch festzuhalten, dass man seines Glaubens wegen partizipiert und nicht wegen des Personals. Während die Katholiken Maria zumindest einen Stellvertreterposten zuerkannten, verzichteten die Protestanten ganz und gar auf die Quote, der Buddhismus überhaupt auf jegliche weibliche Partizipation. Was Frauen an sich nicht davon abhält, im Buddhismus ihr Seelenheil zu finden. Also kann es am Grad der feministischen Partizipation in Weltreligionen nicht liegen. Aber dies nur am Rande. Ganz und gar am Rande.

Ich fragte mich, ob Simone de Beauvoir auch in den Mondkalender geschaut hatte, bevor sie ihre Feder spitzte und ihre Ansichten zum weltumspannenden, generationsübergreifenden, geschlechtsvereinigenden Feminismus zu Papier zu brachte? Wenn ja, in welchen? Ich würde diesen gerne kaufen, denn dann wüsste ich demnächst, wann mich Erscheinungen heimsuchen. Wäre vorbereitet. Und Judith Butler? Hatte sie überhaupt je von der Existenz eines Mondkalenders im bewussten Dasein von Mutter Erde gehört? Gehört ein Mondkalender nicht in etwa auf die gleiche Stufe wie die Teppichklopfstange, die früher in den Höfen von Mietshäusern stand und sommers gerne als Gestell für Kinderschaukeln diente? Brauchen Frauen stets Sinnsysteme – keine eigene, sondern verschrieben und verordnete –, um durch den Tag zu kommen? Dann doch lieber eine Teppichklopfstange im Hinterhof der Weiblichkeit.

Beba war skeptisch. Beba war überhaupt in allen Dingen skeptisch. Weshalb ich sie damit beauftragte, zu recherchieren, ob denn Judith Butler einen Mondkalender habe und was es mit der Teppichklopfstange an sich und auf sich habe. Beba schaute mich ausdruckslos an. Mondkalender. Teppichklopfstange. Ich erläuterte ihr rubbeldikatz alle physikalischen Einflüsse, die der Mond auf die Erde und damit auch auf uns Menschen ausübe. Das Spiel von Mond und Gezeiten gab ich als kleines Ein-Frau-Theaterstück. „Mondkalender kenne ich. Teppichklopfstange auch“, sagte sie stumpf, „aber wer ist Frau Butler?“

Beba. Meine beste Freundin. Jahrelang war sie meine treue Begleiterin in der Erkundung des eigenen Feminismus. Sicherlich: Der Auftritt der Mitbürgerin mit türkischem Migrationshintergrund hat sie in jüngster Zeit ein wenig in den Hintergrund treten lassen, aber dennoch, was sind schon viele gemeinsame Jahre im Auf und Ab des Schicksals gegen ein Pauschalurlaub in der Türkei?

„Ich kenne keine Frau Butler!“, wiederholte sie. Ein wenig trotzig. Ein wenig zu trotzig. Beinahe beleidigt. Und verrückte mir im Handumdrehen vollkommen die Metaebene. Und ich bemerkte, dass nicht die feministische Theorie das ausschlaggebende Werk liefert, sondern einzig und allein der Mondkalender. Und eine Teppichklopfstange. In gewissen Kreisen. Den Kreisen von Frau Butler.

„Frau Butler steht im Supermarkt um die Ecke an der Fleischtheke und dreht das Fleisch durch den Fleischwolf. Sie ist die mit der roten Kappe, die mit dem Fleischwolf Rindfleisch verhackstückt. Sie ist die Hackfleisch-Queen von der Mittelstraße“, antwortete ich ein wenig biestig.

„Der Supermarkt hat eine Fleischtheke?“, fragte sie nach.

„Ja. Seit dem letzten Umbau. Die Blonde mit der auberginefarbenen Stirntolle, keck und kess zum roten Käppchen. Das ist Frau Butler.“

Ich gönnte mir den kurzen Augenblick der unfeministischen Freude. Ein Mann hätte jetzt geantwortet, dass er natürlich die Frau Butler kenne und samstags bei ihr immer die Rouladen für den Sonntag kaufen würde. Frauen hingegen lassen ihrer Verwunderung und ihrem Nichtwissen freien Lauf in allen Falten der Gesichtsmimik. Auch solchen, die man am Abend zuvor mit wahnsinnig teurer Creme eigentlich wegpoliert hatte. Ich klärte auf: „Nein. Natürlich nicht. Frau Butler ist eine Vorzeigefeministin, die die Sprache verhackstückt, um darin geschlechtsspezifische Muster zu erkennen, die sie fortan anprangert und den Männern um die Ohren haut.“

„Wäre es dann nicht besser, sie würde Schnitzel machen.“

„Schnitzel macht sie, wenn sie mit dem Hackfleisch fertig ist.“

Bei meinem Versuch, Beba in die hohen Sphären der Philosophie Judith Butlers einzuweihen, bemühte ich die Schnitzel-Rhetorik und Hackfleisch-Metaphorik redlich. Ich erklärte, dass Frau Butler nun einmal jede Art von Fleisch dekonstruktiviere, das ihr im Laufe ihres Arbeitstages zwischen die Finger komme. Sie habe einen schicken Fleischwolf vom Chef bekommen und nutze dieses Instrument der Macht und das Werkzeugs des Seins redlich. Jeden Abend, nachdem sie Unmengen von Hackfleisch produziert habe, stelle sie fest, dass Gehacktes schlichtweg gleich aussehe. „Das stimmt nicht", wandte Beba ein und demonstrierte mir ihre Überlegenheit in küchendienlichen Belangen. „Rinderhack sieht anders aus als Schweinehack und frisches Hack sieht anders aus als ranziges Hack." Bevor sie fortfahren konnte, wandte ich ein, dass Hackfleisch nun einmal anders aussehe als Rouladen. Sie gab klein bei.

Wenn Frau Butler mit einer Portion Hack fertig sei, forme sie daraus stets einen Igel und rufe lauthals durch den Laden: „Sieh' an! Eine Vulva! Eine befreite, selbstbestimmte Vulva!" Worauf ihr eine Kundin, die dem Veganismus huldigt, antwortet, dass dies doch ein Feuerwehrauto sei. „Herrlich", schallt es dann von der Jury für die Auswahl der besten Schaufenstergestaltung für Herren-Oberbekleidung aus der Boutique von nebenan, „dieser Diskurs. Wir sollten dieser Frau Butler einen Preis überreichen." Aber wir machen doch die Preise, beschweren sich darob die Kassierenden. „Macht nix", beschließt die Jury, „es ist gerade Mettzeit und die Frau Butler hat einfach einen Preis verdient." Und hängen ihr eine Medaille um.

Genauso habe es die Butler mit den Geschlechtern gemacht. Sie habe männlich und weiblich durch den Fleischwolf gedreht und beim Anblick des Ergebnisses glasklar erkannt, dass im Grunde genommen ein Unterschied nicht wirklich erkennbar sei. Was sie zu der Erkenntnis brachte, dass alles eine Sauce sei und nur durch den Gebrauch durch Sprache Unterschiede geschaffen würden. Sauce Hollandaise. Sauce Bearnaise. Braune Sauce. Grüne Sauce. „Die macht die Butler dann zu Verkaufsschlagern, in denen sie ihren Saucen einen unaussprechlichen Namen gibt oder Rezepturen von Inhaltsstoffen beilegt, die sie selber nicht versteht", führe ich aus. Sie bediene sich also der selben Macht, nämlich der Kraft des Unverständlichen, um ihrer Rede Bedeutung zu geben.

„Reden wir jetzt über Saucen oder über Hackfleisch?", fragte Beba.

„Wir sprechen über die feministische Theorie von Frau Butler", antwortete ich. Seit wann denn die Fleischtheken-Butler im Supermarkt Zeit für solche Gedanken hätte, wollte Beba wissen, die werde sicherlich nicht fürs Denken bezahlt, sondern pro Kilogramm Hackfleisch. Sicherlich, entgegnete ich, doch habe Frau Butler durchaus Macht. Eben die Macht, dieses Gehackte als gut und optimal zu deklarieren und einen höheren Preis dafür zu fordern, als für jenes Pfund Kleinfleisch. Diese Macht könne sie durchsetzen und damit den Lauf der Welt bestimmen und verändern. „Aber nicht, wenn die im Supermarkt eine gute Kassentante haben", erkannte Beba messerscharf: „Es gibt immer eine höhere Instanz, die den Preis eintippt und abkassiert." „Und Hackfleisch ist Hackfleisch", schloss ich. Es sei eine Frage der Macht, die Dichotomie zwischen gutem und schlechtem Fleischklein festzulegen und diese Macht hätten die Frauen an die Männer abgegeben und das, obwohl mehr Frauen als Männer in Supermärkten hinter der Fleischtheke stünden und in den Gebrauch solch hochkomplexer Maschinen wie des Fleischwolfs eingewiesen würden.

Einwände von Beba waren schließlich nur noch rezeptieller und kochtheoretischer Natur. Wie denn genau ein gutes Tartar zuzubereiten sei, ob Eiklar ja oder nein, ob man die Zwiebeln anbrate oder einfach nur in Wasser weichkoche oder sogar roh serviere. Das sei, wandte ich ein, ein weites Feld, und hob unsere philosophische Betrachtung am Rande des Fleischwolfs auf die nächste, die Beinahe-Meta-Ebene.

„Meta ist übrigens die Frau, die im Supermarkt immer die Inventur macht."

„Die, die sich immer verzählt? Die dicke Blonde? Die mit Uwe von gegenüber verheiratet ist? Die heißt Meta? Er nennt sie immer Uschi."

„Uschi? Bist du dir da sicher?"

Anatomie ist kein Schicksal. Wissen wir dank Frau Butler. Kein Kochen können schon. Ob jetzt Frau Butler eine gute Bulette gelingt, weiß ich nicht, mit ihren Konstrukten dieser Welt stehe ich allerdings auf Kriegsfuß. Tradiere ich immer eine weiblich-männliche-Machtfestschreibung? Immer dann, wenn ich spreche und rede? Auch wenn ich mich mit Beba über Meta unterhalte?

Die deutsche Sprache kennt drei Geschlechter. Das macht uns die Sache in der aufkommenden Geschlechterdiskussion um Transsexualität sehr viel einfacher. Wir können im dritten Geschlecht denken. Bei den Anmeldeformularen auf dem Amt sollte auch künftig nicht mehr „Herr, Frau" stehen, sondern Das, Der, Die. In alphabetischer Reihenfolge. Der Herr Müller. Die Frau Meier. Das Mensch Schmidt. Aber das nur am Rande. Beba war verwirrt. Deshalb setzte ich nach, bevor sie sich im Supermarkt an der Wursttheke so richtig blamieren würde. Wir tradieren kein binäres System, wir suhlen uns darin. Wir brauchen eine klare Einteilung in Mann und Frau, ja wir verlangen geradezu danach, weil wir nur in dichotomen Welten existieren können. Hell, dunkel. Gut, böse. Groß, klein. Alle Abstufungen dazwischen werden als nett und putzig wahrgenommen, aber es geht immer nur um entweder oder. Und nichts anderes. Abstufungen sind relativ. Am Ende entscheidet doch die absolute Einordnung, ob gut oder schlecht, nicht die Relativierung von schwarz oder weiß.

Selbstredend verfestigen wir auch damit die patriarchalische Kultur oder das entsprechende Sprachsystem. Und dazu brauchen wir – so interpretiere ich Frau Butler – die Teppichklopfstange, die vordergründig dem Aufwirbeln von Staub diene, andererseits aber alten Dreck so richtig festige. In die Materie des Teppichs und damit der Grundlage des Gehens und Stehens, des Seins. Aber wollen wir Frauen überhaupt was anderes? Wenn ja, was wollen wir dann? Haben wir denn bereits eine Vorstellung davon, wie das Matriarchat aussehen und geformt sein soll, damit es uns Frauen, aber auch wirklich allen Frauen Recht und billig ist? Sollte man nicht zuvor ein Ziel formulieren, das man gemeinsam erreichen will. Gemeinsam meint selbstverständlich ohne alle Männer dieser Welt. Außer vielleicht Caner. Der darf dann doch mit. Aus alter Verbundenheit.

Die Ausnahme für Caner wollte Beba nicht so ganz einleuchten. Noch am gleichen Abend bestand die Mitbürgerin mit türkischem Migrationshintergrund darauf, dass es weitere Ausnahmen in der Ausschließlichkeitsdoktrin geben müsse. Sie werde eine entsprechende Liste erarbeiten. Auch sei sie sich ziemlich sicher, dass die Frau hinter der Wurstfleischtheke im Supermarkt definitiv nicht Butler heiße, sondern ebenfalls eine Mitbürgerin mit türkischem Migrationshintergrund sei, die nun für deutsche Hausfrauen Schweinefleisch flach klopfen müsse. Beba hielt dagegen, dass Kalbfleisch die Basis für ein Schnitzel sei. Ich bemerkte, das Matriarchat stand vor dem Untergang, kaum dass der erste Abend in die Geschichtsbücher geschrieben war. Die Mitbürgerin mit türkischem Migrationshintergrund machte tatsächlich die Liste. Allerdings war ihr Mann nicht darauf verzeichnet, stattdessen aber vier der sieben Cousins, was mir Sorgenfalten auf die Stirn schrieb und trieb.

„Warum willst du deinen Mann nicht mitnehmen?“, fragte ich – als sei der Übergang ins Matriarchat eine Reise mit Uhura zum erdfernsten Planeten. Ich witterte insgeheim einen ersten Riss, einen feinen Bruch im zarten Blumenhimmel der perfekten Liebe und den Triumpf der gesamten westlichen Welt, des wohl formulierten Feminismus über dieses ganze folkloristische Getue da unten am Mittelmeer. Ganz siegessicher rieb ich mir die Hände, denn am Ende würde doch ich, die perfekte Feministin der westlichen Welt die Oberhand behalten und diese Frauen aus der selbstgewählten Unmündigkeit in die Freiheit führen.

„Der ist selbstverständlich dabei. Wir sind verheiratet. Wir sind glücklich. Wir sind eins. Er und ich.“ Das brauche keine sonderliche Erwähnung, keine eigene Rubrik.

Beba hatte ich die nächsten Tage nicht mehr gesehen. Sie habe viel einzukaufen, erklärte sie knapp am Telefon und wirkte auch irgendwie gehetzt.

7.
Mehr Wunder. Weniger Lilien.

„Es nützt mir nichts, wenn ich sage, dass diejenigen, welche den Satz verfechten: der Mann habe das Recht zu befehlen und die Frau die Pflicht zu gehorchen, oder der Mann sei geeignet, die Frau ungeeignet zur Herrschaft, die Partei sind, welche die Behauptung aufstellen, und dass es deshalb ihre Aufgabe sei, entweder positive Beweise dafür beizubringen oder sich die Verwerfung ihrer Behauptung gefallen zu lassen."
John Stuart Mill

Ich hatte für mich beschlossen, dass ich mich vor der absoluten Erkenntnis noch ein wenig austoben dürfte. Über die Stränge schlagen. Als Ritual. Eigentlich ein männliches, aber Frauen sollten das auch mal probieren. Um zu merken, dass ihnen gar nichts, aber auch gar nichts entgeht.

„Du willst eine Art Junggesellinnenabschied feiern?", fragte Beba schüchtern. Sie war nach Tagen der Zwiegespräche mit der Wurstfleischtheken-Fachverkäuferinnen wieder in den Status der Freundin zurückgekehrt. Sie hatte deutlich an Erkenntnis gewonnen in dieser Zeit. Jene Frau, stellte sie fest, heiße gar nicht Butler, habe auch keinen türkischen Migrationshintergrund, sondern käme als Armutsflüchtling aus einem südwesteuropäischen Land und habe Agrarwissenschaften studiert und in der Regelstudienzeit mit Summa Cum Laude abgeschlossen, was sie nun perfekt in ihrer neuen Berufung anwenden könne. „Nein, es soll nicht so ein platter Junggesellinnenabschied werden, bei dem wir uns spätestens um zehn Uhr in einer Schwulenkneipe wiederfinden und darüber abstimmen, wer denn nun im Darkroom das Licht anmacht“, antwortete ich. „Es muss was Erhabenes, was Erweckendes, was Ehrfürchtiges und was Erquickliches sein.“ Letzteres sagte ich nur, um noch ein Wort zu verwenden, das mit E anfängt.

„Du solltest unbedingt Tagebuch führen, damit der Weg zum Feminismus auf jeden Fall für kommende Generationen nachvollziehbar bleibt“, ergänzte die Mitbürgerin mit türkischem Migrationshintergrund. Nachdem sie ein weiteres Glas Crémant getrunken hatte. Man könne dann später auch Prominente auf den gleichen Weg schicken und das ganz prima im Fernsehen vermarkten. Es gebe aber nur eine feministische Prominente, wandte ich ein. Zeit, dass sich das ändert, entgegneten Beba und die Mitbürgerin mit türkischem Migrationshintergrund. Im Chor der Neo-Feministinnen.

29. Januar

Ich habe das Internet befragt. Über mein künftiges Leben. Dazu einen Test gemacht, der mir nach nur vier simplen Fragen sagte, dass ich noch mit 52 verschiedenen Partnern Sex haben werde, allesamt männlich, bevor meine Libido ihren Geist aufgebe. Sechs von denen würde ich auch emotional verbunden sein. Die 46 anderen werden wohl männliche Prostituierte sein.

Beba: „Och, so was Ähnliches wollte ich ja auch irgendwann schon mal machen, habe mir dann aber überlegt, dass ich das Gewünschte ja auch problemlos kostenlos kriegen kann. Und ich bin mir bei männlichen Prostituierten auch nie sicher, ob sich das auch lohnt. Genauso wie bei weiblichen. Wenn man denen sein ganzes Portemonnaie ausschüttet und sich am Ende doch alles selber besorgt hat, war's ja sinnlos. Was mich zu der Frage bringt: Gibt es bei Prostituierten eine Geld-zurück-Garantie?"

Ich: „Ich glaube kaum, dass es eine Geld-Zurück-Garantie gibt. Das hätte allerdings den Vorteil, den Knaben ruhigen Gewissens anschnauzen zu können: ‚Streng' dich gefälligst an. Das macht kein Spaß so.'

Und man müsste nicht einen auf Problemlösungsgespräch bei Erektions- oder Ejakulationsstörungen machen. In diesem Fall glaube ich, müsste es eine Geld-zurück-Garantie geben. Obwohl. Fällt Ejakulation in den Dienstleistungsvertrag mit männlichen Prostituierten? Dürfen die das? Müssen sie das?

31. Januar

Zugegeben: Ich betrachte die Investition in Winterreifen als überflüssig, höchst überflüssig, halte mich für eine gute Autofahrerin, die es schafft, auch im dichtesten Schneegestöber über die rechte Schulter einzuparken. Mit Verve in die Lücke. Parkend.

Bekenntnis: Letzte Nacht erbrachte ich den Beweis, dass man bei Glatteis mit 120 Sachen durch die Landschaft brettern kann. Mit dem Auto. Man muss nur die Autosuggestion einschalten und fest daran glauben, dass man Winterreifen aufgezogen hat. Hupend.

Hinweis: Ich finde es sehr aufmerksam, wenn Beifahrerinnen die Konsistenz des Straßenbelags überprüfen, indem sie bei besagter Fahrt die Türe öffnen und den Fuß prüfend raushalten, ein wenig rutschen, dann den Schuh verlieren, um abschließend heulend zusammenzubrechen. Rasend.

Ergebnis: Gefährt und Lenkerin sind wohlauf. Beifahrerin hat eine Depression und sucht einen Schuh. Heulend.

Neue Fähigkeit: Dom Pérignon aus der Flasche. Trinken.

1. Februar

Erkenntnisgewinn des heutigen Tages: Im Feminismus ist Bananenbootfahren verpönt, wenn nicht sogar verboten.

2. Februar

Es möge protokolliert werden: Der Feminismus macht sich um die Nachbarschaft verdient. Ich habe eine typisch männliche Aufgabe erledigt und im Schein der Straßenlaternen Schnee geschippt.

Beba: „Wenn du nachts um drei Uhr Schnee schippst, wird das die Nachbarschaft gar nicht bemerkt haben.“

Mitbürgerin mit türkischem Migrationshintergrund: „Ausgehend von der Schneehöhe zolle ich dir anderthalb Zentimeter Anerkennung.“

10. Februar

Mittagessen. Ort: ein gehobenes Restaurant in der Stahlwerkstraße. Anwesend: Chef, Kollege Eins, Kollege Zwei, Beba und ich. Ich liebe dieses Restaurant. Ich bin dort fast zuhause. Ich liebe auch diese Runde. Ich bemerke, dass Kollege Zwei geschminkt ist. Ich schaue ihm fasziniert ins Gesicht. Nicht in die Augen. Ins Gesicht. Ich lasse mir vom Chef einen Kugelschreiber geben, um auf einer Serviette die schminktechnischen Fehler zu vermerken. Die Serviette werde ich dann Kollege Zwei unauffällig zustecken. Insgeheim finde ich diesen Übergriff der Männer in die Frauenwelt aber unerhört. Das Schminken – oder auch die Verteufelung jedweden Make-ups – ist unsere ureigene Domäne. Wir dürfen uns aufhübschen, unser Aussehen verändern. Eine Illusion sein, die beeindruckt, die verzaubert. Wir allein dürfen das. Wir Frauen. Sich eine Maske zu geben, auch wenn keine verlangt ist. Warum um alles in der Welt macht er das? Und dann noch so stümperhaft? Beba und ich sind schockiert und halten uns am frühen Nachmittag an der Rotweinflasche fest. Wenigstens dazu taugt Kollege Zwei. Seine Weinkenntnisse sind erschauerlich phänomenal. Der Restaurantmanager kommt und beschwert sich, dass ich zu schnell auf den Parkplatz geprescht sei und bittet mich künftige Besuche nicht durch Hupen anzukündigen. Wir berappen die 450 Euro für die Mittagstischrunde. Der Restaurantmanager entschuldigt sich bei mir. Ich dürfe durchaus hupen, so oft ich möchte, wenn ich mit überhöhter Geschwindigkeit auf den Parkplatz fahre. Ich schaue ihn an und versuche festzustellen, ob auch er geschminkt ist. Er hat nur die Augenbrauen gezupft. Und das Brusthaar rasiert. Auch stümperhaft. Ich bin still und lasse den Mann reden. Finde sein unterwürfiges Verhalten allerdings blöde. Er hat einen Kajalstift benutzt. Ich schweige weiterhin. Er schenkt mir eine Flasche Crémant als Entschuldigung. Weil mein Kollege geschminkt ist?

11. Februar

Ich muss doch nochmals zu Kollege Eins fahren. Das Schminkphänomen ist noch nicht nachhaltig besprochen. Was soll diese Metrohetero-Gender-Bender-Sexualität. Ist der Feminismus Grund und Ursache für die Verweichlichung der Männer? Sind Kerle vom Aussterben bedroht? Die Ehefrau vom Kollegen Eins gesteht, dass sie zuvor noch Sex mit einem verschwitzten Fernfahrer haben möchte. Auf einer Autobahnraststätte. Kollege Eins hält dagegen, dass die Selbstbefreiung der Frau auch zu einer Selbstbefreiung des Mannes geführt habe und somit auch er sich von Rollenklischees und Rollenzuschreibungen befreien würde, um zu sich selbst zu finden. Was genau haben Männer denn überhaupt verloren?

Nun gut, das könne aber keine getönte Tagescreme und das falsche Auftragen von Rouge sein, entgegne ich. Es sei ja selbstredend überhaupt nichts gegen jegliche Art von Selbstbefreiung, Selbstbehauptung, Selbstverortung – und Selbstbefriedigung, wirft die Ehefrau von Kollege Eins ein, wobei mich das Gefühl beschleicht, dass diese Ehe sich auch bald selbstbefreien wird – und Selbstbestimmung einzuwenden. Die Quintessenz sei dann jedoch, dass die ganze Menschheitsgeschichte auf fehlerhaften Zuschreibungen basieren würde. Dass wir mithin alle im falschen Universum lebten. Dass die ganze Menschheitsgeschichte damit ein Irrtum sei. Fundamentaler Systemfehler. Kernel Panic. Epic Fail. Oder was auch immer.

Die Ehefrau von Kollege Eins wendet ein, dass nur wir das so empfinden würden. Sie hat Recht. Ich werde mich in den kommenden Tagen unbedingt mit der Mitbürgerin mit türkischem Migrationshintergrund darüber unterhalten müssen. Ich breche auf. Die Ehefrau von Kollege Eins gibt mir Wegzehrung mit. Zwei Packungen Kirschlikörpralinen. Eine für mich. Eine für meine Eltern.

Bei der Polizeikontrolle zehn Kilometer weiter schenke ich dem Wachtmeister meine letzte Praline. Es lässt ihn ungerührt. Er ist nicht geschminkt, trägt Uniform, ist mit dem staatlichen und stattlichen Gewaltmonopol ausgestattet. Ich frage ihn nach seiner Geschlechterrolle. Er gibt mir seine Visitenkarte. Und lässt mich von dannen ziehen.

Zuhause angekommen lese ich meine bisherigen Einträge in meiner Reisebeschreibung zum Feminismus und sortiere die Post vom Tage. Dabei mache ich folgende Feststellungen:

a) Ich habe wirklich einen in der Klatsche.

b) Ich passe nicht in diese Welt.

c) Ich sollte endlich nach dem Sinn des Lebens suchen.

d) Eine ausländische Fluggesellschaft bittet zu einem Freiflug.

e) Im Otto-Katalog gibt es Glanzbettwäsche.

17. Februar

Rückblickend: Nach einer Zeit der inneren Einkehr, die da währte sieben Tage, sieben Stunden und sieben Minuten wurde ich zur Heiligen des allerletzten Tages, zur Schutzpatronin des Feminismus und zur Nothelferin in allen feministischen Lebenslagen. Für sieben Sekunden. Ich stand auf der höchsten Erhebung des Landes, zitternd, bibbernd, knabbernd an meinem Schicksalsfaden, der mir diese Bestimmung während eines Duschbads verkündete, ohne eine einzige Seifenblase des Widerspruchs zu dulden. Ich fügte mich. Ich füge mich. Und verkünde: Geschlechterrollen sind nix anderes als eine Erfindung des Mittelalters und wurden durch übellaunige Freimaurer in die Welt gesetzt, weil ihnen langweilig war.

Ist dem so?

5. März

Beba hatte herausgefunden, dass auch Tony Blair stets geschminkt war. Sie überlegt, ein Beautystudio mit Sonnenbank nur für Männer aufzumachen. Ich erkläre ihr, dass sie sich damit selbst aus ihrem Laden aussperrt, weil sie dann auch keinen Zutritt mehr habe. Sie will die Sonnenbank weglassen. Dann sei ohnehin mehr Platz. Die Mitbürgerin mit türkischem Migrationshintergrund hat einen Vortrag vorbereitet über die Schönheit muslimischer Männer und islamische Vorschriften für Rituale der Körperpflege. Im Islam müssten sich Männer wie Frauen alle vierzig Tage enthaaren. Dies stünde zwar so nicht im Koran, habe sich aber als Hygienevorschrift überliefert. In Zeiten und Wanderungen durch trockene Wüstentäler sei es ein Vorteil gewesen enthaart zu sein. Denn Wasser war damals kostbar und durfte nicht für Waschrituale verschwendet werden. Ich stelle fest, dass in der westlichen Welt im Mittelalter irgendetwas schiefgelaufen sein muss. Grundlegend. Ich vermute das Papsttum dahinter. Irgendeinen von diesen Borgias.

6. März

Erstens: In meiner Wohnung hat sich ein botanisches Wunder ereignet. Vor drei Jahren bekam ich eine Grünpflanze geschenkt, von der es hieß, die würde nie und nimmer blühen. Und was tut sie: Sie blüht. Jetzt nicht so toll und überbordend, aber doch schon beeindruckend. Ich werde nun einen Botanikerkongress in meiner Wohnung veranstalten, damit man mir huldige.

Zweitens: Beba hat mir heute gestanden, sie sei in Brian Ferry verliebt. Ich bin schockiert. Der Knabe muss heute knapp an die Sechzig sein und ergraut. Hässlich war er schon immer. Der Typ war so eine

Unperson wie die Sängerin von „Jefferson Airplane“, oder wie dieses Gesocks auch immer hieß. Oder „Hall and Oates“, die waren auch nicht besser. Oder Limahl, obwohl der hatte ja noch Charme. Bis man plötzlich vor ihm stand und sich fragte, was sich denn da mit dem Knie unterhält. Rockstargroupies waren auch nur immer Frauen. Dabei kenne ich hunderte von Männern, die Marianne Rosenberg anbeten, Mary Roos anhimmeln, aber bei Margot Rothenberger an Fassung verlieren.

Beba: „Diese Dame hieß Anneliese.“

Drittens: Termin mit Autowerkstatt machen. Der Autosuggestionsschalter muss neu justiert werden.

7. März

Ich hasse nichts mehr als Leute, die bei Einladungen nüchtern bleiben, nur um dir am nächsten Tag am Telefon vorzurechnen, wie viele alkoholische Getränke du konsumiertest, welche schamlosen Geschichten du erzähltest und bei wem du das Gebiss auf Vollzähligkeit hin überprüftest. Mehr noch hasse ich Leute, die diese Telefonate vor dem Aufstehen erledigen müssen. Am aller meisten hasse ich Leute, die diese Ferngespräche mit der Frage „Wie fühlst du dich?” beginnen.

11. März

Mein Leben muss sich ändern. Es ist quasi beschlossene Sache. Heute Morgen hatte ich bei meinem ausgiebigen morgendlichen Duschbad wieder eine Eingebung. Die Geschichte mit der absoluten Erkenntnis, dem Leben in selbstbefreiter Selbstbestimmung könne so nicht gelingen, sprach eine Stimme aus dem Lüftungsschacht zu mir, wenn ich weiterhin einem solch profanen Lebenswandel frönen würde. Recht hat sie, die Stimme, dachte ich. Und versuchte dann das Einseifen weniger profan zu gestalten, mehr wie diese Damen und Herren in der Werbung – in denen der Mann sich beim Einseifen auf nötigste Handgriffe beschränkt, die Frau hingegen alle Zeit der Welt hat – geradeso als stünde ich im Scheinwerferlicht von zig Kameras umgeben, was von außen – also durch den Lüftungsschacht betrachtet – wohl ziemlich deppert aussieht. Verdammt deppert. Aber die Selbstakzeptanz verlangt nun einmal ihren Tribut. Da kommt es auf jede Kleinigkeit, auf jedes Detail der Bewegung und der Haltung an. Für die B-Note. Das war heute früh, als der Morgen schon längst voller Grauen war. Ich bin dann zum Bäcker gegangen und habe mich dabei bemüht, alles Profane zu vermeiden und danach bin ich auf die Idee gekommen, mit dem Bus zur Arbeit zu fahren, da ich unterwegs die ein oder andere Person berühren und an meiner Selbsterkenntnis teilhaben lassen könnte. Das war keine gute Idee, denn öffentliche Verkehrsmittel riechen seltsam. Ganz in meiner Selbstwahrnehmung befangen und verfangen habe ich einem jungen Mann meinen Platz angeboten – im halbleeren Bus – mit dem Hinweis, dass ich noch jung sei, gut stehen könne und auch keine Schwierigkeiten mit dem Gleichgewicht hätte. Ich war stolz auf mich. Er peinlich berührt. Das war so ein jungdynamischer Manager im zu engen Anzug, dem sein Cabriolet mal kurz abhanden gekommen ist.

20. März

„Jesus ist deine einzige Hoffnung“, stand heute Morgen auf der Heckklappe des vor mir fahrenden Vehikels. Ich bin noch immer ziemlich baff. Gilt dieser Spruch auch für Feministinnen? Oder ist Jesus per Geschlecht raus aus der Sache und jeder Zuständigkeit enthoben? Entlassen? Oder wurde er sogar und einfach so rausgeschmissen? Wenn ja, an welchem Tag und welche Heilige hat das Patronat dafür übernommen? Welche Nothelferin ist anzurufen?

21. März

Eben gerade hat mir Hanno auf dem Flur im Hagel des Bürofunks gestanden, er hätte fünf Beziehungen. Ich betone: fünf – in Worten: fünf. Des Weiteren betone ich: Beziehungen. Obwohl, lasst es uns Affäre nennen, nein, Verhältnis trifft es eher. Hanno hat dafür ein ganz anderes Wort, dass mich ziemlich schockierte. Er nannte es, Obacht, meine Damen: Meine Fickerei. Es gibt Unterschiede in der weiblichen und männlichen Kommunikation wie auch der Sexualität. Das hat wenig damit zu tun, ob man nun prüde ist oder nicht. Es ist eher eine Frage des Respekts, ob man seine Freundin schlichtweg auf eine Fickerei reduziert, oder man ihr doch zumindest den Status eines Wesens zubilligt, das dabei Gefühle haben kann. Und ich rede da nicht von Liebe, groß und rein und wahr, blah blah blah, sondern einfach nur von Gefühlen „Ich bin gerne mit dir zusammen", „Ich schlafe gerne mit dir", „Ich mag es, wenn wir den intimsten Moment menschlichen Miteinanders teilen." Aber Fickerei? Das ist doch wieder eine armselige Reduzierung auf Technik, auf sinnbefreites Rumgehampel im einsamen Takt der Bettfedern mit egoistischem Ende, auf einen Egotrip. Mehr nicht. Daraus resultiert für mich, dass Frauen im intergeschlechtlichen Dialog eher zum respektvollen Miteinander neigen als Männer. Ich betone an dieser Stelle absichtlich den intergeschlechtlichen Dialog und nehme den innergeschlechtlichen Dialog aus. Da gelten andere Regeln. Da landen wir wieder in der grauen Vorzeit, also weit vor dem Mittelalter, und der Jagd vor der Höhle und den rivalisierenden Frauen. Aber zurück zum Thema: Der Herr unterhält also fünf Fickereien. Was ich als einen ziemlichen Hammer empfinde. Mehr noch: Er kann sogar die Vornamen hersagen. Das allerdings finde ich sehr beachtlich. Der Clou: Ohne lange zu überlegen. Ohne sich zu verhaspeln. Seit diesem Telefonat betrachte ich mein Sexleben als ziemlich jämmerlich, bescheiden, bieder, spießig.

Hanno meinte ob meines Einwands – Gefühle, Respekt, Reduzierung, Akt, Mechanik –, dass ich prüde und verklemmt und vor allem wohl neidisch sei. Ich hätte mich eben nie von meinen Zwängen, die mir mein Geschlecht in grauen Vorzeiten aufgezwungen hätte, befreien können. Ich entgegnete ihm, dass nicht mein Geschlecht mir diesen Zwang verpasst hätte, sondern das gegnerische (!) und er könne drei Mal überlegen, was oder wer denn nun dieses gegnerische Geschlecht sei und was das für ihn bedeuten würde, wenn ich seine fünf Fickereien, die ich ja nun alle namentlich kannte, zum Kampf der Geschlechter und zum Kreuzzug gegen Fickereien aufrufen würde? Er gab sich unbeeindruckt. Bot mir zur Heilung meiner Misere an, Nummer Sechs zu sein. Na, das nenne ich ein Angebot. Ich griff beherzt zu, schlug vor, kurz auf der Herrentoilette oder im Kopierraum – ich bot auch an, mich mit blankem Hintern auf den Kopierer zu hocken – zu verschwinden. Er schob ein Meeting vor und verdrückte sich in den Konferenzraum. Ich stieg ihm nach, riss die Tür zum Versammlungszimmer auf und rief: „Ach komm, du willst es doch auch!“ In weiteren Sätzen forderte ich, er möge seinen Mann stehen und auch mir beweisen, dass er der Weltbeste in der Kategorie „Fickereien am Arbeitsplatz“ sei. Den Teilnehmerinnen und Teilnehmer der im Raum konferierenden Tagung „Kollegiales Miteinander am Arbeitsplatz als Instrument zum Miteinander gegen alle Geschlechterbarrieren“ erklärte ich kurz, aber vehement, dass Hanno mich zur Fickerei machen wolle, ich damit einverstanden sei, dies aber sofort erledigt wissen wolle. Gerne auch im Sozialraum der Firma. Allerdings läge mir hierzu nicht die Einverständniserklärung des Betriebsrats vor, weshalb wir nun hier gelandet seien und eigentlich auch hier zur Tat schreiten können. Man könne Wünsche zur Umsetzung und zur Lautstärke äußern, schloss ich. Hanno rannte raus.

Er entkam ins Fluchttreppenhaus und lief über die unzähligen Stufen hinab in die Tiefgarage. Ich war schlauer und nahm den Aufzug. Auf Parkdeck Vier passte ich ihn ab, knöpfte die Bluse auf. Er schrie: „Nein!“ und ergriff die Flucht – was konnte der Junge rennen. Über die Rampen. Hinauf ans Tageslicht. Knallte gegen die Bezahlschranke. Ich war wiederum schlauer und ließ mich von einer Kollegin im Auto mitnehmen, die gerade auf dem Weg in die Mittagspause war und den Hanno ganz toll leiden konnte. Sie war Fickerei Nummer Vier, was ich aber erst später erfuhr, weshalb mein ganzer Auftritt eigentlich vergebens war.

Vor dem Portal holte ich ihn ein. „Ich will“, schrie ich. Er heulte. So ein Jammerlappen. Und die wollen Herrscher über gut und böse, über die Welt im Großen wie im Kleinen sein. Diese Spezies will uns Frauen regieren? Beherrschen?

Er lief zur nächsten U-Bahn-Station. Hinab in den Untergrund. Ich flugs hinterher. „Halt“, brüllte ich, „ich will deine Fickerei sein, und zwar jetzt und hier und heute und immerdar.“ Er weinte. „Mama“, schluchzte er und sank auf eine Wartebank. Eine Passantin nahm ihn auf der Wartebank in den Arm und strich ihm zärtlich tröstend über sein Haupt. Warum gibt es in den entscheidenden Momenten des Geschlechterkampfs keine weibliche Solidarität, sondern Muttergefühle an Stellen und Orten, die keinen Sinn machen?

Diese Frau solidarisierte sich unwissentlich mit allen Formen und Variationen der Fickerei und strich dieser noch über ihr pomadiges Haupt. Es geht nicht darum, Männern in Notsituationen die Hilfe zu verweigern oder ihnen rein aus Prinzip die kalte Schulter zu zeigen, nein, ihn nur ein klein wenig winseln zu lassen. Das klingt so schön. In einem U-Bahn-Schacht.

Mein Gott, wie erbärmlich. Dieses starke Geschlecht. Die Weltregierung, den Weltenlauf und das Weltenruder will es für sich beanspruchen, aber wenn es darum geht seinen Mann zu stehen, dann knickt es ein und flüchtet sich in den Schoß einer wildfremden Frau – ganz ohne Fickerei. Diese Jammerlappen wollen uns weiß machen, dass sie heldenmutige Kämpfe führen, Recken seien, unbezwingbar, wagemutig, Göttern gleich? Inzwischen auch geschminkt? Daneben in allen Vorständen und Aufsichtsräten dieser Republik vertreten sind? Dreißig Prozent mehr Lohn bekommen? Für was? Doch wohl nicht für unerfüllte Fickereiversprechungen!

Mehr noch hat mich aber die fehlende weibliche Solidarität getroffen. Ich stand in diesem U-Bahnhof und war die dümmste Nuss von Welt oder gar als Miss Nussbrotaufstrich, die wütende, die verzweifelte – und schlimmer noch: die Notgeile! Auch so ein männliches Wort.

Ich sprach den erst besten Mann an, der nach Mann aussah, nicht geschminkt war und nicht zitternd in den Armen einer fremden Frau lag. Ich sagte ihm klipp und klar, dass es in Zeiten der Emanzipation und des Ultra-Feminismus künftig genauso ablaufen würde. Er solle schon mal trainieren, damit das mit dem Weglaufen klappe. Auch würden ab dem nächsten Ersten Frauen nicht mehr ihre tröstenden Worte, Schulter und Schoß anbieten.

Er stand auf und sagte: „Ich heiße Heinrich Maria Donatus Graf von Rendleb-Langerburg." Wir tauschten die Telefonnummern aus und ich war wirklich die allerdümmste Nuss in der U-Bahnstation. In diesem Moment. Für die Ewigkeit und die Sekunden danach.

27. März

Die Sache mit Herrn Heinrich Maria Donatus Graf von Rendleb-Langerburg entwickelt sich. Vielversprechend. Er will was von mir. Ich nichts von ihm. Das sind gute Voraussetzungen. Er muss werben. Inzwischen haben wir festgestellt, dass er Landbesitzer in der norddeutschen Tiefebene ist, was nicht unbedingt dem Wunschnaturell für meinen Partner entsprach und meiner Traumdestination für das künftige Leben entsprach.

Tiefebenen sind so flach, platt, erhebungslos, unerhaben, eben.

„Man muss sich auch auf unerwartete Fügungen einlassen", sagte Beba heute Nachmittag. „Er sieht gut aus, nach einem gut gefüllten Bankkonto, so weit ich es beurteilen kann."

Sie hatte Recht. Sein bisherigen Werben glich eher einer Aufzählung seines Vermögens, angefangen beim Landsitz, über eine nicht überschaubare Dahlien-Zucht, ein schnelles Auto, eine schier unendliche Dahlien-Zucht, vor deren Hintergrund er in den Sonnenuntergang radelte, Aktien, Geld und Gold, eine unermesslich große Dahlien-Zucht, die zum Fenster hinein wachsen, bis hin zu einer Rose. Ich hatte aus der Causa Cullen gelernt, genau hinzuschauen.

Bereits um zehn Uhr morgens hat er mir angeboten, dass alles mir gehören solle, wenn ich ihn heiratete. Er hatte wohl in der U-Bahn-Station einiges missverstanden. Er telefonierte. Er kommunizierte mit mir bildlich über das Internet. Er redete viel. Ich eher wenig. Er rief an, als ich weiße Blusen kaufen wollte. Er rief an, als ich nachts nach Hause fuhr. Er redete viel. Verglichen mit meinem Idealbild von einem Mann, was aber auch nur mein Ideal war, viel zu viel, denn: Er sagte dabei nichts. Rein gar nichts. Also nichts, was haften blieb. Es war eine Dauerwerbesendung. Glücksrad. Ich durfte hin und wieder auch Vokale kaufen.

„Man muss sich auch einmal einlassen", sekundierte die Mitbürgerin mit türkischem Migrationshintergrund. Man? Mich störte dieses Wörtchen „man". Ich bin nicht man. Aber ich bin auch nicht frau, sondern Fauntella.

„Jetzt nicht wieder diese bescheuerte feministische Diskussion und Wortklauberei. Da sind wir längst einen Schritt weiter", fasste Beba ihre Diskussionen mit dem Judith-Butler-Double aus der Wurstfleischabteilung vom Supermarkt um die Ecke zusammen. Warum hatte ich sie eigentlich nicht zum Discounter geschickt? Mir fehlte Milch!

„Dieser Landlord wohnt über 300 Kilometer entfernt von mir! Das wird eh nix", mein ernüchterndes Resümee.

28. März

Ich habe soeben Frischkäse gequirlt. Mit meinem schicken Mixer. Ich weiß auch nicht, warum ich das tat. Es gab im Grunde genommen kein Rezept und auch kein weitergehendes Bedürfnis. Es muss jedoch eine tiefere Bedeutung haben. Ich werde gleich noch duschen und auf die Stimme aus dem Lüftungsschacht lauschen, vielleicht hat sie eine Erklärung. Morgen ist wieder Kaffeekränzchen bei Kollege Eins und seiner Ehefrau. Ich kann dann vom gequirlten Frischkäse erzählen.

29. März

Die Sirenen heulen. Ich bin ein wenig besäuselt. Drei Gläser Prosecco und ich bin platt. Ich werde alt. Meine Freundin Beba auch. Sie hatte einen Fahrradunfall. Ist mit dem Vehikel in den Rinnsal inmitten der Stadt gefahren und hat die einzige Stelle getroffen, an der diese Wasseransammlung tief ist. Dumm, zu dumm. Sie war besoffen. Der gleiche Prosecco. Die selbe Flasche. Ich sage ihr noch, fahr nicht am Gestade entlang. Nein, mache das nicht. Nun gut. Es ist geschehen. Ich halte inne. Für einen kurzen Augenblick. Wir haben beschlossen, unser Verhältnis zum Alkohol zu überdenken, resultierend, dass man nie von uns verlangen wird, einen Mann oder das starke Geschlecht insgesamt unter den Tisch oder die Bettdecke zu trinken.

30. März

Erste Amtshandlung, man achte auf die Uhrzeit, am heutigen Morgen, um sieben Uhr und fünfundfünfzig Minuten: Ich habe den Gärtner einbestellt, auf dass er mein Anwesen in Ordnung bringe. Solche Menschen sind Frühaufsteher und wissen um das europäische Vogelschutzgesetz: Nach dem 1. März dürfen keine Büsche mehr beschnitten werden. Ich habe mich augenblicklich wieder hingelegt. Heute ist kein weiterer Erkenntnisgewinn zu erwarten.

31. März

Es gibt Nächte, da bleibt man einfach gerne wach. Aber ich wiederhole mich da. Im Ganzen. Ist mir gerade aufgefallen. Ich bin mal wieder wirr.

Nein, keine Angst, kein Schampus. Die Sinne. Mehr so in der Mitte. Nein, wenn ich den Kopf drehe, dann eher links. Aaah, und nach Beendigung der Drehung eindeutig vorne. Aua. Das ist ein Gefühl. Nochmal. Ich werde jetzt, bevor ich zu Bette gehe, wohl noch ein Lied singen. Was ein ziemlich dusseliges Vorhaben ist, wenn man, wie ich, zwar textsicher ist und Singen nicht gerade zu den Stärken gehört. Dafür kann ich prima Einparken. Das ist jetzt keine Eigenschaft, mit der man als Frau überzeugt und einen künftigen Partner für sich gewinnen kann. Die sind eher verschreckt, wenn sich die Frau ans Steuer setzt und den Wagen in zwei Zügen in eine noch so enge Parklücke zirkelt. Das lässt kein Mann gerne auf sich sitzen und statt einfach mal Anerkennung zu spenden, gibt es eine Quittung mit dummer Bemerkung von Anfängerglück bis zum Blindes-Huhn-Korn-Vergleich.

Also: Ich parke noch ein wenig ein. Wenn ich nur wüsste, wo mein Auto steht. Gestern war ich im Parkhaus. Dort war Jahrestagung der verwirrten Frauen. Vielleicht war diese Tagung auch woanders. Ich weiß es nicht. Auf jeden Fall lief eine Frau durch das Treppenhaus des Parkhaus auf der Suche nach sowohl der Tagung als auch nach ihrem Auto. Ersteres hat sie nicht so gesagt. Ich vermute es. Ich war dann wahnsinnig hilfsbereit und habe die Frau in mein Auto geladen und wir sind sämtliche Tiefgeschosse abgefahren, haben aber ihr Auto nicht gefunden, weil es nämlich ganz oben stand. Zur Verdeutlichung: Die Frau lief mir auf Minus Zwei in die Arme. Und wir sind dann bis Minus Acht durch die Gänge gerast – in meinem schicken Auto – und haben ihren Wagen aber nicht gefunden. Und als sie schluchzte, habe ich sie zum Ausgang ins Basement gefahren und da schaute sie plötzlich ganz glücklich. Ja, ich bin eine versierte Autofahrerin. Vielleicht suchte sie ja gar kein Auto. Vielleicht hatte sie nicht einmal den Führerschein, aber das konnte ich nicht feststellen. Offensichtlich war, dass die Frau verwirrt aussah und ich hilfsbereit bin. Und allein das zählt. Für Lob und Anerkennung einfach positive Energie übers Universum an mich schicken. Bitte reichlich Gebrauch machen. Dann legt sich bestimmt meine Verwirrung. Oder meine sich anbahnende Geisteskrankheit. Obwohl diese schon im fortgeschrittenen Stadium ist, aber das ist nicht erwähnenswert. Es ist erstaunlich, wie viele Menschen sich um diese Uhrzeit – es dämmert noch oder schon – durch die Straßen laufend Platz verschaffen.

Ach, ich wollte doch noch ein bisschen einparken. Aber wie ich gerade soeben im Augenblick bemerke: Mein Auto steht in der Tiefgarage und ist dort schon eingeparkt. Bei der Aktion mit dieser umnachteten Frau auf der Suche nach ihrer Veranstaltung bin ich erstmals im öffentlichen Teil der Parkgarage gewesen. Da sieht es grauselig aus. Vollkommen grauselig. Nur provinzielle Kennzeichen. Ich werde dann wohl doch singen. „Ach er hat sie ja nur auf die Schulter geküsst. Dieser Schlag ins Gesicht schwer vergolten nun ist. Ach diese Schmach ist kolossal, welch ein Skandal, nun ist zu End' der stolze Wahn, gerächt, was sie ihm angetan." Das ist aus dem Bettelstudent von Millröcker. Ich habe die Melodie nicht ganz im Gehirn, aber meine taube Vermieterin gleich im Gehör.

Beim Blick durch mein Schlafgemach im Morgengrauen stockte mir der Atem: Hier hat jemand seinen Schlüpfer liegen lassen. Oh Gott. Obwohl. Ich war weg. Niemand war hier. Also kann er nicht von letzter Nacht stammen. Somit liegt das Teil schon länger hier. Und es ist mir nicht aufgefallen. Wenn aber der Schlüpfer hier ist, die betreffende Person, die zuvor drin steckte, nicht, dann gibt mir das ein Rätsel auf. Es hat noch niemand eine Vermisstenanzeige für einen Schlüpfer bei mir aufgegeben. Hmmm. Vielleicht ist es auch ein Geschenk. Aber das Modell? Für heute habe ich beschlossen eine Liga zu gründen: Eine

Liga wider gelbe Tulpen und für vermisste Schlüpfer. Mit Damenkomitee. Ein Autohändler hat mich zu einer Probefahrt eingeladen. Am 12. April, das ist ein Samstag, um halb acht. Abends. Dann macht doch kein Mensch Probefahrten. Das ist doch nicht normal.

Nicht ich bin verwirrt, sondern die Welt um mich herum ist es. Jetzt ist es hell.

1. April

Beba und die Mitbürgerin mit türkischem Migrationshintergrund haben mich zum Gespräch einbestellt.

Es gehe darum, eine Supervision zu veranstalten und auch zu schauen, wohin denn das Projekt des feministischen Erkenntnisgewinns sich entwickle. Ich war pünktlich im Tagungsraum der Evangelischen Akademie des Stadtteils. Die beiden Mädels machten es aber auch spannend. Sie hatten eine Supervisorin gefunden, tatsächlich. Die Mitbürgerin mit türkischem Migrationshintergrund hob als erste an: Entweder sei ich besoffen, rede über Sex oder sei aus anderen Gründen im Zustand der geistigen Verwirrtheit. Feminismus oder vielmehr das westliche Verständnis vom Feminismus, wie sie es vorsichtig formulierte, leide daran, dass alles zerredet würde, analysiert werde und gipfle in der Errungenschaft des getrennten Bezahlens von Restaurantrechnungen. Dieses Gerede sei nur die Flucht aus der Realität und das Ausweichen in die Tatenlosigkeit. Beba meinte nur, ich solle endlich, bitte, bitte, endlich Herrn Landlord Heinrich Maria Donatus Graf von Rendleb-Langerburg in der norddeutschen Tiefebene besuchen. „Damit da mal Druck vom Kessel kommt“, schloss sie und strickte weiter.

Der Mann der Mitbürgerin mit türkischem Migrationshintergrund schwieg. Die Supervisorin fasste zusammen, dass ich weniger reden und mehr machen sollte und das schnellstmöglich bei Herrn Landlord Heinrich Maria Donatus in der norddeutschen Tiefebene.

Schicksal, sei mein!

8.
Mehr Stolz. Weniger Dahlien.

„In dem Maße wie sich feministische Theorie zum Geschlecht als sozialer Kategorie hin öffnet, muss sie in diesem Sinne den Anspruch einer umfassenden Theorie der Gesellschaft aufgeben."
Nadja Parpart

8. April

Traue keinem Gärtner, auch nicht aus Vogelschutzgründen: Der doofe Pflanzenschutzbeauftrage fällt mal eben so die Eibe am Gartenrand. Ich bin zutiefst bestürzt. Keine Rücksichtnahme auf brütende Käfer und vorbei eilende Zugvögel.

Ich fahre zu Heinrich Maria Donatus Graf von Rendleb-Langerburg. Am Wochenende. Allerdings ist es nun so, dass der Landlord dermaßen abgelegen wohnt, dass ich nach Feierabend zwar bequem hinkomme. Aber keineswegs mehr bequem nach Hause. Frage ich jetzt direkt nach einem Gästezimmer, einfach um den Anstand zu wahren und zu belegen, dass ich eine sittsame Dame aus gutem Hause bin. Oder lass ich es einfach auf mich zukommen? Wie mache ich das mit dem Zugticket? Kaufe ich direkt die Rückfahrkarte als Versicherung gegen alles Erdenkliche? Oder lass ich es einfach auf mich zukommen?

11. April

Tag der Übersprunghandlungen. Ist heute nicht Freitag? Aber ich kann heute nicht fahren, weil ich ja morgen die Verabredung zu einer Probefahrt mit einem neuen Auto habe.

Übersprunghandlung Eins: Nachdem ich herausgefunden habe, dass ein Flug von Montevideo nach Buenos Aires wesentlich günstiger ist, als die Turbofähre über den Rio de la Plata zwischen beiden Städten, unter der Voraussetzung jedoch, dass man diese Tickets von einem fremdländischen, also nicht südamerikanischen Land bucht und bezahlt, habe ich eine Geschäftsidee: Ich werde einen schwunghaften Versandhandel mit Flugtickets aufmachen. Das Reiseaufkommen zwischen den beiden Städten scheint gewaltig zu sein. Da muss man den Rahm abschöpfen, bevor der Fluss trockengelegt wird.

Darüber hinaus wurde mir die Erkenntnis zu teil, dass Mietwagen in Mendoza günstiger sind als in Tucumán, deutlich günstiger: umgerechnet sieben Euro. Dazwischen – nicht zwischen den Euro, sondern zwischen den Städten – liegt zwar in etwa die Strecke München-Hamburg, aber das ist nicht wirklich hinderlich. Auch muss wieder aus dem fernen Land gebucht werden.

Ich bin stolz auf mich. Sollte noch jemand ein Schnäppchen in Übersee brauchen, nur melden: Hotelzimmer in Paraguay sind im Moment recht günstig. Das Hotel heißt Porta Westfalica. Naja, der Staat war mir schon immer suspekt.

„Westfalen. Liegt das nicht auch in der norddeutschen Tiefebene?“, fragte Beba.

„Bin ich der Große Diercke Weltatlas?“, antwortete ich. „Oder im Atlas-Gebirge zuhause?“

„So eine Antwort würde nur ein Mann geben", schloss die Mitbürgerin mit türkischem Migrationshintergrund.

18. April

Mehr Übersprunghandlungen: Ich bin eine Vasen-Fetischistin. Das Ergebnis des heutigen Tages. Den ich mit einer glühenden Kreditkarte verbrachte. Gekauft habe ich eine Vase. Eigentlich sollten es zwei werden, aber Beba hat mich davon abgehalten. Sie zählte dem Mann der Mitbürgerin mit türkischem Migrationshintergrund auf, wie viele Vasen sich in meinem Haushalt befinden. Lauthals. Mit etwas Pathos in der Stimme. Dennoch: An einer Vase kam ich nicht vorbei. Ach was, einer Vase, es ist *die* Vase. Schlichtweg. Potthässlich. Aber mit historischem Charakter. Es ist die offizielle Peking-2008-Wahl-der-Olympiastadt-Vase. Leider Sommerspiele. Keine Winterolympiade, wo ich doch die Winterolympiade so liebe. Damit muss ich leben, aber das Teil ist einfach genial hässlich. Beba, die Mitbürgerin mit türkischem Migrationshintergrund und der Mann der Mitbürgerin mit türkischem Migrationshintergrund haben sich geschämt, als ich kreischend damit an die Kassenzeile stob. Meine Olympia-Gedächtnisvase. Sie wird einen Ehrenplatz erhalten. In der norddeutschen Tiefebene werden niemals olympische Winterspiele stattfinden. „Das hat man von mancher russischen Stadt bisher auch gedacht", klugschiss Beba.

23. April

Noch mehr Übersprunghandlungen und Ausflüchte: Ausflüge sind spannend. Zumal wenn man ganz woanders landet, als man eigentlich wollte und dann dort, wo man aufgeschlagen ist, kein Zimmer ist, weil das ja dort ist, wo man sein sollte. Der Mann nicht hier ist, aber woanders auf mich wartet, während hier kein Mann da ist, aber auch nicht auf mich wartet. Und überhaupt, wie kommt das Restaurant plötzlich dorthin, wo ich bin, aber nicht sein darf. Seit wann können Navigationssysteme lügen? Und wie genau ist das mit der Kontingenz im Leben?

Zusammenfassungsdienst:
Beba kaufte mir am nächsten Tag ein Zugticket in die norddeutsche Tiefebene. Einfache Fahrt. Zweiter Klasse. Intercity. Großraumwagen. Mit Tisch. Einmal umsteigen in einer großen Stadt mit vielgleisigem Bahnhof. Die Mitbürgerin mit türkischem Migrationshintergrund regelte das mit der Bahnhofsmission, mit dem Hinweis, da reise eine Feministin. Das reichte den Angestellten der Bahnhofsmission hinreichend als Begründung dafür aus, mir alle Hilfe der Welt angedeihen zu lassen. Sie waren nur unsicher, ob eine Feministin tatsächlich so normal aussehe. Ich hatte von Missionarinnen, ob am Bahnhof, in der norddeutschen Tiefebene oder im Afrika südlich der Sahelzone, auch eine gänzlich andere Vorstellung. Mehr so mit Häubchen, Gotteslob unterm Arm und auf der Flucht vor Kannibalen.

Der weitere Weg zum Landlord war eine Fahrt mit der Bimmelbahn – einem Kreuzweg gleich. Nur dass am Ende kein Heilszenario meiner Ankunft harrte, sondern ein im Grunde mir völlig unbekannter Mann, von dem ich nichts wollte. Außer freundlich „Guten Tag“ zu sagen. Auf der ich über meinen Hochmut ins Nachdenken kam. Durch die norddeutsche Tiefebene. Aber ich wollte da ja auch gar nicht hin. Der Mann war überhaupt nicht meine Kragenweite, so gar nicht mein Traumprinz, redete zu viel, war uneins mit sich und dann fährt da auch nur eine

Bimmelbahn durch die Prärie. Wie viele Zeichen kann das Universum noch senden, damit auch der größte Holzklotz versteht: Die Frau will nicht. Und der – sic! – Feminismus will das auch nicht.

Wie schnell man doch schicksalsergeben sein kann. Ich ließ den einen Bummelzug fahren und stieg in die nächste Bimmelbahn ein. Dem ich eigentlich auch nachwinken wollte, doch ich konnte nicht ewig zaudern und mit meinem Schicksal hadern, schon gar nicht in Gegenwart einer Bahnhofsmissionarin, die mich letztendlich in die Bimmelbahn stupste.

Der Landlord holte mich vom Bahnhof ab. Und ich hatte am Morgen die falsche Tasche gegriffen. Beba hatte mich schon mehrfach während der Zugfahrt telefonisch darauf hingewiesen. Sie machte sich Sorgen. Sie versuchte gemeinsam mit der Mitbürgerin mit türkischem Migrationshintergrund deren Ehemann zu überreden, mir nachzujagen, damit ich doch wenigstens Wechselwäsche dabei hätte. Hatte ich nämlich nicht. Ich hatte irgendwas dabei. Irgendwas, was eigentlich am nächsten Tag in die Reinigung sollte.

Zwischen Bahnhof und Landgut gab es eine Stadtrundfahrt mit Hinweis auf die örtliche Reinigung – noch ein Wink vom Universum. Das Gutshaus war noch beeindruckender als es auf allen Fotos und Heiratsangeboten bisher war. Es. War. Wunderschön. Ich hingegen. War. Borstig. Heinrich Maria Donatus hatte gekocht. Feinste Zutaten, bestes Rezept. Es war alles so perfekt. So wahnsinnig perfekt. Der Mann war auch irgendwie perfekt. Plötzlich und auf einmal. Das Essen mundete, der Wein schmeckte. Alles war so perfekt. So gnadenlos perfekt.

Er küsste mich. Er küsste mich perfekt.

Das Gästezimmer war von einem gigantischen Wäscheständer blockiert. Der Wäscheständer war perfekt.

Er schnarchte. Er schnarchte perfekt.

Nur ich war die dümmste Nuss der Welt. Auf einem Landsitz. In der norddeutschen Tiefebene. Schief. Krumm. Verbogen. Denn in grauer Vorzeit meines jugendlichen Daseins hatte ich mir eine Liste zurechtgelegt, was alles zu beachten sei, um ein Date zu versemmeln. Von dieser Liste wollte ich – mich selbsterkennend – lernen, wie man ein Tête-à-Tête richtig macht und Fehler vermeidet. Nur hatte ich irgendetwas verwechselt.

Ich war arbeitete mich an den Punkten Vier, Neun und Einundzwanzig auf meiner „Bloß nicht“-Liste ab. Punkt Vier: Mäkeln. „Du schnarchst!“ Ja, klar, er schnarchte. Was nichts anderes als ein vorzeitliches Relikt eines Schutzmechanismus ist, um wilde Tiere zu vertreiben. Punkt Neun: Dumme Sprüche klopfen. „Also ich bügle meine Bettlaken immer. Dann liegt man weicher.“ Ich habe mein Bügeleisen seit vier Jahren nicht mehr angerührt und weiß gar nicht, in welchem Umzugskarton es seine Kinder zur Welt gebracht hat. Punkt Einundzwanzig: Absolutes Desinteresse. „Ja, doch, nett. Schon irgendwie ganz nett.“

Morgens um sechs in der Dämmerung eines neuen Tags schaute ich in das Angesicht eines Mannes, der kurz die Augen aufschlug, mich vollkommen liebevoll anschaute, kurz lächelte, dann mit dem Rücken seiner Finger mir sanft über die Wangen streichelte, mit dem Daumen zärtlich über die Lippen fuhr. Kurz innehielt und in einem einzigen Blick alle Liebe, alles Glück dieser Welt erfasste. Die Augen schloss und weiterschlief und schnarchte. In diesem Augenblick, diesem einzigen Augenblick war es um mich geschehen. So etwas von. Ich war verliebt. Wie seit der Urzeit nicht mehr.

Frühstück, Mittag. Ich hatte mich in Punkt Einundzwanzig der Liste völlig verheddert, wie eine Schallplatte, die einen Sprung hat. Mit dem Ergebnis, dass er mich am späteren Nachmittag am Bimmelbahn-Bahnhof wie einen nassen Sack abstellte und verschwand. Aus dem „Er will, aber ich nicht“ war ein „Ich will, aber er nicht“ geworden. Nur begriff ich es nicht. Was für mich die Sekunde des Verliebens war mit all seinen Gesten, war für ihn die Art mich zu verabschieden aus seiner Liebe, seinem Wollen, wenn es denn überhaupt Liebe war oder aus seiner Vorstellung einer perfekten Liebe, einer perfekten Zweisamkeit, der ich aber nicht entsprechen wollte und entsprechen konnte. Ich fuhr nach Hause.

Es dämmerte unterwegs. Nicht nur dem Tag.

Fortgangshistorie:
Zwei Monate später kam Herr Landlord Heinrich Maria Donatus Graf von Rendleb-Langerburg zu mir in die Großstadt. Er hatte sich Tagesfreizeit für mich reserviert. Und schob eine exakte Definition des Wortes gleich nach. „Tag: Wenn es hell ist draußen.“ Wir fuhren über tausend Umwege raus an den See. Saßen im Sand. Redeten. Sprachen. Vielleicht auch miteinander. Mehr über Dinge, die am Wegesrand lagen. Es hatte etwas trauriges, einsames, endgültiges. Aber im Grunde genommen standen wir beide an der gleichen Wegkreuzung des Lebens und wussten nicht, in welche Richtung wir laufen sollten. Nach links. Nach rechts. Geradeaus. Umkehren. Zurück auf Los. Vier Felder überspringen. Einmal im Kreis drehen. Ducken. Verstecken. Nur nicht ins Gefängnis. Vielleicht doch auf Frei Parken? Oder in die Schlossallee.

Wenigstens Opernplatz? Um dann doch in der Turmstraße zu landen. Wenigstens fuhr von dort der Bus raus zum Flughafen Tegel. Er sprach viel an diesem Nachmittag am See, aber nicht über sich. Typisch männliches Kommunikationsverhalten. Irgendwas sagen, aber den entscheidenden, den anliegenden Themen ausweichen – und nie und nimmer in Ich-Sätzen sprechen. Er hätte einfach mal Schluss machen sollen. Damit hätte ich leben können, an jenem Nachmittag am Ufer des Sees. Bevor er mich in seinem schnellen Auto nach Hause fuhr, ich den Sand aus den Handtüchern schüttelte und anschließend eine Menge Freundinnen und Freunde besuchte, um nicht allein mit mir zu sein. Schluss. Aus. Ende. Vorbei. Was? Das, was ich mir morgens um sechs Uhr erdacht und gewünscht hatte, doch zehn Minuten zuvor nicht einmal haben wollte? Was dann doch nicht da war?

Man kann nicht nichts beenden. Mann kann das auch nicht.

9.
Mehr Selbstbewusstsein. Weniger Gänseblümchen.

„Als ich zum ersten Mal einen Pornofilm sah, habe ich genauso reagiert, wie viele Frauen: Mich haben zwar ein paar Bilder erregt, das meiste fand ich aber unbefriedigend. Ich konnte mich mit nichts davon identifizieren. Die Frauen sahen nicht so aus, als hätten Sie Spaß daran und die sexuellen Situationen waren absolut lächerlich. Wir sind moderne Frauen! Keine nuttigen Tussen, geile Teenager, verzweifelte Hausfrauen, heiße Krankenschwestern und nymphomanische Nutten, die ständig darauf aus sind, Luden, Multi-Millionäre oder Macho-Sexmaschinen zu bedienen. Wir sind nicht immer darauf aus, Vergnügen zu bereiten, statt selbst Vergnügen zu erlangen. Was ich wissen wollte: Wo blieben mein Lebensstil, meine Werte, meine Sexualität?"

Erika Lust

Es gibt typisch männliche Handlungsmuster. Man kann diese auf mathematische Gleichungen herunterbrechen. A plus B ergibt C. A zum Quadrat mal B zum Quadrat gleich C zum Quadrat. Beziehungstechnisch bedeutet das, A mit B vergessen und nach C Ausschau halten.

Das plötzliche Ende einer nicht vorhandenen Beziehung hat mich um Jahre zurückgeworfen. Zum Verständnis einer feministischen Trauma-Bewältigung muss zunächst die nicht-feministische Variante betrachtet werden. Also: Probieren wir das Muster A mit B vergessen und nach C Ausschau halten, damit D irgendwann am Küchentisch sitzt und wir ihm das Essen anrichten dürfen.

Unbekannte Größe B: Stefan. Übereinstimmung mit A: Auch er hat einen Landsitz. Mit Badesee. In Brandenburg, was durchaus auch zur norddeutschen Tiefebene zugehörig angesehen werden kann. Im Groben und Ganzen. Irgendein Urstromtal wird schon die sinnstiftende Verbindung in einem Navigationsgerät mittlerer Güte herstellen. Können.

Ich verabredete mich mit Stefan an einem Tümpel der Hauptstadt. Man könne ja noch schwimmen gehen. In der Einsamkeit der Nacht. Wenn nebenan die zwölfte Klasse eines humanistischen Gymnasiums ausgiebig die letzte Mathe-Klausur feiert und dabei die dickliche Deutschlehrerin in den Teich wirft, so dass diese beinahe ertrinkt. Und ich sie retten muss. Aus weiblicher Solidarität.

Trotzdem: Lauschige Nacht. Mondschein. Zartes Zwitschern zerzauster Vögel in den Wipfeln nicht ferner Tannen oder Kiefern. Eine Wiese mit Gänseblümchen. Weiß. Unschuldig weiß. Gelb in der Mitte. In der Laube das Liebespaar. Oder vielmehr: eine Frau, die lieben möchte, und ein Mann, der lieben möchte. Ein Abgleich des Begriffs „Lieben“ findet nicht statt.

Stattdessen:

Er: „Man muss es mir schon in sehr großen Lettern sagen und deutlich zeigen, ob und was man von mir will. Ich bin da sehr zurückhaltend.“

Sie: „Wie groß müssen die Lettern denn sein?“

Er: „Das war metaphorisch gesprochen.“

Was genau sollte eine Frau in diesem Augenblick machen? Mit dem Rasenmäher ein B, zwei E, ein I, ein L, hier emotionslos in alphabetischer Reihung, in die Wiese fräsen oder einschneisen? Den Tanz der sieben Schleier aufführen? Eine emanzipierte Frau muss bereit sein, über das Getrenntzahlen hinausgehend die Initiative zu ergreifen und zu sagen was sie will. Dazu muss sie allerdings wissen, was sie will und was sie kriegen kann. Daran mangelt es manchmal im Supermarkt der Optionen. Zielstrebigkeit ist im Feminismus verboten, wie Lösungsorientierung und Bananenbootfahren. Ich sagte in die laue Nacht hinein, dass ich jetzt unbedingt Bananenboot fahren wolle.

Coda.

Er: „Mir fehlt das Werben von dir."

Die Dame geht.

Proband C: Christian. Nach Selbstauskunft die rechte Hand eines deutschen Edelschneiders. Daraus folgt die Grundannahme, dass er eigentlich nicht hetero sein kann. Wir sehen großzügig darüber hinweg. Er gestand alsbald, dass er seltsame Praktiken bevorzuge und unbedingt ausprobieren möchte. Mit mir. Das war glasklar. Es gab auch sonst im ganzen Universum keine andere Frau, die dabei behilflich sein kann. Ich versuchte mich damit zu retten, dass ich ihm Bebas Telefonnummer mit Edding auf den Unterarm schrieb. So rief Beba ein paar Tage später aufgeregt an, sie habe den perfekten Typen für mich. Und ich müsse ihn treffen, er hieße Frank – mir fiel ein Stein vom Herzen, denn ich dachte schon, die rechte Schneiderhand käme durch die Hintertüre doch noch ins Haus.

Merksatz: Im Feminismus sind nicht nur Lösungsorientierung, Zielstrebigkeit und Bananenbootfahren verboten, auch Quittungen werden meist direkt ausgestellt.

Frank kam und fiel mit der Tür ins Haus. Er hätte gerne Sex mit mir. Die Chemie stimmte und ich wollte ja mit C inzwischen B und A vergessen und diesen Landlord aus der norddeutschen Tiefebene in die Alpen schicken. Gedanklich. Und emotional. Wenn es sein muss, auch mit der Hilfe von Pythagoras. Hoffentlich reicht das komplette Alphabet mit all seinen Umlauten und Sonderzeichen aus – für all diese unbekannten Größen in den vielen Gleichungen, die es zu lösen galt. In jedem zweiten Satz fragte er nach einem Karton. Einem großen Karton. Auch er hatte sexuelle Wünsche und Vorstellungen, die er sich erfüllen möchte. Und: Karton. Nun habe ich ja ein großes, ein sehr großes Herz. Karton. Und so bot ich mich indirekt an, ihm dabei zu helfen, das sexuelle Trauma seiner Jugend zu bewältigen. Karton. Ich hatte auch keine Alternative. Im eigentlichen Sinne. Kartonage. Folgende Determinanten gab es für mich zu beachten: Ich hatte den Einbeinigen auf der einsamen Wegkreuzung im Wald im eiskalten Auto sitzen lassen und eine wildfremde Frau genötigt meinen heulenden Kollegen zu trösten. Ich war mit der Bimmelbahn durch die norddeutsche Tiefebene hin und zurück gefahren. Die Rettung der Welt lag nun in diesem speziellen Fall auf meinen zarten Schultern. Und wenn dazu es ein Karton oder im Karton sein musste. Dann war dem eben so. Nachdem dergestalt die Grundsätze abgeklärt waren, zogen wir in die Schlacht. Oder: Waren wir überhaupt bereit für diese Schlacht? Und warum musste es überhaupt eine Schlacht sein? Aber langsam, immer schön der Reihe nach.

Einige Tage später klingelte er an meiner Haustür.

Er: „Hast du den Karton?“

Ich: „Guten Abend, zunächst einmal“.

Das Entree in den Abend. Natürlich habe ich Kartons, aber wäre es nicht wichtig, als Ouvertüre beispielsweise die Geschichte von Catherine und Fred zu hören, wie sie in ihrem einsamen Pyrenäendorf, in einer Schlucht jenseits von Lourdes, ihres Lebens und ihrer Liebe Meister wurden? Ich denke schon und beginne die Erzählung. Catherine und Fred. Das war die Geschichte eines Gaunerpaars, eines Gaunerpaars der Liebe. Fernab aller Genderdiskussionen.

„Ich habe jetzt keine Zeit für deine Phantasien. Ich brauche erst mal den Karton.“

Da waren mal wieder hundert Jahre Frauenbewegung und Feminismus für die Katz. Ein simpler Satz genügt und die Suffragetten hängen wieder festgekettet am nächsten Zaun. Ich insistiere kurz, dass auch ich berücksichtigt werden möchte, gehört werden will, wenn es um Phantasien, um Wünsche und um Bastelanleitungen für Kartonagensex geht. Ich habe selten so einen dummen Blick gesehen. Ich habe selten einen Menschen derart sprachlos erlebt. Ich bin selten in einer solchen Leere stehen geblieben – abgesehen von jener Bimmelbahn-Bahnhof-Erfahrung in der norddeutschen Tiefebene –, als der Mann in den Keller steigt, um die Kartons zu inspizieren. Ich steige ihm nach. Mit dem Zollstock bewaffnet. Heldenmutig. So etwas von reckenmutig. Eingedenk aller Suffragetten, die nach Liebe sich sehnten und „Schwanz ab!“ schrien. Damals. Oder wollten sie was anderes? Aufmerksamkeit? Bewusstsein? Kenntnis und Erkenntnis über das eigene Ich? Karton.

„Vierzig mal dreißig reicht vollkommen“, meint er.

„Ist das nicht ein bisschen klein“, sage ich und klappe das Metermaß auseinander.

„Nein."

Meine Phantasie macht mir für einen winzigklitzekurzen Moment einen Strich durch mein Dasein: Wird sich meine Libido auf das Maß von vierzig mal dreißig Zentimeter reduzieren lassen? Wird darin Platz für all meine Leidenschaft sein? Vielmehr: Werde ich es überleben? Der Keller ist kalt. Die Kacheln weiß. Catherine und Fred hatten auch dazu ihre Geschichte. Damals. Als sie vier Schluchten von Lourdes entfernt einen Baumarkt überfielen, nur um einmal im Glanz wiederscheinender Kerzen auf weißen Kacheln baden zu dürfen: *„Le froid de carrelage contre mon corps écrasée d'amour"*.

Ja, damals. Eine Nachbarin der beiden wurde wenig später von der Polizei geschnappt, weil sie eine Kachel als Blumenuntersetzer in die Kapelle zur Heiligen Dreifaltigkeit gebracht hat. Ich fühle mit den beiden. Jetzt, da der junge Mann hier Kartons vermisst. Mit meinem Zollstock.

„Der hier passt."

Ein winziges Exemplar der Gattung Karton. Ich bekomme meinen ersten Anfall von Platzangst in meinem Leben. Ich schlucke.

„Bist Du sicher?", frage ich zögerlich.

„Ja", antwortet er bestimmt, „der passt."

Ich richte meinen Blick gen Kellerdecke, irgendwo darüber, höher als der Dachfirst, tiefer als der Kellergrund, muss es doch eine Kreatur geben, die gerade mein Flehen erhört – und seien es Catherine und Fred, und sei es eine Schlucht in den Pyrenäen und sei es ganz Lourdes.

„Da passt der Brotbackautomat rein."

„Brotbackautomat“, kreische ich hysterisch, „der muss da auch noch mit rein?“

Ich knie nieder. Meine Hände in die Höhe, eine Akklamation aller bereits erwähnten vierzehn Nothelfer und ihrer Geschwister folgt. Die Litanei aller Heiligen habe ich ohnehin als zweistündiges Stoßgebet immer dabei. Ich rufe sie einzeln, beim Vornamen, ein wenig Vertrautheit in dieser Situation kann nicht schaden, denke ich. Ich schicke mich in mein Los. Wie eine junge, hübsche indische Witwe nehme ich mein Los an. Der Karton, der Brotbackautomat und ich. Mögen die Fege, das Feuer, die Flammen und die Hitze uns gnädig sein.

„Was heißt auch noch?“

Zusammengefasst: Der nette junge Mann hat seinen Brotbackautomaten im Internet versteigert. Dieser Automat harrte nun seiner Versendung und ich sollte lediglich einen Karton beisteuern. Die Kommunikation zwischen Männern und Frauen beruht nicht nur auf Missverständnissen, sondern auf gezielt gesetztem Missverstehen. Man möchte gar keine Erklärung und Klärung über eventuelle Sachverhalte herbeiführen, sondern läuft einfach los. Ist das Problem zur Katastrophe angewachsen, dann macht es sich die Weiblichkeit einfach und behauptet, dass Männer eben nicht kommunizieren können. Frauen können es hingegen auch nicht. Und das ist nicht etwa ein geschlechtsspezifisches Problem, sondern ein Problem der Menschheit schlechthin, weil jeder einzelne Mensch allein ist mit all seinen Wünschen, Erfahrungen, Erfolgen und Niederlagen, die als derart gigantisch große Datenmenge in seinem Hirn abgespeichert wurden, so dass eine Übermittlung des im Moment benötigten Informationshappens in den Bruchteilen von Sekunden, die für die Einschätzung des Partners im jeweiligen sozialen, biografischen und dargestellten Zusammenhang zur Verfügung stehen, gar nicht möglich ist. Anders ausgedrückt: Egal, was der Mensch als Sender in diesen Momenten kommunikativ äußert, es wird vom Empfänger falsch interpretiert werden, weil er die Metaebene der jeweiligen Situation gar nicht kennt und gar nicht kennen kann. Diese aber vom Sender als bekannt vorausgesetzt wird.

Ich löse das Missverständnis auf.

„Sex im Karton kann ich mir gar nicht vorstellen", sagt er. Nüchtern. Ganz, ganz nüchtern.

„Na, dann wird es Zeit, dass wir es probieren. Schließlich habe ich meiner Leserschaft einen Höhepunkt des Kamasutras des Einundzwanzigsten Jahrhunderts versprochen."

„Leser?", fragt er.

„Ach, lange Geschichte, meine Vermieterin ist taub und deshalb liest sie immer die Untertitel, die wir ihr in den Hausflur hängen."

Wir einigen uns auf ein prächtiges Exemplar aus Pappe. Einsfünfzig hoch und ein Meter im Quadrat.

„Uih, das wird spannend", kommentiere ich, als der junge Mann mit dem Karton in der Steilwand hängt, sprich die Kellertreppe erklimmt. Oben angekommen überlegen wir kurz, ob wir das Ding noch reinigen oder beschriften müssen. Wir können uns nicht einigen, reißen aber wenigstens den Adressaufkleber ab. Dann stand die Kartonage inmitten des Wohnzimmers. Klasse. Wir beginnen die Sache theoretisch zu erörtern. Materialprüfung nennt sich das. Dann aber drängt die Praxis. „Soll ich mich vorher ausziehen", frage ich als Statiker den Architekten des Abends.

„Wäre wohl besser."

„Nein, mache ich nicht, ich bin doch genant“, beschließe ich kurzerhand. Aber wie in den Karton reinkommen?

„Na, steig’ halt rein“, sagt er.

„Ich bin zwar gelenkig, aber nicht unbedingt akrobatisch.“

„Dann kletter’ auf den Tisch und spring rein.“

„Das ist idiotisch, womöglich breche ich mir das Bein.“

Wir überlegen hin und her und tüfteln noch ein wenig. Kommen dann auf die Lösung, dass der Karton mit der Öffnung auf die Seite gelegt wird, ich hineinkrieche und der Mann mich samt Karton aufrichtet. Ich mich dann ausziehe. Der Mann sich währenddessen ebenfalls seiner Kleidung entledigt und dann versucht, ebenfalls in den Karton zu klettern.

„Du kannst ja dann vom Tisch springen.“

„Sei nicht albern.“

Es sieht nicht gerade erotisch aus, wenn ein nackter Mann zu einer nackten Frau in einen engen, hohen Karton kraxelt. Es sieht eher wahnsinnig bescheuert aus. Vor allem, wenn der Mann dabei eine Erektion bekommt. Aber dieses Problem konnte durch das Lachen der teilnehmenden Dame gelöst und zur Erschlaffung gebracht werden.

„Ich würde jetzt gerne was trinken“, sage ich.

„Mach’ doch“, sagt er.

„Geht nicht“, sage ich.

„Ich komme nicht ran.“

„Dann dürste eben.“

Mir ist kalt, obwohl der Zentralheizungsregler heute die Dreißig-Grad-Hürde genommen hat. Eigentlich frage ich mich schon die ganze liebe lange Zeit, wie ich eigentlich in diese Lage gekommen bin. Alles nur aus einem Missverständnis, aus einem kleinen, banalen, schäbigen Missverständnis. Wegen des Unvermögens einer umfassenden, alles erklärenden und klärenden Kommunikation. Ich gähne.

„Ich weise dich darauf hin, dass du dieses Experiment machen wolltest, damit eine gewisse Mitbürgerin mit türkischem Migrationshintergrund, Beba und du morgen wieder ohne Herztropfen durch den Tag kommen“, raunt er.

Sex im Karton. Ein Experiment in der Selbsttestreihe der ersten, wahrsten, obersten Feministin der Republik. Die rechtmäßige Stellvertreterin, die Allerhöchste ist mit profaneren Dingen beschäftigt. Sex im Karton. Ein Wissen, ohne welches die Menschen auch noch die nächsten Generationen überdauern werden. Nur die Protagonistin nicht. Bei der zu erwartenden Hüftschwungflexibilität des männlichen Gegenstücks wird sie in diesem Karton, nackt, in aufrechter Position zugrunde gehen. Jämmerlich. Die Polizei wird kommen. Ein Zettel wird an dem Karton kleben. Junge Frau begann sich auf ihr Leben in der Obdachlosigkeit vorzubereiten und wurde vom jähen, autosuggestiven Kältetod überrascht. „Ruhe sanft auf beiden Seiten, wenn noch Platz auf Wiedersehen“, wird auf der Kranzschleife geschrieben stehen, die der Arbeitgeber schickt. Die Blumen selbstredend in den Firmenfarben. Scheußlich bunt gefärbte Nelken. Hoffentlich wird dieser Kranz schon nach vier Stunden welk sein oder von der eigens, aus Neugierde angereisten Base aus dem Tal der Pyrenäen unweit von Lourdes geraubt worden sein, weil sie noch nie taupe gefärbte Nelken gesehen hat. Catherine und Fred im Baumarkt bei Lourdes auch nicht. Aber die werden nie von dem Drama im Karton erfahren.

Denn plötzlich hat der jugendliche Galan den Einstieg geschafft.

„Und jetzt?“, fragt er.

„Jetzt haben wir Sex“, antworte ich.

„Aha“, sagt er.

Unmotiviert beginnen die beiden mit dem, was er sich in all’ diesen intimen Momenten der Zweisamkeit antrainiert hat. Man kann es auch „rumschrauben“ nennen. Eher mechanisch an diesem Abend, wenig Gefühl. Ich lasse meine Gedanken kreisen und verfasse Tausende von Memozetteln. „Kaffeemilch kaufen, Flug buchen, Tischordnung für das Mittagessen nochmals durchgehen, Menüfolge mit dem Koch absprechen. Termin in Pankow oder Reinickendorf machen. Friseur, ich muss zum Friseur, unbedingt. Morgen noch. Auch daran denken, dass ich irgendeinen schwulen Freund als Alibifrau zu irgendeiner Hochzeit begleiten soll.

„Es klappt irgendwie nicht“, sagt er.

„Was?“, frage ich.

„Der Sex“, sagt er.

„Ach so. Fertig?“

Ich schaue mich um. Das kann es doch nicht gewesen sein. Die Szenerie: Sie packt zu. Sie nimmt sich, was sie braucht. Ihre Hände gleiten über seinen muskulösen Körper, der leicht vor Erregung erzittert. Fährt über seinen Kopf, sein blondes Haar. Seine blauen Augen.

Höher als der Himmel, ach, ja, hatten wir schon. Weiter im Text: Sie schaut tief in seine Augen und sieht dieses Verlangen aufflammen, Leidenschaft, Begierde. Sein Daumen fährt ihren Lippen nach, versucht die letzten Reste des am Morgen sorgfältig aufgetragenen Lippenstifts zu verwischen. Tom Ford. „Willful". Ein Lippenrot mit diesem Namen. Er liebt dieses kräftige Rot. Sie öffnet ihre Lippen nur einen Spalt, einen sanften Spalt, gerade groß genug. Sein Daumen findet ihren Mund. Sie schließt ihren Augen, in denen eben noch die Glut zischte. Sie wirft ihren Kopf in den Nacken, ihr schwarzes Haar fällt über ihre Schultern. Er beugt sich nach vorne. Er küsst sie.

Sie erkennt seinen Duft. *L'Eau d'Issey*. Er erinnert sie an zärtliche Stunden am Strand. In ihren Armen. Mit seinem Feuer. Sie erinnert sich an die unzähligen Sternschnuppen am Firmament. Sie erinnert sich an die Unfähigkeit, diesen Moment, diesen Lidschlag der Unendlichkeit in die Ewigkeit retten zu wollen. Sie erinnert sich. Sie krallt sich in seinen Rücken. Er zuckt kurz auf. Sein Brustkorb bebt. Die Stoppeln der vor wenigen Tagen rasierten Brust streicheln über ihren Busen. Seine Lippen liebkosen ihren Körper, ihren Busen mit jenen erblühenden Knospen. Sie stöhnt. Sie lässt sich fallen. Innerlich. Mit ihren Gefühlen. Mit ihrem Vertrauen. Mit ihren Sinnen. Mit ihrem Sein – in seine starken Arme, seine wohlgeformten Hände, lässt sich auffangen von seinen Küssen. Ihre Hände bekommen seine Brustwarzen zu fassen, kneten sie sanft, während seine Hände tiefer in ihren Schoß vordringen. Ihre elfenbeinfarbene Haut im Kontrast zu seinem braunen Teint. Sie halten inne. Beide. Einen Moment nur, einen kurzen Moment, indem sie sich verstehen ohne etwas zu sagen. In dem ihre Seelen verschmelzen.

Er fasst ihre Hände, drückt sie hinter ihren Rücken. Legen sich heiß auf ihren kühlen Körper, der bei jeder Berührung aufs Neue erbebt. Er spreizt seine Beine, geht in die Knie ohne den Karton zu zerstören, lässt sie los. Sie schwebt, ohne zu fallen. Seine Augen nun auf einer Höhe mit ihrem innersten Sein. Sanfte Küsse. Ein Hauch des Atems, der erzittern lässt, nicht vor Kälte, sondern vor Erregung. Schmetterlinge, Rosenblätter, Wolkenhauch, weite Welt. Ihre Hände suchen nach ihm, um zu fassen, was ihr die Sinne raubt. Um die Wirklichkeit des Daseins zu berühren, um zu hungern, um zu dürsten, um zu sehnen, um zu lieben, um geliebt zu werden. Sie spürt seinen Herzschlag, sie spürt den Gleichklang der Atemzüge, sie spürt den Gleichschwang der Gedanken. Worte sind genug. Seine Küsse bedecken die Innenseite ihrer Schenkel. Langsam richtet er sich wieder auf. Ihre Körper erzittern vor Erregung und Anspannung, erschaudern in der Wolligkeit und Wohligkeit, lassen ihre Herzen erbeben. Sie schauen sich in die Augen, wissen, dass Höhepunkt selten aufschiebbar sind, dass sie nach Verlangen schreien, dass sie geschehen müssen, unbedingt, bedingungslos, losgelöst, lösbar, bar jeder Vernunft, verrückt, rückend, endlos. Sie sind bereit. Hände fliegen. Gedanken kreisen. Gefühle platzen. Sanft drückt er ihre Schenkel auseinander.

„Du denkst daran, dass wir den Karton gleich noch zum Altpapier geben“, flüstert sie.

Er hält inne. Dann fällt er. Reißt den Karton mit sich. Die Herzensdame versucht in einem dramatischen Akt der Selbstrettung stehen zu bleiben, muss sich aber der zusammenfallenden Pappe ergeben und stürzt auf ihren Liebhaber. Der Karton ist kaputt. Beide lieben sich in den Trümmern der Selbsttestreihe.

Der nächste Morgen. Die Sonne scheint über der Stadt. Sie steht am Fenster und sieht über den Garten ihres Hauses, in den Hinterhof, dort wo eine Teppichklopfstange immer noch von alten Zeiten kündet. Ihr

Liebhaber steht hinter hier, hält sie fest. Seine blonden Haare stehen struppig zu Berge. Er riecht nach *L'Eau d'Issey*. Sie hat bereits Lippenstift aufgetragen. Sie küssen sich. Sie lieben sich. In der Perfektion eines heraufziehenden, eines neuen Tages. Sie zieht sich an, muss zur Arbeit. Im Hausflur begegnet ihr die taube Vermieterin. Sie ist mit dem Sortieren der Textnachrichten beschäftigt. Zuviel hat sich ereignet in der letzten Nacht. Den Rumms des berstenden Kartons hat auch sie gehört mit ihrem Innersten. Sie gehen hinaus in den Tag und finden ihren Weg. Die Müllabfuhr entsorgt den Karton mit allem anderen unschuldigen Altpapier. Ernüchternd ist der Moment danach.

In der Rezeption pornographischer Inhalte gibt es selbstredend große Unterschiede zwischen Männer und Frauen. Darüber ist schon so viel geschrieben worden, dass ich mir die im Werk von Erika Lust empfohlenen Produktionen gerne angeschaut habe. Im Kreise der besten Freundinnen, also mit Beba und der Mitbürgerin mit türkischem Migrationshintergrund – ach ja, und ihrem Mann. Wird Zeit, dass wir den in einem Kegelclub anmelden. Wir haben uns zunächst einen heterosexuellen Macho-Porno angeschaut. Wir sind bestimmt die einzigen Wesen auf diesem Planeten, die sich einen solchen Film bis zum Ende anschauen. Ich war überrascht, dass es kein Happy End gab. Naja, gab auch keine Handlung, etwas Dialog, ganz klischeemäßig, und dann taucht mitten aus dem nichts plötzlich, mitten in der Fickerei, der Abspann auf. Danach haben wir uns eine Dokumentation über Pornodarsteller in Los Angeles angeschaut. Die war sehr interessant. Wenn man die Fickerei dokumentarisch betrachtet, wirkt die wesentlich realistischer als in der Inszenierung des Scheins. Obwohl ja das Gleiche gefilmt wurde und zu sehen war. Dann kam der Porno für Frauen.

Top-Empfehlung von Frau Lust. Und wir waren enttäuscht. Alle vier. Das ganze Konstrukt von Erica Lust taugt nichts, wenn der Hauptdarsteller unansehnlich ist. Wird uns Frauen von der weiblichen Pornoindustrie kein ästhetisches Empfinden zugestanden? Sind wir mit einem Öko-Fuzzi mit Fusselbart zu befriedigen? Insgeheim hatte ich mir ja etwas mehr Handlung erwartet und so etwas wie einen Spannungsbogen, der sich entweder in Erotik oder in purer Pornographie auflöst.

Beba hatte auch eine Wortmeldung: „Mir geht es auch im feministischen Porno persönlich zu sehr ums Poppen.“

„Beba, es ist ein pornografisches Machwerk, das für Menschen über 18 Jahre ist. Da geht es pur um Fickerei und nicht um die Flora in süddeutschen Mittelgebirgslandschaften.“

„Pornos für Frauen könnten doch Handlung und ein Happy Ende haben, darin würden sie sich vollkommen und total von maskulinen Machwerken des Rein-Raus-Steckens unterscheiden.“

Wo sie Recht hatte, hatte Sie Recht. Wenn schon Abgrenzung, dann eine augenscheinliche Abgrenzung und keine halbherzige, die doch nur eine Kopie des ursprünglichen Ansatzes ist – allerdings in anderen Farben. Das betrifft nicht nur pornografisches Filmwerk, sondern überhaupt und alles.

Zugegeben: Die Protagonisten im feminin-affinen Porno begegneten sich auf Augenhöhe. Die Frau war kein dummes Stück Fleisch, das einzig der Welt geschenkt wurde, um mal ordentlich beglückt zu werden. Sie ließ auch nicht alles mit sich machen. Der Weg zum Akt war auch wesentlich länger und phantasievoller. Das waren die Pluspunkte. Auf der Minusliste: Schlimm war, dass sie an den Ausgaben für eine ordentliche Beleuchtung gespart hatten und man nur schemenhaft erkennen konnte, was denn gerade Sache war. Gewiss, damit war mehr Raum und Zeit für Phantasie, aber man schiebt es zunächst doch eher auf seine Sehschwäche und reibt sich mehrmals die Augen, um scharf zu sehen, was scharf sein soll. Auch das Casting der Hauptdarsteller war durchaus verbesserungswürdig.

Die Conclusio der Filmjurysitzung war: Der wahre Porno für die Frauen muss erst noch gedreht werden. Und eines ist sicher: Die mathematische Gleichung um A, B und C wird darin auch nicht gelöst werden. Unbekannt bleibt unbekannt.

Und es ist ein dummes Gerücht, dass Frauen sich pornografische Filme bis zum Ende anschauen, nur um zu erfahren, ob die Protagonisten doch noch heiraten. Machopornos enden so banal – wie sie sind.

10.
Mehr Sein. Weniger Mimosen.

"Schon immer hat mich die Tatsache genervt, dass, wenn ein Mann die Wahrheit sagt, es auch für alle die Wahrheit ist. Wenn ich als Frau aber die Wahrheit sage, steht immer der Verdacht im Raum, ich würde übertreiben. Aus Angst habe ich mich nie getraut, wirklich offen zu reden, aber dann wurde mir klar, wen ich ansprechen musste: andere Frauen. Heute ist es mir komplett egal, was andere über mich denken. Ich weiß, was 'real', was wirklich und echt ist. Und wenn andere Menschen denken, Feminismus sei nicht wichtig, dann ist das in Ordnung. Solange sie mir nicht im Weg stehen und meine Arbeit behindern."

Kathleen Hanna

Es war ein heißes Wochenende. Es begann mit einer Soiree, die ich in meinem Garten gab. Das halte ich für gewöhnlich so, um das Volk ein wenig bei Laune zu halten. Doch dann geschah das.

Wir hörten *The Doors*. Mir gefiel es, obwohl ich sehr lange Zeit ein gespaltenes Verhältnis zu der Gruppe hatte, weil ein Mitschüler in meiner Abiklasse immer nur The Doors hörte. Morgens. Mittags. Abends. Auf ihn hatte ich einen richtigen Männerhass, weil er mich in einem meiner schwächsten Momente ausgenutzt hatte. So etwas können nur Männer. Und seine Musik nahm ich in Sippenhaft. Bis zu jenem Donnerstag. Am Donnerstag kamen *The Doors* und ich fand sie klasse. So klasse, dass ich nach etlichen Likören und Schnäpsen schrie, das genialste Lied von ihnen sei *Sympathy For The Devil* und ich erzählte allen von einer nächtlichen Stadtrundfahrt in Budapest mit guten Freunden in einem Campingmobil und diesem Lied. Damals. Stundenlang. In der Version von *Guns'N'Roses*. Was mir entfallen war. Mittendrin der schwule Kollege, der sich von mir wünschte, dass ich ihn als Alibifreundin zur Familienfeier nach Brandenburg begleite. Ich. Großes Herz, Häuptling vom Stamme der Gnade, ach, auch das hatten wir schon. Ich wollte Beba in die Stellung vermitteln, weil ich dazu neige, solche Feiern ins Unglück zu stürzen. Er aber hatte seiner Mutter schon so viel von mir erzählt. So viel. Und genaugenommen hat er nicht einmal gelogen. Er hat erzählt. Von mir. Seiner Traumfrau. Kollegin. Nein, Chefin. Damit lässt sich angeben. Zuhause. In Brandenburg. Es sei nur irgendeine Hochzeit, entfernte Verwandte, Tisch ganz hinten, zwei Stunden, dann Rückfahrt. Essen und Trinken inklusive. Sympathie für den Satan.

Zwei Stunden? Dachte ich wirklich, die Trauungsfeier sei nach zwei Stunden erledigt? Wie konnte ich so deppert sein! Hochzeiten sind dort eine langwierige Sache. So musste ich schon am Freitag anreisen, um den Feierlichkeiten beizuwohnen.

Ich wurde zunächst der Familie vorgestellt. Und er hatte doch die Wahrheit verbogen. Es war nicht irgendeine Hochzeit, sondern die Hochzeit seiner Cousine, was in Brandenburg wohl einiges bedeutet. Und ich war plötzlich seine Verlobte. Ich hegte schon immer einen Groll gegen diesen Landstrich. Warum muss alles so erklärt und so festgefügt sein?

Die Brautmutter herzte mich gar sehr. Ich sie weniger, das war ihr aber egal. Der Brautvater war recht klein, so dass ich ihn immer übersehen konnte. Dann kamen Indianer, weil Braut und Bräutigam anscheinend in einem Tippi aufgewachsen sind, oder sich von Herzen wünschten, in einem solchen aufgewachsen zu sein. Ein Lagerfeuer wurde gemacht, ein „Madison Wheel“ aufgebaut, das eine sehr tiefe Begründung hat, die ich nicht verstand, weil es nichts Schlimmeres gibt, als wenn Brandenburger sich in englischer Sprache üben. Er hätte auch Deutsch mit mir reden können, das wollte er aber nicht. Ich musste, weil nur vier Frauen anwesend waren, die ganze Nacht einen ziemlich bescheuerten rituellen Tanz mitmachen, dann mich ans Lagerfeuer setzen und abwarten, bis der „Talking Stick“ zu mir kam, was auch prompt geschah und ich musste reden. Die anderen haben über Visionen gesprochen und Gefühle. Ich hatte keine Lust dazu, also erzählte ich von Mücken, die so gerne Mambo tanzen und dass ein Leben trotz Hämorrhoiden-Leiden sinnvoll sein kann. In der zweiten Runde erzählte ich von Landlord Heinrich Maria Donatus und warum er immer noch nicht aus meinem Hirn verschwunden war. Die letzte Runde widmete ich selbstredend dem real existierenden Feminismus der heutigen Zeit, seine Irrungen und Wirrungen und an welchen Stellen die Emanzipation uns verraten hatte. Ich war danach die Gaga-Queen des Abends. Damit konnte ich leben. Die Indianer weniger, die fanden mich arg bescheuert, ich brauchte nicht mehr mitzutanzen, was mich ganz glücklich machte, denn ich finde den Anblick brandenburgischer Indianer einfach deppert.

Die Trauung war am nächsten Morgen um elf. Während der Trauung dämmerte dem Standesbeamten wohl, dass er in die Braut verknallt war. Er schluchzte vernehmlich beim Ringetausch und schniefte und schnaufte. Die Braut schaute fortwährend zum Fenster hinaus. Ich habe das natürlich direkt durchschaut. Da ging was. Zur Entspannung der Situation schlug ich vor, ein Marienlied zu singen. Der Vorschlag wurde abgelehnt. Dann zum Lunch. Entree: Die unvermeidliche Rinderkraftbrühe, was ich nicht gerade passend fand bei Temperaturen von über 30 Grad, aber wo sie schon mal gekocht war, musste sie auch weg. Ich saß mit am Ehrentisch, nicht am Trinkertisch oder am Tisch ganz hinten. Das machte mich sehr, sehr unglücklich. Die Brautmutter unterhielt sich gerne mit mir, die Brautjungfern weniger. Zwischen den Gängen blieb Raum und Zeit, Fotos der Enkelkinder um den Tisch kreisen zu lassen. Warum saß ich eigentlich nicht am Trinkertisch? Warum überhaupt bekomme ich einen Platz zugewiesen und füge mich in dieses Schicksal ein? Ich begehre feministisch-korrekt gegen männliches Dominanz und Herabstufung auf, lasse mich aber von einer simplizistischen Tischordnung in meine Schranken weisen?!

Schließlich war der Kollege familiär mit dieser Gruppe liiert, nicht ich. Der Rest des Essens war so unspektakulär, wie sein Beginn. Und so vorhersehbar. Anschließend dann der obligatorische Verdauungsspaziergang durch die Gemeinde. Der wird erst so richtig schön, wenn plötzlich eine zahnlose 87-Jährige an deinem Arm hängt und von dir durchs Dorf gezogen werden will. Auch bei sengender Hitze. Auch sabbernd. Auch mit Hand gestoppten vier Metern in der Stunde. Die Frau hat geredet. Ineinemfort. Ohnepunktundkomma. Verstanden habe ich sie nicht. Nur so viel, dass sie zum Friedhof wollte. Ich zur Tankstelle, um mir ein paar Zeitschriften zu kaufen, auf dass der Rest vom Tage spannender würde. Also habe ich sie dorthin geschleppt. Ihr hat es dort nicht gefallen, mir hingegen sehr. Der Tankwart. Der Tankwart. Der Tankwart. Kaum hatte ich meine geriatrische Begleitung zurückgeschleift, gab es auch schon Kaffee. Der war auch nicht das Problem. Es gab den Kaffee zusammen mit ganz, ganz viel Cremetorte. Die mag ich nicht, die habe ich noch nie gemocht. Ich saß noch immer am Ehrentisch. Der Bräutigam wollte mit mir reden. Wir haben uns über Autos und Benzinpreise unterhalten, ein dankbares Thema und so herrlich unverfänglich. Und ich erfuhr, dass er Addi heißt, der Knabe an der Tanke. Am Nebentisch hat die Alte über mich hergezogen, ich hätte sie zur Tanke geschleift und sei ich nicht mit ihr zum Grab ihres Mannes gegangen. Es musste ein jeder an diesem Nachmittag seine Opfer bringen. Dann wurde sich gelangweilt. Zum Glück hatte ich die Zeitungen. Die Braut hat sich welche bei mir geliehen. Ich hasse es, wenn Leute zum Umblättern die Finger nass machen. Zeigefinger und Daumen durch den Mund ziehen, dann diese Flecken auf den Seiten hinterlassen. Braut und Brautmutter und Bräutigamsmutter kamen zum Schluss, dass das Brautkleid, das die Braut trug, doch viel schöner sei, als die, die in der Zeitung abgebildet waren. Kein Wunder, da waren ja auch überall feuchte Flecken drauf. Das Brautkleid, das vor meinen Augen rumhüpfte, legte den Schluss nahe, dass die Braut im achten Monat schwanger ist. Bei ihrem Alkoholkonsum konnte es aber nicht sein. Oder? Womöglich doch! Sie ist Brandenburgerin. Havelländerin gar. Kaum hatte ich es mir im sonnigen Biergarten bequem gemacht und begonnen, die Ruhe zu genießen, gab es auch schon Abendessen. Ich musste wieder an den Ehrentisch, zu meiner Tischkarte mit falsch geschriebenem Namen. „Von Teller“. Nicht einmal die Brautmutter hat sich dafür entschuldigt. Gemeines Stück.

Dann wurden Reden geschwungen, in Brandenburgisch und in Deutsch. Ich spielte derweil mit den Erdbeeren, die als Tischdekoration gedacht waren, Tischfußball. Die Salz- und Pfefferstreuer markierten die Torpfosten, die Hochzeitskerze war das Mahnmal für die Abseitsfalle und die Hortensien-Blütenblätter gaben das frenetisch jubelnde Publikum. Das erforderte Konzentration. Dann waren mir auch die Reden egal. Der Brautvater sagte auf Deutsch: „Nun könnt ihr es offiziell miteinander treiben!“ Wenn ich einen Satz bei meiner Hochzeit nicht hören möchte, dann diesen. In der Zwischenzeit hatte die ganze

Veranstaltung mitbekommen, wer ich bin, was ich arbeite und wie herzlos ich zu alten Frauen ohne Gebiss war. Das machte den Rest des Abends leichter.

Der hatte vor allen Dingen einen Höhepunkt: die Brautentführung. Stimmungskiller einer jeden Hochzeit. Mir war es ganz recht, dass die Lady fort war, denn dann hätte ich in Ruhe noch den *Playboy* zu Ende lesen können, eine Playgirl gab es an der Tanke nicht. Medienpolitisch betrachtet ist das ohnehin ein Unding, das Frauen von diesem Magazinsegment behandelt werden, wie die Annemarie vom Lande. Sie darf dekorieren, handarbeiten, backen, kochen, im Mai sich Bikinis anschauen, im November festliche Abendrobe und im August den ganzen Folklorekram. Warum gibt es nicht eine Autozeitschrift für Frauen, in der mir erklärt wird, dass ein Ölwechsel kein geheimes Weltwissen ist. Weil keine Frau einen Ölwechsel durchführen möchte, sondern lieber und letztendlich doch einen Addi von der Tanke kennt, dem sie so lange schöne Augen macht, bis der nicht nur das Öl wechselt, sondern auch noch nach der Hupe schaut. Jetzt möchte ich auch in die Machokasse zahlen. Oder ins Femme-Portemonnaie.

Aber weil meine Begleitung sich in Sachen Entführung sehr engagiert hatte, wurde ich ungefragt dem Verfolgerteam zugeteilt, weil ich auch meine begleitende Hälfte suchen musste, was ich gar nicht wollte. Ich war mittlerweile sogar bereit mit der Schmach zu leben, die unbeliebteste Frau der Feier zu sein. Nun war ich Detektivin bei *Entführt die Braut und brennt sie nieder.* Darauf hatte ich mich sehr gefreut. Ein Ritt durch brandenburgische Dorfkneipen. Juchhei. Da hüpft das Herz im Siebenachteltakt. Man sitzt eigentlich die ganze Zeit im Auto, weil man unglaubliche Distanzen zurücklegen muss, bis man zur nächsten Kneipe kommt. Und die, die gestern noch offen hatte, ist heute Lagerstätte eines landwirtschaftlichen Betriebs.

Zunächst sind wir in die allerletzten Spelunken, dann in eine leere Disko, dann – und das war wirklich der Höhepunkt – auf das Fest der Frauenturngemeinschaft. Achtzigjähriges Vereinsjubiläum mit erquicklichem Festkommers. Und wir mittenrein. Die Tanten fanden das total toll, weil der Bräutigam dann eine Lokalrunde in diesem Fall eine Festzeltrunde geben musste. 300 Euro. Und er hatte kein Geld mehr. Der nächste Geldautomat wäre gefühlte drei Stunden Autofahrt entfernt doch ich zuckte mit den Schultern. Ging mich das etwas an? Wenn schon Entführen, dann hat man auch ordentlich Lösegeld dabei. Welche Frau ist in welchem Film schon für 300 Euro Lösegeld zu haben?

Es wurde dann ausgeknobelt, dass ich da bleiben solle, bis ein Trauzeuge käme, mich auszulösen und die Rechnung bezahlen würde. Mir war es Recht. Ich machte auch die zwei Stunden, die ich warten musste, hinter dem Getränkestand eine recht gute Figur. Half sogar beim Bedienen. Man macht sich halt nützlich. Als Frau begibt man sich freiwillig in die dienende Rolle. Es war kein Mann auf dem Fest anwesend, außer jenem Herren, der vor achtzig Jahren die Gründungsurkunde des Vereins gerahmt und im damaligen Dorfgemeinschaftshaus, das alle Skandale der Dorfgeschichte überstand, aufgehängt hatte. Unter gänzlich anderen gesellschaftlichen wie politischen Vorzeichen, von denen er heute noch erzählte. Und noch einem Mann, der als Flippers-Double die Bontempi-Orgel bediente. Damenwahl!

Der andere Trauzeuge kam. Der vom anderen Ende des Tischs. Ein recht netter, witziger Typ und wir sind noch auf dem Fest geblieben, haben getrunken und geredet. Nur geredet. In der Zwischenzeit hatte ich erfahren, dass auf Hochzeiten diese Zeit gerne für andere Dinge genutzt wird. Wir aber haben nur geredet. Ich habe ihm meine Peinlichkeit mit den teuflischen Türen erzählt. Er hat sich zu Tode gelacht und dann – das fand ich sehr nett – beim DJ *Sympathy for the Devil* bestellt und laut ins Mikro geschrien, dass dieses Lied in Wahrheit von den *Doors* stamme und alles andere eine Lüge sei. Wir haben wie wild abgehottet. Wohl etwas zu lange, denn als wir endlich zurückkamen, war der Skandal perfekt. Es war allen klar, dass ich mir den Trauzeugen gekrallt, eine herzzerreißende Liebschaft zerstört und Muttis Besten versaut hatte. Schon wieder war ich. Wieder. Alles. Schuld. Schuld und Sühne: Hier bin ich und mit mir mein ganzes Geschlecht. Seit Eva. Und ihren Töchtern.

Schleierhaft blieb mir nur, warum meine Begleitung nicht genötigt wurde, das vermeintliche Verlöbnis mit mir zu lösen? Ich habe mich lauthals rechtfertigt, dass ich, um die Schulden zu mindern, gespült hätte. Der Trauzeuge hat es bestätigt. Und er habe Holz gehackt für den Grill. Es war also wieder alles gut. Und Zeit für den nächsten Brauch: Weil die Braut und der Bräutigam noch ältere Geschwister hatten, die noch nicht verheiratet waren, mussten diese mit einem Ziegenbock tanzen. Der hatte keine Lust auf Samba und kackte auf die Tanzfläche. Ich redete noch weiter mit dem Trauzeugen.

Zum Sonntag trifft man sich wieder in, bei und mit der Familie zum kleinen Mittagessen und anschließend werden die Geschenke ausgepackt. Schade, dass ich keine Kamera dabei hatte, ich hätte sonst Aufnahmen von den hässlichsten Geschenken der westlichen Welt machen können. Gobelinsofakissen, ein Plastiksaftbecherset, Tortenheber mit Schiebeautomatik. Ich möchte nicht heiraten. Zumindest nicht in Brandenburg.

Da mein Verlöbnis ja etwas unschön geplatzt war, war auch meine Rückfahrgelegenheit nach Hause im Eimer, was ich eigentlich als nicht zulässige Verklausulierung werten sollte. Ich habe meinen Part der Abmachung gehalten. Nun bitte ich wenigstens um stilechte Heimfahrt.

Aber da sah die Brautmutter vor. Wozu aber habe ich einen Daumen an der rechten Hand? Genau. Der erste Wagen, der mich aus dem dreistündigen Versuch des Trampens erlöste, war: der Trauzeuge. Er brachte mich nach Hause und gab mir alle Metainformationen, die ich brauchte, in drei Worten. Er war verheiratet.

Wenige Tage später lud er mich trotzdem ein, denn ich hatte meinen Schal in seinem Wagen vergessen. Na so etwas! Wie konnte denn das geschehen. Er hatte ein heimeliges Café in einem lauschigen Park als Übergabestätte ausgemacht, auch um mit mir durch den Sonnenuntergang zu reden. Einzige Bedingung: Ich muss mit dem Fahrrad kommen. Na denn. Fische fahren Fahrrad. Frauen fahren Fahrrad. Frauen fahren Kraftwagen! Alles nur Zuschreibung.

Es war eine phantastische Nacht. Wir saßen im aufziehenden Gewittersturm als einzige Gäste im Garten und wurden formvollendet bedient. Zwar hielt sich der nette Servierer immer die Speisekarte über den Kopf, wenn er an unseren Tisch vorpreschte, todesmutig, den Orkan im Auge, den Taifun im Rücken, doch es war einfach, einzigartig herrlich. Wir zählten die Regentropfen in unserem Gesicht und ließen den Blitz Geschichten erzählen, Geschichten von der Endlosigkeit der Welt, des Lebens und der Liebe jenseits des Horizonts. Er hat gewonnen. 297 Regentropfen. Am Freitag werden wir uns wiedersehen. Aber Freitag ist erst übermorgen.

Zwischenfrage: Wie genau halten wir es mit staatlich geförderten Verbindungen zwischen Frau und Mann?

Am Freitag gingen wir zu einem Freiluftkonzert elektronischer Musik in einem Abrisshaus. Dieses Setting hätte man mir zuvor mitteilen müssen. Doch er fand es sehr amüsant zu beobachten, wie eine Frau im Cocktailkleid und Sechszentimeterschuhen durch Schutt und Geröll stöckelt. Das wichtigste in diesen Situationen ist, immer eine Flasche Natriumhydroxid dabei zu haben. Denn Ätznatron ist ein kleiner Helfer in der Not, der den Anruf beim Sanitärfachmann oder Mann an sich erspart, wenn die heimische Abflussmechanik in Bad und WC versagt. Aber das nur am Rande. Des Waschbeckens.

Die Musik war überraschend gut. Es gab ein seltsames westeuropäisches Bier aus einer befreundeten, deutschsprachigen Monarchie, das schmeckte ziemlich schlimm, doch konnte ich im nächstliegenden Kiosk mit Rund-um-die-Uhr-Service Mainstream-Plörre besorgen und so war die Schwüle der Nacht erträglich. Die dumpfen Beats, das fette Hämmern, das Wummern der Boxen. Irgendwann saßen wir alle vor dem Haus. Ein Post-Punk gesellte sich zu mir, um mir zu sagen, dass er mich „mega" fände. Das fand ich lustig. Ich hätte seine Mutter sein können. War da wieder dieses Muttergen, das lauthals durch die Nacht schrie, aber ich putze dir deine Bude, wasche deine Klamotten, koche dir das Abendessen und versorge dich mit Alkohol und anderen Vitaminen?

Er legte nach: „Du bist sexy!"

Ich gab ihm fünf Euro für das Kompliment mit der Bitte, darüber Stillschweigen zu bewahren. Dafür musste ich allerdings noch einen Zehner draufpacken. Das Geld setzte er in zwei Flaschen Rotwein und Pappbecher um, mit denen er zu mir kam. Ich, die ich auf der Bordsteinkante hockte. Im kleinen Schwarzen. Mit dem Trauzeugen. Für den ich keinen neuen Namen brauchte.

Ich erzählte ihm ausführlich meinen Beziehungsstatus, der sich eben nicht über ein simples „Es ist kompliziert" ausdrücken lässt. Er wollte mich dann knutschen, ohne Zunge, um meinen Galan eifersüchtig zu machen. Diese Aktionen habe ich noch nie gut gefunden, eher ziemlich daneben. Mein Galan hockte sich dann neben mich. In den genau richtigen Abstand, so dass wir uns zart berührten, ohne uns eigentlich anzufassen.

Der Punk erzählte, dass in der Oper *Norma* psychedelische Musik vorkäme. Wir mussten uns dann auf seinem iPod – was ich an sich ziemlich konträr zu seiner subkulturellen Einstellung fand, er aber erklärte, dass auch der Punk sich in den letzten fünfunddreißig Jahren weiterentwickelt habe – ein Duett aus Norma anhören. Anschließend gab es noch die *Lyrische Symphonie* von *Zemlinsky* und die ist echt der Hammer im Dämmern eines neuen Morgens.

„Das Mädchen denkt, sie wäre die Königin der Nachbarschaft“, rief er seinen Punks zu, „ich habe Neuigkeiten für euch. Sie ist es wirklich.“

„Das ist von *Bikini Kill*“, antwortete ich.

Der Punk wollte mich küssen, doch mein Galan war schneller.

Das Leben war ein leichtes. An jenem Abend. In jener Nacht, die dem Tag wich. Um 4:13 Uhr bemerkte ich, dass die Vögel zu zwitschern begannen. Um 4:43 Uhr erlosch die Straßenbeleuchtung. Um 4:50 Uhr standen wir vor meinem Auto, das neuerdings Fahrrad heißt, aber aussah wie ein Auto. Ja, moderne Zeiten, wandte ich ein. Um 4:56 Uhr überprüfte ich die Funktion meiner Hupe. Um 4:58 Uhr bemerkte ich, dass die Polizei schon auf den Beinen ist. Ich sagte dem Polizisten, wie es war: „Ich bin beim Knutschen auf die Hupe gekommen.“ Dummer Fehler. Es war der Polizist, der mir neulich seine Visitenkarte zugesteckt hatte. Dreißig Euro. Und ich war verknallt. Wie ein Schulmädchen. Mit allem. Drum und dran.

Verliebt.

Ja, also, die Sache ist folgendermaßen, also, folglich, etwa in der Reihenfolge, also, sachlich gesprochen, oder auf den Punkt gebrannt, nennen wir es so. Also, reden wir über die Ereignisse der letzten Tage. Ach was, nicht lange um den heißen Brei rum, obwohl am Donnerstag ist Feiertag und am Montag, am Montag dann eher Großkampftag für mich. Ich hasse diesen Tag, aber mein Liebesleben, also, wie soll ich das jetzt sagen. Gestern noch habe ich mir überlegt, obwohl, es kam mir vielmehr in den Sinn, ich dachte also nach, über mein Liebesleben. Ja. Tja. Hm. Das ist so, wenn ich direkt bin, also, am Montag muss ich immer wahnsinnig viel arbeiten. Bis Montag auch. Da passt mir der Feiertag am Donnerstag überhaupt nicht. Früher bin ich immer gerne ins Freibad und am Montag in die Stadt zum Einkaufen oder in eine andere Stadt, auf jeden Fall in einen Laden. Ja, zum Einkaufen gehe ich in einen Laden. Ich habe noch nie geklaut. Klaue ich jetzt einer anderen Frau den Mann? War ich denn nicht immer großherzig? Also klaue ich keinen Mann. Vielleicht sollte ich mir etwas anderes unrechtmäßig aneignen. Montag oder Freitag. Donnerstag geht ja nicht. Feiertag. Aber die letzten Jahre musste ich an diesem Tag immer arbeiten, das stimmt mich betrübt. Mein Liebesleben nicht. Wie sage ich das jetzt, worüber wollte ich hier eigentlich reden, ach ja, über Backrezepte. Gestern habe ich festgestellt, dass Duftbeseitigungsspray eine famose Sache ist, weil es auf Stärkebasis funktioniert. Das ist verdammt genial. Da gibt es einen hydrophilen und einen hydrophoben Bestandteil und der Geruch wird tatsächlich gebunden, weil Geruch auch nichts anderes ist als ein Molekül, nur eben ein übelriechendes. Das hat jetzt nichts direkt mit Backen zu tun und schon gar nicht mit dem Verliebtsein, aber es gibt jetzt auch Waschmittel von dieser Duftbeseitigungsspray-Firma, das wohl kaum auf Stärkebasis funktioniert. Das ist gut. Für die Wäsche. Nicht für den Kuchen, man darf sich da nicht verwirren lassen.

Nein. Vorsicht. Duftbeseitigungsspray darf man nur auf Flächen auftragen, die man auch feucht abwischen kann. Ich habe mich nicht daran gehalten, sondern habe das Zeugs mal großzügig verteilt. Es machte nicht wirklich den Geruch weg und im Gegenzug Flecken.

Wo war ich? Bei meinem Liebesleben! Aber ich wollte ja eigentlich über das Backen reden, dabei fällt mir auf, dass ich wahnsinnigen Hunger habe, weil ich vor lauter Arbeit, vor lauter, lauter Arbeit nicht zum Essen gekommen bin, dafür rede ich den ganzen Tag über selbiges. Ich könnte für Montag auch einen Kuchen backen. Und dann mache ich erst einmal Urlaub, vom Job, nicht vom Backen und auch nicht vom Liebesleben. Ich habe jetzt übrigens zwei Tastaturen an meinem Rechner. Das ist genial. Eine, die ich kaputt hämmern darf, eine andere, mit der ich pfleglich umgehen muss, als ob ich tagtäglich Tastaturen zerstören würde. Die unterhalten sich auch mit dem Computer, nicht aber miteinander. Er muss sich entscheiden. Bin ich eine Ehebrecherin. Darauf steht irgendwo irgendeine schlimme Strafe. Was mit Steinen, wenn ich mich recht erinnere. Biskuit. Ich kann vorzüglich Biskuit backen. Biskuit ist ganz einfach. Drei Eier. 150 Gramm Zucker, 150 Gramm Mehl. Drei Esslöffel lauwarmes Wasser. Eier und Zucker mit dem Wasser schaumig rühren. Und zwar ziemlich ausführlich. Dabei mit dem Gemisch reden. Es anschauen, ihm Geschichten erzählen, ihm das Leid klagen, ihm Kinderlieder vorsingen. Dann nach mindestens zwanzig Minuten Rühren das gesiebte Mehl vorsichtig unterheben. In den Backofen. 150 Grad. Zwanzig Minuten. Biskuit. Fertig. Wenn nur alles so einfach wäre.

Zur nächsten Soiree – es lud dieses Mal eine Zufallsbekanntschaft aus dem näheren Dunstkreis ein – war nicht nur ich, sondern auch mein Galan eingeladen. Und seine holde Gattin. Na dann.

Mir wurde ein Tischherr zugeteilt, was ich bei acht Personen recht albern finde. Ich als einzige, vorgebliche Single-Dame musste an diesem Abend wohl noch unter die Haube gebracht werden. Mein Möbelmann wurde mir als Mensch aus gesetzten, perfekten Verhältnissen angepriesen. „Darf ich vorstellen", sagte der Veranstalter: „Das ist Heinrich Maria Donatus Graf von Rendleb-Langerburg aus der norddeutschen Tiefebene." Überraschung: Mein Landlord Heinrich Maria Donatus, der es immer schaffte, in Situationen, in denen man ihn nicht erwartete, aufzutauchen, weil er irgendeinen Bezug zum ganzen Konstrukt hatte, der in diesem Moment eher hinderlich, denn förderlich war. Ich machte freundliche Konversation. Er – wie gewohnt – in Sarkasmus, Ironie und Zynismus – das aber wiederum in gewohnter Perfektion. Es scheint wohl auch eine Grunddeterminante der männlichen Kommunikation zu sein, dann, wenn es ernst zu werden scheint, sich in Sarkasmus, Ironie und Lächerlichkeit zu flüchten. Um was zu erreichen? Die männliche Überlegenheit auch im Denksport zu demonstrieren? Ich unterhielt mich durch die Suppe. Lauchcremesuppe. Diese mochte Heinrich Maria Donatus eigentlich gar nicht, wie er mir einst anvertraute. Nun lobte er die kochende Person über den allergrünsten Klee. Ich hielt Heinrich Maria Donatus an, nicht zu viel von der Suppe zu essen. Ob seines nervösen Magens. Und der Abend sollte ja auch nicht in Flatulenzen enden.

Dann kam mein Galan. Alleine. Er habe sich von seiner Frau getrennt. Sagte er. Zwischen Suppe und Salat. Ich verschluckte mich. Unter Husten bat ich, den Tischherren tauschen zu dürfen. Wer frisch getrennt sei, bedürfe der Liebe und Zuwendung. Landlord Heinrich Maria Donatus schickte sich an, mir auf den Rücken zu hämmern, man spiele nicht Reise nach Jerusalem. Es reiche ein Glas Schaumperlwein, wies ich ganz die großstädtische Frau die norddeutsche Tiefebene an.

Landlord Heinrich kam mit dem Nachschenken gar nicht nach. Er ist eben perfekt. In allem. Auch als Tischnachbar mit direktem Zugriff auf die Perlweinflasche. Es hat mir wirklich den Atem verschlagen. Nun weiß ich, was der Stand der Dinge bei meinem Galan ist. Landlord Heini machte mir Komplimente, die ich in dem Moment aber gar nicht brauchen konnte. Ich wollte das nicht hören. Mein Galan hatte sich getrennt. Das war, was zählte. Und wo war diese Perlschaumprickelwasserweinsektchampagnerflasche?

Dann ertappte ich mich dabei, dass ich den Zustand zuvor eigentlich ganz prima gefunden hatte, auch wenn ich immer daran rumgenörgelt habe. Ein Zustand, so spielerisch leicht, der schwamm sogar a) in der Havel, Oder, Mosel – und damit auch an Trier vorbei, b) im Freibad von Neukölln oder c) im Torfstichteich von Zehdenick. Antwort d) wäre die beste. Nun gut. Der Vorsatz, dass ich alles auf mich zukommen lasse, gilt nicht länger, denn nun bin ich diejenige, die am Zuge ist. Das wollte ich doch aber gar nicht.

Denn im Grunde genommen möchte ich rein gar nichts ändern, es war zuvor so perfekt – zumindest für mich. Für ihn auch. Es ehrt mich ja, dass ich nun zur Nummer Eins in seinem Leben aufgestiegen bin, aber muss es gleich so plötzlich sein? So radikal? Herrjeh, zwingt mich nicht, hier über meine innersten Gefühle zu reden. Nicht in diesem Wirrwarr. Nicht jetzt. Ich mag jetzt auch nicht über den Duft von CK Bodylotion reden, oder über den Vorzug von Ha-Zwei-Oh-Pflegeprodukten gegenüber denen mit ohne Ha Zwei Oh. Oder über die Verkehrsführung in Berlin Mitte. Oder über die Schaufenstergestaltung vom Discounter, bei dem ich so gerne meine Milch kaufte. Himmelherrgott. Nochmal. Ich wollte im Grunde genommen, dass es so bleibe, wie es war. Aber sich doch entwickeln sollte. In eine Richtung, die dorthin führe, wo es jetzt angekommen war.

Ich berief den Krisenrat ein. Beba, die Mitbürgerin mit türkischem Migrationshintergrund und selbstredend auch ihr Mann. Alle da! Die Mitbürgerin mit türkischem Migrationshintergrund machte sofort klar, dass Ehebruch gar nicht ginge. Ich entgegnete, ich hätte keine Ehe gebrochen, da ich nicht verheiratet sei. „Papperlapapp“, antwortete sie:

„Ehebrecherin, die Du bist.“

„Auf Ehebruch steht irgendwo Steinigung. Ich habe so etwas noch nie gemacht“, sagte Beba und ging in den Hinterhofgarten, um eine Grube auszuheben. Oder ausheben zu lassen. Der Mann der Mitbürgerin mit türkischem Migrationshintergrund folgte ihr. Unauffällig.

„Nicht, dass da was anbrennt“, sagte ich zu ihr.

„Ich vertraue meinem Mann, du Ehebrecherin.“

„Wie tief wird die Grube werden?“

„Nicht tiefer als die Wurzel des Olivenbaums, den du eingepflanzt haben möchtest!“

Warum aber werden Frauen für einen Ehebruch mehr geächtet, in manchen Regionen und Religionen der Welt bestraft und sogar gefoltert, als Männer? Obwohl es im Urkanon der Religionen keine geschlechterspezifische Schuldzuweisung gibt.

Das Christentum zum Beispiel hat sich in seiner Verfassung – den Zehn Geboten – darauf verständigt, dass „Du sollst nicht Ehe brechen“ genauso strafbar sei wie „Du sollst nicht töten“. Da steht nicht Ehebruch seitens der Frau. Wenn man die wichtigsten Schriften der Weltreligionen unter ihrem zivilisatorischen Fortschrittsgehalt betrachtet, dann fällt auf, dass zumindest Christentum und Islam seit dem Vormittelalter eine Pause eingelegt haben und plötzlich einen Schuldigen ausmachten:

die Frau. Und das in einer Zeit, in der sich die Menschheit, die Gesellschaft, die Wissenschaft und die Erkenntnis rasant entwickelten. Vertrauen die Weltreligionen nicht mehr ihren eigenen Prämissen und Geboten? Haben sie nicht an Erkenntnis gewonnen?

„Welcher Erkenntnisgewinn soll das denn sein?“, fragte die Mitbürgerin mit türkischem Migrationshintergrund. „Wir haben schon vor zweitausend Jahren festgestellt, dass Töten nicht gut ist. In der Zwischenzeit mussten wir die Pistole, das Maschinengewehr, die Granate, die Atombombe, die Drohne erfinden und ausprobieren, um zu erkennen, dass Töten noch immer nicht gut ist. Der Kanon von Islam und Christentum reicht durchaus aus, wenn wir uns nur alle darauf verständigen und daran halten könnten.“

„Ja. Schon. Aber! Die dauerhafte Verbindung von Frau und Mann in einer Ehe war doch zunächst lediglich eine zivilisatorische Notwendigkeit, dann ein religiöses Konstrukt, das irgendwann später von gesellschaftlichen Regelwerken zementiert wurde. Es mag zu der damaligen Zeit durchaus sinnvoll gewesen sein, dass sich Frauen und Männer in einer lebenslangen Gesellschaft zusammenfinden, um Ordnung in den Laden zu bringen und beispielsweise Inzest zu vermeiden. Ist das heute noch nötig? Und wie viele Beispiele kennst du für eine lebenslange Ehe in Glück und Harmonie?“

„Die westliche Welt und ihr andauerndes, fortwährendes Gelaber von Glück. Glück hier, Glück da. Die Suche nach dem Glück. Das Finden des Glücks. Glücklichsein kann man lernen. Glückskekse. Das große Buch vom großen Glück. Die Glücksshow. Glück am Morgen. Glück in der Nacht. Glückstropfen. Glückswahn. Lottoglück. Losglück. Schicksalsglück. Glück am Herd. Glück im Kochtopf. Glücksperlen. Glückszwiebeln. Weglückenschluss – und wo sonst noch über all das

Glück verborgen bleibt. Ich bin glücklich in einer Ehe, die meine Eltern arrangiert haben, was aufgrund deiner westlichen Ideologie sich grundsätzlich ausschließen müsste."

„Du machst mich jetzt hier nicht zu einer Verfechterin arrangierter Ehen."

„Und du mich nicht zur Komplizin in Ehebrechereien", entfuhr es der Mitbürgerin mit türkischem Migrationshintergrund. „Du bist der Stein des Anstoßes!"

„Sagt denn der Stein zum Anstoß, nun Stoß aber? Habe ich von ihm verlangt, seine Frau zu verlassen, seine Ehe zu kündigen, seine Liebe zu enttäuschen?"

Später am Abend sind wir dann zu dritt in die Disko unserer Jugend. Die gibt es tatsächlich noch immer. Hin und wieder muss man sich auf seine Wurzeln besinnen, zurückschauen, wo und wie man musikalisch sozialisiert wurde. Damals jeden Freitag. Ins Epizentrum der Kultur, unserer Kultur. Mit den kaputtesten Autos. Parken vor der Polizeiwache. Nur nicht vor elf Uhr hin gehen. Auf keinen Fall. Todsünde. Dann der Türsteher.

Das war unser Revier. Unsere Jugend. Zeit es der Mitbürgerin mit türkischem Migrationshintergrund zu zeigen, sie einzuweihen. Hin und wieder sind solche *Sentimental Journeys* sehr hilfreich. Mein Galan musste heute zum Lunch zu seiner Familie. Ihr mitteilen, dass er sich getrennt habe. Im festlichen Rahmen macht eine solche Verkündigung immer mehr Sinn. Dann kann das Drama sich perfekt entfalten und leuchten. Das scheint in diesen Kreisen ein Thema für den Familienrat zu sein, über das zwischen Cousin und Cousine beraten werden muss, bis dann der gütige Schwippschwager – was immer das auch ist –, seinen Segen gibt. Amen.

„Die Rolle der Frauen in den großen Religionen…“, hob ich an.

„Du bist katholisch. Du hast Maria“, erstickte die Mitbürgerin mit türkischem Migrationshintergrund die Diskussion im Keime.

„Wenn ich bete, bete ich zu Gott, ich mache mir keine Gedanken darüber, ob Gott ein Mann ist, oder eine Frau. Ich bete zu Gott, nicht zu einem Geschlecht.“

Die Mitbürgerin mit türkischem Migrationshintergrund hatte es sehr eilig in die Disko zu kommen.

„Aber es ist doch offenkundig, das Judentum, Christentum und Islam und auch andere Religionen auf den Mann als göttliches Wesen setzen, der Himmel und Erde geschaffen hat. Als habe nur ein Mann die Macht eine Religion zu gründen und durchzusetzen. Die Frau, Maria, durfte am Ende nur unter dem Kreuz stehen und weinen. Auch das Christentum ist nichts anderes als ein männliches Repressionssystem.“

„Gott sei Punk“, schloss Beba und öffnete die Tür der Disko, um drei Großmüttern den Weg zur Theke und zur Tanzfläche zu bahnen.

Da standen wir drei. Erinnerungsglückselig. Noch eine Form von Glück. Eins mit uns, der Musik und dem DJ. Bis ein Mann sich an Beba ranwanzte: „Na, ganz alleine hier?“

Können Männer nicht bis drei zählen?

11.
Mehr Heldinnen. Weniger Oleander.

„Ich glaube aber,
dass junge Frauen Feminismus bisweilen als uncool empfinden.“
Heike Pantelmann

Ich brauchte Abstand. Zu allem. Zu allen. Ein großzügiges Angebot einer großen Fluglinie brachte mich an die südliche US-amerikanische Ostküste. Meine gesammelten Bonusprogrammpunkte erlaubten mir einen Aufenthalt in einem führenden Hotel der Stadt. Für vier Nächte. Mit Frühstück. Und Strandbenutzung. Dort wurden mir Spraydosen überreicht von einer französischen Nobelwassermarke. Mit diesen konnte man sich zur Erfrischung Wasser ins Gesicht sprühen. Ich nutzte es reichlich. So sparte ich mir den Weg ins Meer. Aber von Erleuchtung und weiterer Erkenntnis weit und breit keine Spur, kein Hauch eines gottähnlichen Odems. Auch nicht aus der Spraydose. Ich war sehr enttäuscht. Warum haben französische Nobelmarken kein göttliches Wesen? In sich? An sich? Um sich?

Diese bekam ich auf dem Heimflug, als ich herausfand, dass Mary Roos in französischer Sprache ein Lied über die Autobahn singt. Ich habe sämtliche Flight Attendants und Purser beschworen, herauszufinden, wann und wie und wo ich dieses Lied erwerben kann. In der Zwischenzeit versprach ich zu schweigen. Denn um die wahren konstruktiven und dekonstruktiven Merkmale einer Sprache, die Macht der Worte aufzubrechen und zu durchbrechen, muss man nur fremden Sprachen sein Gehörschenken. Nicht Sprachen europäischen Ursprungs, sondern Sprachen, die nicht dem gleichen Gedankenkonstrukt entspringen. Die Sprache setzt dem eigenen Denken eine enge Grenze, eine sehr enge. Darüber sind sich viele Philosophen einig – übrigens auch so eine fast ausschließlich männliche Domäne.

Es gibt im Buch Alice hinter den Spiegeln von Lewis Carroll diese wunderschöne Szene, in der Alice mit Gogglemoggel über die Macht der Wörter diskutiert. Alice fragt, ob man Wörter einfach etwas anderes heißen lassen könne. Dies, entgegnet ihr Goggelmoggel, hänge davon ab, wer der stärkere sei, von nichts anderem. Die Macht setze ich auch in der Sprache durch und bestimme, was violett und was lila sei. Genau da hat die Butler von der Wurstfleischtheke im Supermarkt um die Ecke ihre Theorie her. Sie hat einfach zu viel Alice gelesen oder war mit Tim Finnegan verheiratet. Aber dann würde sie Finnegan heißen.

Ich bat den Purser mir einen adäquaten Gesprächspartner an Bord zu besorgen und neben mir zu platzieren, damit ich über rigorose Sprachschranken diskutieren konnte. Ich wollte die Zeit nicht ungenutzt verstreichen lassen. Oder – falls die Maschine vom Himmel fallen sollte – nicht dumm sterben. Es fand sich niemand. Ich füllte ein Beschwerdeformular aus.

Gestern sandte mir die Fluglinie eine CD mit diesem Lied mit den besten Wünschen und überhaupt einem Angebot für eine Flugreise zu afrikanischen Destinationen zu. Bei Reisen zu diesen Zielen würde man gerne meinem Wunsch entsprechen.

Das Paar, auf dessen Hochzeit mein Galan und ich uns lieben lernten, hat sich getrennt. Unüberbrückbare Differenzen, heißt es als offizielle Begründung vom Hofe. Die Ehe hat keine vier Wochen gehalten. Ich vermute, dass die alte zahnlose Frau und der Standesbeamte ihre Finger im Spiel hatten. Und mir die Schuld in die Schuhe schiebt.

Was macht man nur mit dem vollkommenen Glück, das plötzlich und unerwartet Einzug gehalten hat? Man versucht es mit allen Mitteln loszuwerden. Mit Händen und Füßen. Auch mit den Klauen. Mit einer Nagelschere. Mit Duftwegspray. Mit Ausreden und Ausflüchten. Alles aus Angst, dass dieses Glück, dieses perfekte Glück, dieses einzigartige Glück jäh enden könnte. Und das Loch, in das man dann fällt, tiefer als der Erdkern wäre.

Was aber macht man, wenn das eigene Glück mit dem Glücksanspruch eines anderen Menschen kollidiert? Rosa Luxemburg hatte konkrete Vorstellungen über die Grenzen der Freiheit, die sich sicherlich auch auf das Glück übertragen lassen.

Was aber macht eine junge, gut aussehende Frau mit einem 70-jährigen Mann, der sich für so ungemein sexy hält, und sich Chancen bei der Dame ausrechnet, lauthals? Und wenn ich eben jene Dame bin?

Es sei sein absolutes Glück mich anzubeten, sagte er. Es sei mein absolutes Glück, von ihm nicht angebetet zu werden, sagte ich. Als Pluspunkt, der für ihn spräche, führt er an, dass er beim Sex so laut stöhnen würde, dass einem das Trommelfell platze. Das ist genau das Glück, dem wir Frauen nachjagen, seitdem Eva die Funktion des Adams in allen Details entdeckte. Ich sagte ihm, dass ich vergeben sei. Sein Glück endete an meinem Beziehungsstatus. Seine Freiheit auch.

Mein Galan war sehr nobel. Er hielt mich aus der endlosen Diskussion um das wieso, weshalb, warum raus. Das Ende seiner Ehe sei ein

Ding zwischen ihm und seiner Ehefrau und sonst nix. Wir trafen uns einmal die Woche. Am Dienstag. Bis sich die Wogen geglättet hätten. Es wurde ein Ritual.

Wie andere Rituale. Wie meine anonyme Zufallsfreundschaft. Doch, so etwas gibt es. Seit knapp einem halben Jahr. Wir haben uns durch Zufall immer beim Bäcker in der Oranienstraße getroffen. In der Mittagspause. Oder bei Kuchen Kaiser auf dem Weg in selbige. Irgendwann saßen wir auf dem Mariannenplatz gemeinsam. Dann irgendwann sprach sie mich an. Erst zögerlich und dann zack: Nun verbindet uns eine Freundschaft. Ohne Abendeinladungen, ohne viel Hintergrundwissen. Sie ist eine alleinerziehende Mutter, viel mehr weiß ich nicht und dass sie in Hanglage wohnt, was beim Rad fahren sehr umständlich sein kann. Was mich im Übrigen verwundert. Wo bitte gibt es in Berlin Hanglagen?

Seit einem halben Jahr treffen wir uns jeden Freitag in der Mittagspause. Ich habe nicht einmal eine Telefonnummer von ihr. Wir überziehen meist die Pause, haben immer ein Gesprächsthema, und auch das finde ich sehr seltsam. Erziehungsmethoden, Männer, Musik. Dann gehen wir. Jede in ihre Richtung. Wir machen nicht einmal den Versuch, uns zu einer anderen Tageszeit zu verabreden. Und auch die freitäglichen Verabredungen verlaufen fast schon konspirativ. Wir treffen uns an der Bushaltestelle und laufen dann irgendwo hin, um zu Mittag zu essen. Reden ein bis zwei Stunden über dies und das und jenes, stehen auf und gehen. Jede in ihre Richtung.

Was mich noch mehr überrascht: Meine Offenheit gegenüber dieser Frau. Auf dem Weg zurück ins Büro habe ich heute Nachmittag über dieses Phänomen nachgedacht. Mir ist das unerklärlich, wo es doch heißt, dass Frauen niemals mit Frauen befreundet sein könnten, weil

Frauen Frauen generell als Konkurrenz auffassten, weil Frauen Frauen nicht einmal den Schmutz unter ihren Fingernägeln gönnten, weil Frauen Frauen gerne die Augen auskratzten. Deshalb wäre der ganze Feminismus nicht mehr als ein verschwurbeltes Gequatsche ohne Sinn und Verstand. Dieser Denkansatz ist nicht mehr als eine Verschwörungstheorie aus dem männlichen Konkurrenzlager. Frauen können sehr wohl mit Frauen befreundet sein. Auch wenn das schwierig ist und selten so abläuft, wie in US-amerikanischen Fernsehserien. Und weil mir als Begründung für die Schwierigkeiten nichts anderes einfällt, als auf die evolutionär vorgegebene Fortpflanzungskonkurrenz zurück zu greifen, befeuere ich diese zwar weiter, führe aber relativierend aus, dass heute, da der Zwang zur Fortpflanzung nicht mehr gegeben sondern diese der Selbstbestimmung der Frau anheimgestellt ist, es durchaus möglich ist, Freundschaften mit Frauen zu pflegen. Auch über Jahre hinweg und durch Täler hindurch. Männer sind nur sauer, dass sie dem Feminismus keinen eigenen philosophischen, soziologischen, geschlechtsspezifischen Ansatz entgegenzusetzen haben und in diesem nicht einmal mitreden, beschließen und verkünden dürfen. Erfindet den Machismoismus! Oder den Maskulinismus! Männer aller Länder begehrt auf gegen die gewaltsame Unterdrückung durch die Frauen, die euch zwingen euch zu schminken, bei Balzritualen dick aufzutragen, bevor ihr anderen Frauen am Rockzipfel hängt. Heulend. Nach Mama und Mutter Erde rufend. Da Männer als das Optimum jedoch auf einen solchen alles erklärenden Entwurf verzichten – können –, macht sich der Feminismus im Grunde genommen selbst überflüssig. Oder schafft sich ab. Oder geht Blumen pflücken. Oder kauft Katzenfutter.

Ich schrieb meinem Galan einen Liebesbrief. Männlich, knapp und kurz, unromantisch. Auf dem Computer. Männer mögen das.

Mein Lieber,

das macht die Sache nicht gerade einfacher. Wenn ich es jetzt noch fertig brächte, in all dieser Verwirrtheit wenigstens einen vernünftigen Liebesbrief zu schreiben, dann wäre die Welt perfekt.

Nur Liebe, einzig Liebe

F.

PS: Erledigungsliste: Katzenfutter. Kannst du mich daran erinnern?

Ich weiß nicht, was die Sache einfacher machen sollte, und was die „Sache" überhaupt und an sich war? Und Katzenfutter? Übersprunghandlung? Erledigungsnotstand? Ich habe gar keine Katze. Nebensächlich: Ich habe einen Liebesbrief geschrieben. Formvollendet. Wenn ich die Tastenkombination kennen würde, die aus den I-Punkten kleine Herzen macht, wäre ich mehr als überglücklich. Der erste Liebesbrief in meinem Leben. Auch wenn das heute eher unromantisch per E-Mail geht, hat die elektronische Kommunikationsform doch den unendlichen Vorteil, dass man eine Lesebestätigung bekommt. Von Herrn Galan. Noch schöner, man bekommt auch eine Antwort. Von Herrn Galan.

„Liebste F.!

Wenn ich in den nächsten Tagen aus Versehen eine Katze kaufen sollte, dann weiß ich wenigstens, dass ich sie satt bekommen werde. Wenn ich daran denke, dass ich nächste Woche eine Präsentation halten muss und gar keine Zeit mehr habe diese vorzubereiten, wenn ich dabei berücksichtige, dass ich für den Einstieg in Hemd und Hose schon einen Kompass brauche, der mir oben und unten anzeigt, wenn ich daran denken muss, vor dem Kaffee einschütten eine Tasse unterzustellen, beim Duschen Hemd und Hosen ohne Kompass vorher wieder auszuziehen und vor dem Einführen der mit Essen beladenen Gabel den Mund zu öffnen, dann ist es ein normaler Tag wie jeder andere.

Wenn ich aber beim Verlassen des Hauses vergesse die Tür zu öffnen, nach dem Abschließen den Schlüssel praktischerweise für die Rückkehr stecken lasse, nicht beim Abbiegen das Blinken, sondern beim Blinken das Abbiegen und nach selbigem auch noch das Ziel der Fahrt vergesse, dann muss ich langsam aufpassen, ob das kalte Gefühl an den Füssen auf das Fehlen von Schuhen und die frische Luft im Schritt auf das Fehlen einer Hose hinweisen oder mein Blut einfach vergessen hat die Körperteile zu durchströmen, die sich nicht situativ in Größe und Bauform verändern. Sollte das sonore Brummen, Scheppern und blecherne Tosen nach dem Einparken ferner andeuten, dass diese, meine frisch erworbene Parklücke bereits vergeben war und ich meiner Versicherung leicht erhöhte Parkgebühren plausibel machen muss? Sollte das Rütteln und Schreien meiner Kollegen, die an meinen Armen und Beinen zerren und lautstark in die Hände klatschen und dabei meinen Namen brüllen und mir gewaltsam die Maus entreißen um die Präsentation in der Sitzung selbst fortzusetzen, darauf hinweisen, dass mir für einen klitzekleinen Moment die Nuance eines Hauches einer Tendenz von Geistesabwesenheit durch das Antlitz gehuscht ist? Sollten dies alles Zeichen sein, die einen besonderen Tag von einem normalen unterscheiden, dann bin ich nahe dran, die goldene Serie zu erleben.

Zur Sicherheit habe ich mir jetzt für das Auto in der Stadtbücherei eine Audiokassette geliehen: „einatmen, ausatmen, einatmen, ausatmen, ein, aus, ein, aus." So werde ich dies auch in verwirrten, verwirbelten Situationen hoffentlich nicht vergessen. Aber Gott sei Dank bin ich nicht verwirrt, sondern lediglich zeitlich, räumlich und mental voll-

kommen desorientiert. Das Grundprinzip allen Seins muss das Chaos sein. Mein Hirn und mein Herz halten sich derzeit jedenfalls sehr stark an dieses Prinzip. Du erwähntest Überlegungen bezüglich einer gewissen Catherine und eines gewissen Freds zu irgendeiner Zeit, in irgendwelchen undurchdringlichen Tälern der Pyrenäen, aber nicht das Ergebnis!

Was hatte ich es doch einfach, als ich mich in meinen Gefühlen nicht erwidert fühlte, an jenem Nachmittag während einer Hochzeit, als du mit einer zahnlosen Frau einem Tankwart die Aufwartung machtest – Gott blind war ich auch noch – ich brauchte mir aber wenigstens keinen Gedanken zu machen, was denn nun überhaupt mit mir geschieht. Doch nun kommt mir diese Gedankenlosigkeit oder die Unfähigkeit einen klaren Gedanken zu fassen vor, als hätte ich die Welt angehalten. Ich stehe mit Vollgas auf der Bremse. Mensch, Du hast mein Leben angehalten. Vollbremsung. Ich bin echt total entgleist.

Wegen zweier Worte. Einkaufsliste: Katzenfutter.

Ich weiß nicht, ob Du das nachvollziehen kannst, aber da wurden mir die Augen feucht, als ich diese zwei Worte las, aber ich bin eh jetzt vollkommen durchgeknallt. Ich zitiere: Das macht die Sache nicht gerade einfacher.

Je crois qu'il voudrait mieux que je me taise maintenant avant que je racontes non-sens.

Liebe

G."

Was brauchte ich mehr an Liebesbeweis?

12.
Mehr Solidarität. Weniger Nelken.

„Euch gibt es gar nicht, und was es nicht gibt, kann man auch nicht abziehen."
Annemarie Renger

In all meinen Bemühungen den Feminismus zu verstehen, ihn anzunehmen, Feministin zu werden und Feministin zu sein, bemerkte ich, dass ich mich allzu sehr auf der Graswurzelebene des Seins abarbeitete. Die soziale und religiöse, ökonomische und ökologische, philosophische und soziologische, fauntelistische und galanäsige Weltrevolution konnte ich bei einem Glas Champagner in einem schicken Restaurant jederzeit in Bewegung versetzen – ohne eine Bahnsteigkarte zu lösen. Locker. Sehr gerne auch nach Sonnenuntergang und im Schutze der Dunkelheit. Theoretisch. Den Feminismus aber wollte ich lieber auf der persönlichen, der intimen Ebene halten, hinter verschlossenen Türen, so wie ich es mit dem Katholizismus, politischen Bekenntnissen, Höhe des Einkommens und sexuelle Vorlieben halte. Privatsache. Geheimes Wissen meiner Welt, geheimes Weltwissen meiner selbst, Formel meines Seins, das und die nur ich kenne – in einem Kelch, den nur ich leere und der an mir allein vorübergeht.

Wenn denn das Private politisch ist und das Politische privat sein muss, dann darf auch meine Erkenntnis über den Feminismus nicht die Epistel einer Frau mittleren Alters sein, sondern muss hinaus, hinaus auf hohe See. In die Stürme des Lebens. Auf den Prüfstand des Seins. Denn das Politische braucht die Bühne der Welt für seine Ideale der Verbesserung, der Revolution und des Fortschritts.

Mein erstes Zusammentreffen mit einer feministischen Selbsthilfe-Organisation kam über ein Stück Buttercremetorte nicht hinaus. Butter. Creme. Torte. Sie war – zugegeben – perfekt. Anzusehen. Mit der Lebensmittelfarbe wäre ich persönlich ein wenig sparsamer umgegangen, aber lilafarbene und violette Buttercreme haben durchaus das Zeug zu einem Klassiker der nationalen Buttercreme-Szene südlich von Reutlingen mit internationaler Anerkennung in angrenzenden Köngreichen und Republiken sowie diesseits des Nils. Und natürlich jenseits von Afrika. Aber ich verliere mich jetzt in Nebensächlichkeiten.

Gereicht wurde die Buttercremetorte auf einem feministisch-selbstbewusstseinsstärkenden Genderkongress, zu dem ich mich leichtsinnigerweise angemeldet hatte. Barcamp. So hieß die Tagung. Sehr männlich. Es gab keine Pläne für diesen Samstagnachmittag und ich wollte die Zeit nicht ungeschehen verstreichen lassen. Beba hatte keine Lust auf diesen Kongress der hehren Weiblichkeit. Die Mitbürgerin mit türkischem Migrationshintergrund schob den Besuch ihrer Cousins vom fernen Mittelmeergestade vor. So stand ich allein in einem wahnsinnig großen, imposanten Tagungszentrum mit einem Stück Buttercremetorte. Die Torte war voller Symbolik. Und zu üppig mit Marzipanblumen dekoriert. Eine sehr aufmerksame Mitfeministin erklärte mir, wofür die einzelnen Farben standen und welche Aussagen auf die einzelnen Zutaten zutreffen würden, die ich mit dem Prozess der Verspeisung der Buttercremetorte irgendwann dem innersten Sein übergäbe. Und das mit diesem Prozess des Verspeisens, Verdauens und Versenkens ich den Maskulinismus überwände. Meine Schwester im Geiste gab sich sehr viel Mühe. Denn die Dame erkannte in mir gleich die Neue auf dem Terrain, die Novizin im Auge des Feminismus, die noch beeinflusst und auf etwaige Strömungen geeicht werden kann. Mir persönlich wurde das bald über, auch die Buttercremetorte, und ich bat um ein Stück Schwarzwälderkirschtorte. Die ja bekanntlich von einem Mann erfunden worden war, was mir – auch gourmettechnisch – den Überwindungsprozess ein wenig leichter machen würde. Diese Bitte ward mir nicht gewährt. Entweder Buttercreme oder nichts. Runter. Damit.

Zur Cremeschnitte gab es dann eine Diskussionsrunde. Die Moderatorin stellte das Thema vor: „Die Gleichberechtigung von Frau und Mann im Arbeitsalltag. Aspekte der Gendergerechtigkeit und Solidarität im Arbeitsalltag.“ Die anwesenden Damen zuckten mit den Schultern. Ich machte einige Anmerkungen und manövrierte mich selbst ins Aus. Denn die einzige Dame in einem angestellten, unbefristeten, privatwirtschaftlichen Erwerbsverhältnis war ich. Ich allein. Ich hatte durchaus eine Meinung zum Thema. Auch Wünsche, Vorschläge und Visionen. Bitten und Forderungen. Ich pinselte diese eifrig auf übergroße Schautafeln. In vielen Farben aus dem Spektrum der Buttercremetorte. Mit Unterstreichungen, Großschreibung, Blitzen und Sternchen. Ich konnte mich allerdings davon abhalten, alle „Is“ auf meinen Schaubildern mit Herzchen zu versehen. Aber wie sehr ich mich auch mühte und bemühte: Diese Forderungen interessierten keine der anwesenden Damen. Die Diskussionsrunde wurde nach meinen beiden Redebeiträgen beendet und wir gingen zum Prosecco über. Die Ungerechtigkeit wurde im schlechten Alkohol ersäuft und ertränkt. Die weiteren Gesprächsthemen waren die Machtoptionen von nicht anwesenden Damen diesseits und jenseits des Geschlechterkampfes und wie eben jener Kampf gewinnbringend ausgenutzt werden kann. Für feministisch einwandfreie Damen, für geschlechterkampferprobte Mädels. Nicht. Für. Alle. Frauen.

Am nächsten Morgen machte ich einen Termin mit meinem Chef. Wir müssten uns unterhalten. Es müsse mehr Gleichberechtigung, getrennte Toiletten und eine größere Auswahl an Kaffeebohnen in unserem Büro geben, damit der Feminismus endlich auch in der Berufswelt Fuß fassen könne und nicht bereits vor unserer Firmentür ersterben würde.

Mein Chef hatte eine realistische Einschätzung meines Anliegens. Er sagte, er könne gerne mein Gehalt um zweihundert Euro im Monat erhöhen. Ich forderte zweihundertundfünfzig Euro. Er war einverstanden, ich solle aber meinen Hund nicht Feminismus nennen und dürfe ihn auch nicht mit zur Arbeit bringen. Punkt. Schluss. Ende der Diskussion. Damit konnte ich leben. Nur der Punkt „Hundenamen" sollte nochmals auf eine meiner Listen kommen. Er hatte damit bei mir einen wunden Punkt getroffen. Die Sache mit dem Hund verriet ihn als Mann. Der Feminismus liebt Katzen. Über. Alles.

Ich machte mich wieder an das Berechnen von Fundamenten und tragenden Wänden für Bauvorhaben hier und dort und da. Als eine von zwei Frauen in dieser Firma, die in einem von Männern dominierten Beruf ihr Geld verdiente, war ich durchaus ein Held im Erdbeerfeld, pardon Mädels, meine Damen, eine Heroin, eben eine Heldin. Nun, da ich mehr Geld verdienen würde, als irgendein Mann in meiner Firma in vergleichbarer Position, sagte mein Chef in der Mahlzeitpause zu mir, erwarte er auch, dass ich diesen Geldvorteil in Engagement, Fleiß und Qualität zurückzahlte. Daran solle es nicht scheitern, ließ ich ihn wissen, schaltete um auf männliches Imponiergehabe und erzählte der ganzen Mittagsrunde, wie formvollendet, perfekt und wunderschön ich doch Armierungseisen binden könne. Kein Mensch hätte es während meiner berufspraktischen Zeit geschafft, mir Konkurrenz zu machen, kein Mensch sei so flink in den Eisen- und Drahtgeflechten unterwegs gewesen wie ich. Und noch heute spreche man gerne und ausführlich über meine Drahtbindekunst. Okay, in der Disziplin T-Träger-Schleppen und im Zementsack-Wettlauf hätten meine Ergebnisse am Ende des Tages niemals für die Qualifikation zu den entsprechenden Welttitelkämpfen gereicht. Von der Teilnahme an den Olympischen Spielen ganz und gar zu schweigen. Ganz nebenbei: Diese seien übrigens ein ganz hervorragendes Beispiel dafür, wie Männer in der von Frauen dominierten olympischen Bewegung diskriminiert werden. In jedem Sport dürften auch Männer sich um die Goldmedaille balgen, außer in der Rhythmischen Sportgymnastik und im Synchronschwimmen. Haben wir Frauen etwa Angst davor, dass uns Männer hier den Rang ablaufen? Oder warum gönnen wir uns nicht auch einmal den Spaß, einen ganzen Nachmittag Jungs in knappen Outfits dabei zuzuschauen, wie sie sich mit albernen Nasenklammern im Planschbecken küren. Jeder Mensch hat ein Recht auf Synchronschwimmen! Und Bananenbootfahren! Für alle!

Ich verstand, dass ich bei den ersten Schritten der gesellschaftlichen, geschlechtlichen und gleichberechtigten Weltrevolution Unterstützung brauchte. Jede Menge Unterstützung. Wo auf diesem Erdenrund lässt sich diese besser einfordern – als in einer politischen Partei? In einer Volkspartei!

Pflichtschuldigst machte ich mich auf den Weg zur derzeit größten Partei, denn da wird sicherlich am meisten für die Belange der Frau getan. Ich wurde Mitglied und durfte zum nächsten geselligen Beisammensein auflaufen. Um drei Uhr nachmittags. Mit Schürze. Per Parteiorder wurde ich dem Küchendienste zugeteilt, hatte aber die höhere Weihen für das Spülen im vertrauten Kreise noch nicht erreicht, sondern musste mich zunächst als Solitär im Abservieren hervortun. Das kann ich. Zwei Stunden später erklomm ich die nächste Stufe der Hierarchie und durfte Tische abwischen. Ich gab mir Mühe. Eine weitere Stunde später durfte ich meine Schürze abgeben und bekam eine Audienz beim für mich zuständigen Hierarchieeinteilungsgremium. Ich fragte nach feministischen Positionen und Frauenpolitik, bei denen ich mich gerne einbringen würde.

Huldvolle Blicke von der Herrenriege, die an diesem Nachmittag den Bierstand betreute, mildes Lächeln aus maskulinen Mündern. Man habe eine frauenpolitische Position und sei damit allen anderen politischen Parteien im Lande weit voraus: Man stelle die Bundeskanzlerin. Und sie mache Politik wie ein Mann. Ich bekam ein Bier. „Aufs Haus!" Zum Runterspülen. Sagten sie. Lachend. Machte ich nicht. Ich gab Schürze, Serviertablett und meine Parteizugehörigkeit zurück. In einem Abwasch. Ich machte Politik. Wie. Eine. Frau.

Und ging zur nächsten Partei. Hier haben sich Frauen hervorgetan und einen Macho zum Bundeskanzler gemacht. Das zeugt von wahrer Größe, von Besonnenheit und vom Mut zur politischen und gesellschaftlichen Veränderung. Das überzeugt. Ich wurde Mitglied. An einem Tag im April. Ich wurde begrüßt, musste Geld überweisen und bekam dann ein rotes Buch, in das ich später irgendwelche Schnipsel kleben sollte. Gerlinde war sehr stolz auf ihr Buch, dass sie mir unter die Nase hielt. Es war nicht rot, sondern grün und es klebten so viele Schnipsel in der Kladde, dass die Weltrevolution zur Ästhetik einer bunten Prilblumensammlung verkam. Hasch mich, ich bin der Frühling.

Im Mai ging ich zur Mitgliederversammlung. Der Abteilung. Wie es da heißt. In einem stillen Ortsteil der Hauptstadt. Es war ein schöner Abend. Die Vögel zwitscherten. Zartes Grün an den Bäumen. Eine laue Luft. Ich wusste, von nun an würde ich die Welt verändern. Das Leben war lenzbeschwingt. Ich spürte, dass es an diesem Abend so weit sein könnte. Die Weltrevolution, die ganz große Weltrevolution stand vor der Tür. Mit politischem Rückenwind und der Unterstützung einer ganzen Heerschar von Reckinnen und Recken der Sozialdemokratie. Ich war die jüngste im Rund. Macht nix. Man muss seine Mitstreiterinnen und Mitstreiter nur richtig einsetzen können. Und die Revolution verlangt nach einer jugendlichen Heldin.

Bei meinem sozialdemokratischen lokalpolitischen weltrevolutionären Debüt waren auch andere Frauen anwesend. Die strickten. Topflappen. Quer zur Raute. In Rot. Mit billiger Wolle. Für den Weihnachtsbasar. Dieser vorausschauende Moment erfreute mich sehr. Im Mai den Gabentisch im Blick behalten zeugt von Weisheit, Weitblick – und auch von Weiblichkeit. Es zeugte auch von der Bereitschaft für die Revolution. Von Visionen. Wer beim Topflappen die Maschen drauf hat, der wird sie auch nicht verlieren, wenn es um das Große und Ganze geht. In kleinen Schritten zum ganzen Lappen kommen. Das war die Devise. Das Knäuel entwirren, den Faden spinnen. Es steckt schon verdammt viel Metaphorik in einem einzigen Topflappen.

Es wurde diskutiert. Angeregt. Über den Weihnachtsbasar und das Grillfest im Sommer. Auch darüber, wann die Erstklässler mit billigen Butterbrotdosen belästigt werden sollten. Und wer engagiert dabei mithelfen würde. Über Politisches wurde kaum geredet. Mehr über die Vergangenheit und dass diese Partei ein Traditionsverein ist. Ich meldete mich dann freiwillig für das Gedenktafel-Putzkommando. Vier nette Jungs waren mit dabei. Wochen später sollten wir an einem Sonntagmorgen auf einer wackeligen Leiter stehend unscheinbare Tafeln für längst verstorbene Helden säubern. Aus geschlechtspolitischen Bewusstsein rührte ich lediglich das Putzwasser an, überließ den Akt der Reinigung, der wohl auch dem Akt einer männlichen Selbstbefreiung aus unleidlichen Zuschreibungen gleichkam, den Jungs und freute mich auf den Kaffee, den mir die Jungs anschließend in einem Restaurationsbetrieb meiner Wahl spendieren wollten – selbstredend werde ich in dem Moment des Bezahlens auf getrennte Rechnungen bestehen und vier Kaffees trinken, damit die Jungs sich nicht in die Haare kriegen, wer von ihnen nun meinen Kaffee auf der Rechnung haben darf.

Das Schönste an der Versammlungsveranstaltung war, dass man frisch und frei und unverzagt drauflosquasseln konnte. Es ging dabei zu wie im Klassenzimmer. Ich zeigte auf und wurde auf die Rednerliste gesetzt. Da ich mich zunächst als einzige Frau an der Diskussion beteiligte, die übrigen Damen zählten ja Maschen, kam ich schnell zu Wort. Denn: Die Rednerliste war „gegendert“ und qua Geschlecht war ich immer und fort mit Wortbeiträgen nach männlichen Bemerkungen dabei. Ich zeigte siebzehnmal auf und durfte dann siebzehnmal direkt nach einem männlichen Diskutanten reden, sprechen, ausführen, was ich an sich albern fand. Aber nun gut. So erzählte ich ein wenig über die Inhalte eines fraulichen Selbstverständnisses in einem von Männern dominierten Beruf. Das interessierte die Männer nicht so sehr. Sie erinnerten sich lieber an die Sechzigerjahre und wie das damals war mit Willy und wie sie damals die Alten aus der Partei vertrieben hatten, aber jetzt den Jungen zeigten, wo der Frosch die Locken hat. Die Frauen strickten weiter. Nur Marianne zeigte auf, wurde eingegendert, man bedankte sich ausführlich, dass eine weitere Frau den Weg in die Diskussion gefunden habe und wie wichtig das sei für das Miteinander in der Partei wie in der Gesellschaft.

Marianne fragte dann, ob für die nächste Rosenverteilaktion Rosen ohne Dornen bestellt werden könnten. Und dass diese Rosen bitte fair gehandelt sein sollten. Der nächste Mann machte auf die Situation im Kiez aufmerksam und berichtete von den Bauarbeiten am Ende seiner Straße, die ihn daran hinderten, den Parkplatz gegenüber von seinem

Haus zu benutzen. Er wollte, dass das dem Senat gemeldet werde. Dann wurde ich eingegendert und fragte Marianne, welche Rosen denn überhaupt fair gehandelt seien? Dann kam Heribert an die Reihe und forderte, dass die Hundesteuer abgeschafft werden sollte, was Sinn machte, wenn man denn einen Hund hat. Es sei eine Kriegssteuer und gehöre aus pazifistischen Gründen abgeschafft. Auch und gerade und besonders für Kampfhunde. Dann kam ich wieder an die Reihe und forderte die Anwesenden auf, eine Petition aufzusetzen, dass Frauen für gleiche Arbeit den gleichen Lohn bekommen sollten, was mir natürlich ein tiefer, blutiger Schnitt ins eigene Fleisch war – nach dem Angebot meines Chefs. Aber er war ein Mann und somit war ihm nicht zu trauen. Dann kam Holger an die Reihe und erzählte, dass man noch Butterbrotdosen vom letzten Jahr übrig habe. Dann war nochmals ich an der Reihe und spielte Marianne den Ball zu, indem ich auf das Thema „Rosenverteilaktion" tiefer einging und die moralische Bedenklichkeit von fair gehandelten Rosen aufzeigte und bat, diese Aktion in Rücksicht auf Natur, Umwelt und die sozialen wie ökologischen Bedingungen im Herkunftsland der Blumen bleiben zu lassen.

Anscheinend waren in dieser Partei die Themen nach Geschlecht verteilt. Frauen sind für Blumen zuständig und sonst niemand. Hannes war der nächste und beantragte, dass beim nächsten Sommerfest auch Weißwein angeboten werden sollte. Er kenne einen guten Winzer. Es folgte Marianne, die mich darauf hinwies, dass es eine Tradition in der Partei sei, Rosen zu verteilen und die Menschen im Stadtteil alle vier Jahre sehnsüchtig darauf warten würden. Hektor erzählte anschließend von den Schmierereien in einer Bahnunterführung. Dann ich mit Bezug auf Marianne, ich könne diese Tradition nicht erkennen und doch bitte, vielleicht einen Apfel aus der Region zu verschenken. Hosea erzählte von der Goldenen Hochzeit seiner Eltern. Marianne fiel ihm ins Wort, und forderte mich auf, nicht so reaktionär zu sein und mich an die Statuten zu halten, die heute so und morgen anders sein könnten und die Rosen würden verteilt und damit basta. Dann ich: „Lasst uns Nelken verteilen.“ Harry berichtete von den maroden Radwegen im Bezirk. Ich wartete artig bis er geendet hatte, blickte in das zornesrote Gesicht von Marianne, und führte aus, dass Rosen aus Ägypten und Kenia zwar fair gehandelt sein könnten, aber ökologischer Irrsinn seien. Hildebrand meldete sich und sagte kurz an, wen wir bei der nächsten Abstimmung zu wählen hätten. Er berichtete von Grabenkämpfen, feindlichen Lagern und anderen kriegsentscheidenden Dingen in friedlichen Zeiten. Marianne befahl mir, für die Rosen zu stimmen. Und die faire Handlung sei Beruhigung des Gewissens. Hakan zeigte auf. Er sei Neumitglied und hätte gerne ein Amt, denn er wolle sich engagieren. Marianne unterstützte die Kandidatur mit einer fulminanten Rede, in der achtundsechzig Mal das Wort „Rose“, dreiundneunzig Mal „fair“ und sieben Mal „gehandelt“ vorkam. Hakan wurde zum Beisitzenden gewählt. Das fand ich schick und wollte auch ein Amt, gerne dasjenige der Rosenbeauftragten. Hildebrand beschied mir umgehend, dass Engagement kein solches brauche. Marianne schloss sich wortreich an. Ohne die Blumenkönigin der Vorgärten ein einziges Mal zu erwähnen.

Die Genderung der Rednerliste und des Abends war gelaufen und bevor es zum Rosenkrieg überhaupt kommen konnte, betrat die Bundestagsabgeordnete, die auch dieser Abteilung angehörte, den Saal und forderte in einem frenetisch beklatschten Beitrag dazu auf, die Doggerbank zu retten. Sie lud uns alle zu einer politischen Tagesfahrt in diese Untiefe ein, merkte aber an, dass ein Ausflug in die Südsee nicht solidarisch günstig und zeitraubend sei, und schloss mit einem „Gott schütze die Doggerbank!“ Sie ging. Wohl in den nächsten Buchladen, um eine Karte zu erwerben, in dem die Doggerbank vermerkt ist.

Es wurde anschließend beschlossen, dass viertausend fair gehandelte Rosen aus Ägypten eingeflogen werden sollten, um wehrlose Passanten an einem Samstagmorgen an Traditionen zu erinnern, die hoch gehalten werden, bevor der absolute Werteverlust drohe.

Per Geschlecht war ich auch Mitglied der Frauen-AG des Ensembles. Man traf sich gerne im Wohnzimmer einer gestandenen Politikerin und deren Mutter. Da wurde mehr getrunken als über Politisches geredet, aber das war auch okay. Männer waren in dieser Arbeitsgemeinschaft nicht zugelassen. Man konnte bei der schwulen Arbeitsgemeinschaft Mitglied werden, ohne schwul zu sein, bei den Migrantinnen, ohne Migrationshintergrund zu haben, aber Frauen blieben unter sich. Abgeriegelt im Wohnzimmer einer gestandenen Politikerin und deren Mutter mit einer nicht versiegenden Quelle an Alkohol.

Dieses Quantum benötigten die politischen Damen auch, um sich das Leben schön zu trinken. Ich prostete ihnen zu. Ein Blick durch die illustre Runde zeigte mir, wie wenig Weiblichkeit in dieser Küche eigentlich saß und doch ständig über Weiblichkeit faselte und fabulierte. Eine Kleidergröße Achtunddreißig gab es nicht, dezente Farbwahl in Mode und Frisur war nicht erwünscht, ein Mindestmaß an Stil und Figürlichkeit blieb selbstklebend an der Garderobe. Es tagte der Kongress der Wallawallakleiderträgerinnen westlich und östlich des Amazonas und all ihrer Töchter. Um die geschlechtliche, feminine Weltrevolution nicht den üblichen Klischees zu opfern, galt es, jedes Maß, jeden Zentimeter, jede leichte Andeutung von Weiblichkeit unter immensen Stoffballen in blaurottönigen Farben, gerne auch in Batikoptik, unbedingt zu verbergen. Der Unterschied zur Burka ist marginal. Jede Sparte der feministischen Fraulichkeit hat allerdings ihre eigene verbindliche Kleiderordnung und verteufelt selbstredend diejenige der anderen Sparten. In Parteikarrierejobs hat man möglichst in schwarzen, grauen, nachtblauen Hosenanzügen aufzumarschieren, deren Stoff ein Mindestmaß an Polyester aufweist, was keck mit einer farbigen Bluse kombiniert werden darf, gerne auch in Dunkelweiß. Und wem wurde es abgeschaut? Der Männerwelt! Anzug und Krawatte passen immer und können Problemzonen der Machos überdecken, kaschieren, wegbügeln. Das erledigt dann auch der Dresscode der Damenwelt, die über die Handtasche dann noch alles rausreißen will. Berufsfeministinnen greifen zu Oversize und haben in ihrer Schmuckschatulle eine Holzkugelkette – passend zu jedem Oberteil und zu jedem Anlass. Selbstredend gilt diese Uniformität als Gruppencode, über den wahre und unwahre Feministinnen, fleißige und nicht ganz so fleißige Politikerinnen erkannt und entsprechend angesprochen werden.

Wichtig dabei ist: Die Rolle folgt dem Bild, so wie die Form der Funktion folgt. Die Verfechterinnen aller Übergrößenkollektionen dieser Welt kreieren ein Image, das sie in vielfältigen Details ausleben, als sei es ein soziokultureller Code, der die Distinktion erleichtere. Es geht dabei jedoch schlicht und einfach um die Verhüllung, Versteckung, Verdeckung und Verbergung der eigenen Weiblichkeit an und für sich, als wäre dies das erste Momentum, das man ablegen muss, wenn man die höheren Weihen des Feminismus erlangen möchte. Wenn dann eine Politikerin mit – zugegeben schönem Dekolletee – zur Eröffnung eines Opernhauses in Skandinavien im tief ausgeschnittenen Kleid erscheint, zerreißt sich das Land über den Ausschnitt des Kleides, nicht über das Gelingen oder Versagen ihrer Kulturpolitik. War das etwa der Moment, in dem den Männern ihrer Partei zum ersten Mal auffiel, dass da tatsächlich eine Frau Kanzlerin ist?

Nicht, dass es am Ende noch heißt, Frauen würden Frauen bekämpfen. Um das zu verhindern, verkleiden sich manche Frauen als Feministinnen und laufen dergestalt frauenpolitikmachend durchs Leben. Ahnung haben sie zwar keine, verfügen dafür aber über eine gewisse Sorglosigkeit in der Kleiderwahl. Vermute ich. Beba meint, dass es eine Menge an Aufwand, Kraft, Stärke und Nerven brauche, um solch hässliche Klamotten zusammenzutragen und in einen Kleiderschrank zu quetschen. Und Gesichtscreme und Körperlotion aus dem Fenster zu werfen. Möglichst weit. Sie fragte nach, ob das tatsächlich Topflappen gewesen seien, die meine Mitgenossinnen gestrickt hätten, und nicht der Feministin neue Kleider.

Die Damen Feminismus fahren die Masche, dass sie mit der Verneinung von Mode und Stil und von Auswüchsen der Körperpflege – was keine Kritik sein soll, manche Frauen können das durchaus tragen! – die nächste Stufe der Evolution erklommen hätten. Gerade so wie in einem Buntbarschteich südlich des Nils, wo die fairen Rosen blühen und wo die evolutionäre Entwicklung dieser Fische so rasant voranschreitet, dass nicht einmal die Forschung damit Schritt hält. Dadurch, dass alle Klischees und alle klischeehaften Vorstellung zur Seite geschafft wurden, wurde der Raum für neues Schubladendenken eröffnet.. Es wurden neue Abziehbilder generiert, deren man sich nicht erwehrt, sondern denen man frönt und sie als Befreiung irgendwelcher Vorschriften feiert. Sich vom Diktat befreien kann aber nur derjenige, der in der Schule in Rechtschreibung stets aufgepasst und mitgeschrieben hat. Und in der feministischen Politik wird das Diktat nicht beseitigt oder abgeschafft, sondern lediglich durch ein neues ersetzt, das gerne auch als Unterscheidungsmerkmal herangezogen wird und darüber entscheidet, welche Frau denn nun dazu gehören darf und welche im Anschluss an das Treffen die Gläser spülen muss.

Ich habe zum Sekttrinken bei der Bürgermeisterinmutter mein schönstes Designerkleid angezogen, das ich in der Saison finden und mir leisten konnte. Beba fand, dass ich hinreißend aussähe, die Mitbürgerin mit türkischem Migrationshintergrund wollte mir noch ihr bestes Kopftuch leihen, das sie als Symbol der Freiheit deutete, denn sie habe ja die Freiheit zu entscheiden, ob sie nun das Kopftuch trage oder nicht. Kurz nur machte ich sie auf das Schicksal ihrer Glaubensschwestern am Hindukusch aufmerksam, wo diese Entscheidungsfreiheit nicht gelebt werden könne. Sie schwieg. Dann sagte sie, dass kein Mann eine Frau dazu zwinge eine Burka zu tragen. Genauso wenig wie der Schwiegersohn der Bürgermeistermutter seine Frau jeden Morgen dazu anhalten würde, ein Gewand überzuwerfen, das alle Weiblichkeit verhülle. Ich bezweifelte, dass am Hindukusch Männer ihren Frauen und Töchtern, Nichten und Schwägerinnen freie Kleidungswahl zugestehen würden.

„Es sind nicht die Männer, sondern es ist die Gesellschaft“, antwortete die Mitbürgerin mit türkischem Migrationshintergrund.

„Sie bevorzugt den Mann, gesteht ihm zu, anzuziehen, was er möchte“, antwortete ich.

„Nein, auch er muss Vorschriften erfüllen, um Teil der Gemeinschaft zu sein, auch in Bezug auf die Kleidung.“ Darüber hinaus sei das Westliche-Welt-Getue ja auch nur ein Diktat, ein Diktat der Mode.

„Da hält die Feministin an sich erfolgreich gegen. Sie kennt weder Mode noch Designer“, widersprach ich.

Die Mitbürgerin mit türkischem Migrationshintergrund fällte das absolute Radikalurteil: „Die Frau ist weder hier noch dort frei! Das sind alles Hirngespenster. Vom Zaun gebrochene Diskussionen, damit die Frauen auch ein Thema haben. Freiheit für die Worte.“

„Auch wenn dieses System – nennen wir es Religion – dem Mann in dieser Region verschiedenartige Vorschriften hinsichtlich seines Bartwuchses und seiner Körperbehaarung macht oder nicht macht, so räumt dieses System ihm doch wesentlich mehr Freiheitsrechte ein als einer Frau! Immerhin darf er zu jeder Tages- und Nachtzeit im Kaffee sitzen, Tee trinken und Pfeife rauchen."

„Die Frau kann das auch. Zuhause."

„Der Mann kann es sowohl Zuhause als auch in einem Kaffeehaus. Er hat mehr Wahlmöglichkeiten."

„Und hier im Westen haben fast alle Menschen über 18 Jahre die Wahlmöglichkeit und gehen nicht hin."

„Auch das ist eine Wahlmöglichkeit. Ob sie mir passt oder nicht. Und am Ende ist es immer die Gesellschaft oder das System. Wenn ich den Fehler nicht bei mir suchen und finden möchte, dann verweise ich auf die Meta-Ebene, die böse Meta-Ebene, wo böse Männer sitzen und den Lauf der Welt bestimmen. Vielleicht auch die nächste Häkelmasche. Sicherlich aber die kommende Sommermode."

Neben der Bürgermeisterinnenmutter lernte ich bei zahlreichen Veranstaltungen viele Menschen in der Partei kennen. Manche sogar etwas näher. Während die Bundestagsabgeordnete aus meiner Abteilung sich über die Doggerbank Gedanken machte, übte ich mich in Wahlkampf. Ich stand ein wenig deplatziert in der Fußgängerzone rum und nötigte mir völlig fremden Menschen Flaschenöffner auf, auf denen seltsame Sprüche standen. Ich habe mir diese nicht gemerkt. Die Rosenaktion war dann sehr blutrünstig, weil zu dem ausgehandelten Preis keine dornenfreien Rosen aus Ägypten eingeflogen werden konnten, sondern dornenreiche aus Kenia es durch den Zoll und zu uns in die Plastikeimer schafften. Die haben Beba, die sich zu allem überreden lässt, und ich an Passantinnen verteilt. Passanten wurden per feministisches Dekret von der Empfängerliste gestrichen und mussten unbeblumt nach Hause gehen. Sie konnten also der Dame ihres Herzen, die sich gerade am heimischen Herd um das Mittagsmahl verdient machte, keine dornenverzierte Rose mitbringen. Die Mitbürgerin mit türkischem Migrationshintergrund ging etwa dreißig Mal an mir und anderen Verteildamen vorbei und heimste jedes Mal eine Blume ein. Insbesondere von der Bürgermeisterinnenmutter, die bei den nächsten Treffen in ihrer Küche nach dem achten Glas Prosecco erzählen wird, wie toll und wie wahnsinnig integrativ es doch sei, einer Mitbürgerin mit türkischem Migrationshintergrund und Kopftuch eine Rose zu überreichen. Und diese sei so froh und begeistert von der Partei gewesen, dass sie gleich mehrmals vorbeigekommen sei. Das Kopftuch wollte sie aber nicht ausziehen. An dem Punkt hätte die Toleranz dann aber auch ein Ende, doch sei man voller Rücksicht. Schließlich könne die sich ja selbst keine Blumen leisten und ihr Mann würde ihr auch keine schenken. Am Nachmittag brachte meine Mitbürgerin mit türkischem Migrationshintergrund Beba und mir zwei wunderschöne Rosensträuße vorbei. Ihr Mann hatte von irgendeinem Cousin noch blühende Beisteckware erstanden, die die Rosen erst richtig zur Geltung brachten.

Es gab in meiner Wahlheimat der politischen Visionen und persönlichen Machtfunktionen auch Frauen, die mir imponierten. Anne zum Beispiel. Alleinerziehende Mutter, vierzig Stunden Woche im Job, ehrenamtliches zivilgesellschaftliches Engagement, klare Denke, nur ein Hosenanzug im Schrank, gute Köchin, Atheistin – darüber sei noch zu reden, befanden die Mitbürgerin mit türkischem Migrationshintergrund und ich in einer gemeinsamen ökumenischen Stellungnahme. Und Helene. Auch sie bekam im Feministinnenclub keine Schnitte. Sie bediene überkommene Wertvorstellungen, hieß es, und sie sei aufmüpfig. Sebastian, ihr Mann, kümmerte sich zu Hause um Kind und Kegel, während seine Frau in gut dotierter Stellung dem Broterwerb nachging. Vier Kinder. In ihn waren die Feministinnen alle verliebt. Heimlich.

Weil so einen Mann wünschten sich alle und weil aber Sebastian mit der bockigen Helene zusammen war, die sich diesen Mann geangelt hatte, was jetzt ja eigentlich logisch ist, bekam auch er keine Schnitte. Drama in zwei Akten. Schluss mit lustig und Vorhang zu vor die Aussicht auf politische Karriere. Dieser hob sich stattdessen vor einer anderen Frau, die mainstream-feminismus-konform alles Geschlechtliche in ihrer Erscheinung negierte und somit die Existenz von Frauen an sich leugnete.

„Wir Frauen müssen zusammenhalten“, sagte die Bürgermeisterinnenmutter und schenkte mir nach.

13.
Mehr Ziele. Weniger Klatschmohn.

„Die Konzeption zielt nicht direkt darauf ab, Menschen dazu zu bringen, auf eine ganz bestimmte Weise zu funktionieren. Sie zielt vielmehr darauf ab, Menschen hervorzubringen, die zu bestimmten Tätigkeiten befähigt sind und die sowohl die Ausbildung als auch die Ressourcen haben, um diese Tätigkeiten auszuüben, falls sie dies wünschen."
Martha C. Nussbaum

Beba, die Mitbürgerin mit türkischem Migrationshintergrund und ich waren schließlich an dem Punkt angekommen, an dem wir uns mit uns selbst auseinandersetzen mussten. Sind wir Feministinnen geworden? Inzwischen. Waren wir es bereits? Mittlerweile. Oder ist Feministin nur ein imaginärer Status, eine virtuelle Zustandsbeschreibung, ein Etikett, das man sich anheftet, ein Mäntelchen, das man sich umhängt, wenn es modisch passt oder die kalte Jahreszeit anbricht? Wann genau darf ich mich Feministin nennen und wie viele Jüngerinnen oder Leserinnen oder Groupies braucht es, bis man selbst zu einer Gallionsfigur der Bewegung wird? Und warum sind diese immer barbusig?

Ich begann zur Vorbereitung alle wichtigen Werke, zeilenlange Beiträge und nebensächliche Aufsätze der feministischen Theorie zu lesen, ging zum Supermarkt an die Wurstfleischtheke um mich von Frau Butler bedienen und rechtfertigen zu lassen, überlegte kurz, einen Pauschalurlaub in ein fernes, afrikanisches Land zu buchen, um Sprache und gesellschaftliche Konstrukte zu verstehen, oder die Rechte an einer feministischen Pornofilmproduktion zu erwerben. Stattdessen bekam ich eine Einladung zu einer Probevorführung eines Drei-D-Pornos. Die Erfahrung, wenn sich eine kinosaalgroße plastische Vulva öffnet, zerstört jede positive Bindung zu Mutter Erde.

An einem Donnerstagabend lagen wir auf der Wiese im Stadtpark und wollten herauszufinden, was für uns eigentlich Feminismus ist und ob wir ihn wirklich leben oder leben lassen. Wir kalkulierten durchaus die Möglichkeit ein, dass weder Beba, die Mitbürgerin mit türkischem Migrationshintergrund noch ich zum Feminismus taugen. Dass wir einfach drei Grazien am Wegesrand einer tiefschwarzen Nacht waren. Was unweigerlich zur Konsequenz haben würde, dass wir umgehend eine neue philosophisch-politisch-soziale-biologische-sexuelle Schule begründen würden, um voranzukommen: den Gynäkoismus.

„Wir müssen doch erst einmal definieren", hob Beba an, „woran wir Feminismus festmachen. Der Begriff ist doch so schwammig, wie es Strömungen, Gruppen und Abspaltungen gibt. Also, Fauntella, benenne sieben Gegenstände, ohne die dein feministisches Leben nicht funktioniert, nicht läuft, nicht klappt." Vielleicht, so ihr Gedanke, kommen wir so zu einer Liste, die wir allgemeingültig verkünden könnten. Statt der zehn Gebote, sieben Gegenstände.

Meine Antwort: „A: Sex. „Brauch' ich nicht", gibt es nicht. Irgendjemand, ach ja, ein junger Mann, hat einst von sich behauptet, er sei asexuell. Das hat mich damals schier vom Hocker gerissen. Asexuell. Dass es so etwas gibt, glaube ich nicht. Ich bin hingegen sicher, dass manche Menschen weniger Sex brauchen oder weniger das Verlangen nach Sex verspüren als andere. Ich finde es auch normal, dass in einer

Partnerschaft die Sexualität ab einem gewissen Zeitpunkt der Zweisamkeit in den Hintergrund tritt und durch Vertrautheit ersetzt wird, was aber nicht heißt, dass eine Partnerschaft, die vollkommen auf Sex verzichtet, funktioniert und eine ausreichende Basis hat. Ach. Und bei dieser Gelegenheit und nur am Rande: Ich halte die Mär vom gleichzeitigen Orgasmus für vollkommen überbewertet. Ja, es kann ihn geben. Ja, das ist dann wunderschön. Doch so furchtbar wichtig für das gemeinsame Erleben ist er ja nun auch nicht."

Die Mitbürgerin mit türkischem Migrationshintergrund fiel mir ins Wort. Nein, sie echauffierte sich vielmehr. Sie redete sich in Rage. Selbstredend immer mit Kritik an der westlichen Welt und ihren Grundfesten. In diesem Fall: der gemeinsame Orgasmus. Sie habe das Gefühl, dass selbst das Nordatlantische Verteidigungsbündnis auf dem Versprechen des gemeinsamen Orgasmus fuße. Woraufhin ich sie kurz daran erinnerte, dass auch ihr Heimatland Mitglied in diesem Bündnis sei und damit der gemeinsame Orgasmus auch dort keine unbekannte Größe sein könne. Beba bekräftigte die Mitbürgerin mit türkischem Migrationshintergrund, denn Jungs spielten nun mal sehr gerne Krieg und könnten dabei auch ihren Sexualtrieb sublimieren. „Heißt, die können Sex haben und machen ohne sich auszuziehen und das Wort überhaupt zu erwähnen und dabei gemeinsam zum Höhepunkt kommen, ohne überhaupt schwul zu sein und ohne Taschentücher zu verbrauchen." Beba war beeindruckt von ihrer Weltsicht. Sie nippte an ihrem Tee, den sie und ich in Rücksichtnahme auf unsere Mitbürgerin mit türkischem Migrationshintergrund tranken, während diese – aus Respekt uns gegenüber – sich einen Perlschaumwein einschenkte und in einem Zug austrank. Sie richtete sich auf: „Diese verdammte Pflicht zum gemeinsamen Orgasmus. Ich gönne meinem Mann seinen Orgasmus." „Gönnt er dir auch deinen?", fragte ich. „Gönnen ist doch was anderes als Pflicht“, erwiderte sie. Es ginge doch darum, Partnerin oder Partner dabei zu unterstützen, ihn mit ihr oder ihm zu erleben, zu fühlen, zu beben, zu zittern, zu juchzen und zu jauchzen.“ „Der Landlord hatte mich dabei unterstützt“, erzählte ich. „Als ich mich dann revanchieren wollte, sagte er mir, dass ich mich ihm gegenüber nicht verpflichtet fühlen müsse.“ Was grundsätzlich stimme, denn Sex ist keine Verpflichtung, aber eine Gemeinsamkeit. „Du fragst dich jetzt aber doch nicht ernsthaft, warum der Landlord nichts mehr von dir wollte“, unterbrach mich Beba. Entrüstet.

„Ich mache mal weiter mit der Liste.

B: Sonnenuntergänge. Sehr wichtig. Denn jedem Ende wohnt ein neuer Anfang inne, eine Chance auf einen Neubeginn und die Möglichkeit des Abschließens von vergangenen Dingen und Verpflichtungen.

C: Der perfekte Augenblick, der ewig währt, etwa bei Regen in einem Biergarten sitzen und die Tropfen zählen, die ins Gesicht fallen.

D: Der ungeplante Augenblick. Achterbahn fahren in einem Vergnügungspark. Einfach so. Mittwochmittags. Im September. Bei Sonnenschein. Warum sich immer an Konventionen halten, was alles ist, was alles darf, was alles muss. Es gibt sie, die Freiheit. Genießen wir sie, denn wir haben das Glück, in der vielleicht höchst möglichen Form von Freiheit zu leben. Es sei denn in einer fernen Zukunft wird Miss Uhura so grenzbefreit sein, wie wir es uns heute noch gar nicht vorstellen können. Einzige Regel: Die Grenze der eigenen Freiheit ist die Freiheit des anderen. Womit wir wieder bei der Luxemburg, Rosa Luxemburg wären. Sie hat das poetischer formuliert.

E und E mit Sternchen: Musik und Gerüche. Beide eine Quelle ständiger Erinnerung. Auch als Rückbesinnung auf die ungestümen Gefühle der Jugend – als man zum ersten Mal austestete, ab wie viel Dezibel und wie schnell Mutter oder Vater den Weg ins Jugendzimmer finden und mit welchen Argumenten dann die ominöse Zimmerlautstärke wieder Einzug halten wird. Interessant auch, dass ich früher in die Disko ging, um mich mit Freundinnen und Freunden zu unterhalten. Das müssen sehr tiefschürfende Gespräche gewesen sein. Und Jungs, wenn ihr euch fragt, warum wir Mädels immer zu zweit auf die Toiletten gehen, so habt ihr hier die Antwort. Es war der einzige Ort in der Disko, an dem man sich in Ruhe unterhalten konnte. Dass das Leben selbst aber keine Diskonacht ist, haben wir damals nicht so verinnerlicht. Ich erinnere mich auch noch an den Geruch einer Duschseife, die meine Mutter mir kaufte für einen Schulausflug in die Sommerfrische. Die gibt es heute noch. Und immer, wenn ich daran rieche, sehe ich die Mittagshitze im Süden vor mir flirren, erinnere mich an meinen ersten Kuss, an den Geschmack des Baguettes. Es sind nicht nur die *Master Emotions*, Stolz, Furcht und Scham, die haften bleiben, sondern auch Musik und Gerüche.

F: Limousinen-Service. Vereinfacht das Leben in gewissen Momenten, ebenso wie der Trolley am Flughafen.

G: Liebe. Denn welch ein Glück geliebt zu werden und lieben, Götter, welch ein Glück."

„Fauntella", rief die Mitbürgerin mit türkischem Migrationshintergrund zur Ordnung, „das sind keine Gegenstände. Also von vorne!"

„Okay. Eins: Ungezieferspray. Ich ekle mich recht schnell und bin eine Freundin der chemischen Keule. Zwei: Handy mit Organizer. Alles in einem Gerät und so schön praktisch und kann auch Musik spielen und dumme Spielchen mit denen man sich auf langen Bahnfahrten und weiten Flügen die Zeit vertreiben kann ohne mit x-beliebigen Menschen eine Kommunikation über das Wetter, die Witterung, das Klima und Meteorologie führen zu müssen. Drei: Literatur. Ich bin abhängig. Vier: Kreditkarte. Ich bin noch abhängiger. Fünf und Fünf mit Sternchen: Kataloge und Zeitschriften. Beides übt eine tiefe Faszination auf mich aus, der ich kaum widerstehen kann. Nicht, dass ich bei ersterem in den Kaufrausch stürze, allein das darin Blättern, hat den Hauch des „Alles ist kaufbar" – auch für mich. Und bitte als gedruckte Ware, denn nichts ist schöner als aus fremden Zeitschriften und Katalogen sich eine Seite herauszureißen, oder in einer fremden Zeitung das Kreuzworträtsel zu lösen. Ja, ich bin das! Früher habe ich die Titelseiten bemalt, aber dem Alter bin ich inzwischen entwachsen. Sechs: Vehikel zur persönlichen, individuellen Fortbewegung. Ich bin eine chaotische, aber begnadete Autofahrerin und habe – ja, tatsächlich – einen sehr guten Orientierungssinn. Auto fahrend. Bei Tageslicht. Behaupte ich immer wieder, aber ob es auch wirklich stimmt? Siebtens: Putzmann. Selbsterklärend. Ich liebe meinen Putzmann. Er ist sehr gründlich und erfrischend und kocht mir auch den Kaffee, den ich, wenn wir uns die Klinke in die Hand geben, genießen kann."

„Du bist schon wahnsinnig oberflächlich", sagte Beba. Beba. Ausgerechnet Beba. „Ist es oberflächlich, wenn man sich nach einer Kreditkarte sehnt, mit der man sein Geld, sein eigenes Geld ausgeben kann, wie, wann und wozu man Lust hat? Ist es nicht eher reinlich, denn oberflächlich, wenn man einen Putzmann in Lohn und Brot hält?" „Das ist oberflächlich", sprach die Mitbürgerin mit türkischem Migrationshintergrund, „denn der wischt ja auch nur den Staub und feudelt feucht durch. Oder steckt er bei dir das Parkett in die Waschmaschine?"

Die Nacht fiel über den Stadtpark. Wir schwiegen und hielten uns an den Händen. Ein unbeschreiblicher Moment der Komplizenschaft, der

Stärke und der Nähe. Ich war froh um diese beiden Menschen in meinem Leben. So unendlich froh. Und glücklich.

Beba durchbrach die Stille. „Ich glaube, dass viele Feministinnen ein gestörtes Verhältnis zur Sexualität haben. Vielleicht war deren erstes Mal nicht so doll oder sie hatten nie wirklich aufregenden Sex. Manche haben sogar einen richtigen Hass auf alles, was mit Sex und der Sexualität zusammenhängt. Wann hattest du so richtig aufregenden Sex?“, fragte sie mich. „Erzähle ich, wenn uns die Mitbürgerin mit türkischem Migrationshintergrund erzählt, wie es bei ihr war“, antwortete ich. „Vielmehr wenn sie das möchte.“

In der Ferne rumpelte die U-Bahn durch die Haltestelle, die ihren Lichterglanz majestätisch in den Park scheinen ließ. Jogger mit blanken Oberkörpern umrundeten uns. Wir schauten hin. Oh Augenblick verweile doch!

„Mein vielleicht bester Sex. Stand heute. Es war ein Sommertag, ein schwülheißer Sommertag, jenseits des Äquators in den Gefilden der Tropen, in Brasilien. Eine muntere Truppe hatte drei Wochen zuvor den deutschen Winter verlassen, um das Leben zu genießen. Eve, Benjamin, ihr Ehemann, Ad, der eigentlich Thomas hieß, und eine zerknautschte Frau, deren Namen ich vergessen hatte. Wir wollten die Nacht zum Tag machen. Zogen los und schafften es doch tatsächlich bis in die nächste Kneipe. Das war nun wirklich eine Vorstadtkneipe in einer tropischen Millionenstadt. Die Barfrau hing müde hinterm Tresen, die Nachbarn trafen sich auf ein letztes Bier, der Ventilator schubbelte und eierte durch den Rausch der Zeit, die Musicbox hatte traurige Lieder. Wir setzten uns an einen Tisch, wurden prompt vom Sohn des Hauses bedient, der uns zunächst eine Runde alkoholischer, hochprozentiger, landestypischer Mixgetränke spendierte. Die verknitterte Lady musste dafür mit ihm tanzen. Er hatte noch nie mit einer blonden Frau getanzt. Sie machte es gerne. Die Musikbox spuckte einen Samba aus.

Ich hielt mein Glas gegen die Stirn. Erzählte Ad, dass der Caipirinha von Sherlock Holmes erfunden wurde. Er glaubte es. Die verknitterte Lady tanzte deutschen Samba, was dem Brasilianer nicht beizubiegen war. Ich ging zur Musicbox. Mit dem Rücken an die Box gelehnt, spürte ich den Bass, das Vibrieren, das durch Haut und Haare geht. Der Ventilator hing nur noch an einem einzigen Stromkabel. Ich schaute den Flügeln zu, wie sie sich behäbig durch die Luft der Bar wälzten. Der Samba war aus. Ich wählte ein Lied und ging zurück zum Tisch. Ad wollte wissen, wie ich es mit der Liebe halte? Ich hatte keine Lust über das Thema zu reden. Die Musicbox spielt Joan Jett, es war das einzige englische Lied, das ich finden konnte. Ich ging nach draußen. In die Dunkelheit des tropischen Abends. Ich gab Ad die Antwort, was ich denn von Liebe hielt, allerdings ohne zu reden. Reden kann hin und wieder so mühselig sein. Die verknitterte Lady kam nach draußen und sagte, dass sie sich spontan verliebt habe. Gestern Nachmittag, oben in der Oberstadt, diese Augen, diese Hände, dieser Duft der Haut. Ad und ich zahlten. Thomas blieb in der Vorstandkneipe. Wir anderen gingen schweigend durch die schmalen Gassen in die Oberstadt. An der Kreuzung grüßten wir den Polizisten. Er wünschte einen schönen Abend, wie immer. Wie immer.

Ein Abendregen platzte in den Weg, wir stellten uns in einer kleinen Eckkneipe unter. Irgendjemand rief meinen Namen. Es war Ronald. Er lud uns auf einen Drink ein. Wir lachten und scherzten. Wir tranken ein wenig zu viel. Vielmehr die verknitterte Lady trank zu viel. Eindeutig zu viel. Sie machte überhaupt alles im Exzess. Das Mittelmaß war ihr abhanden gekommen, in einer Situation, in der sie es unbedingt gebraucht hätte. Ad erzählte vom Abend zuvor, als die Militärpolizei ihn verhaften wollte und ihre Flucht durch abenteuerliche und verschlungene Wege und den rettenden Sprung ins Taxi gelang. Der Regen hatte die Stadt abgekühlt. Sie sauber gewaschen. Rein. Unschuldig empfing sie uns, als wir wieder auf die Straße traten. Ich schloss die Augen, öffnete meine Arme und atmete tief durch. Wir stiegen weiter an. In die Oberstadt. Zum alten Sklavenmarkt. Dort. Dort sollte das Schicksal seine Erfüllung finden. Der Mond brach durch den Wolkenschleier. Keine Spur vom Regen, der eben noch durch die Straßen spülte. Wir sangen. Die verknitterte Lady war völlig besoffen. Sie lallte. So kamen wir in das Refugium, in dem die verknitterte Lady glaubte, ihre Liebe gefunden zu haben.

Da stand Er. Die verknitterte Lady verstummte. Ich sah ihn. Er sah mich. Ad sah es und ging. Ad ließ uns alleine. Er wusste, wann es der Ort und die Zeit verlangten, er wusste, wann Schweigen, einfaches Schweigen mehr ist als tausend Worte, er wusste, wann ein stilles Nicken genügt. Kumpelhaft. Gönnend. Könnend. Er fasste meine Hand, küsste sie. Reichte mir einen Caipirinha und wollte wissen, ob ich bereits den besten Drink der Stadt gekostet hätte. Bevor ich antworten konnte. Schnappte die betrunkene verknitterte Lady den Drink, warf beide Strohhalme auf den Boden und trank ihn in einem Zug aus. Wir achteten nicht darauf. Das Leben, die Zeit und der Zufall hatten mehr mit uns vor. Wesentlich mehr. Er sprach hervorragend Französisch. Hatte auf der Sorbonne studiert. Erzählte er. Aber hier hatten alle auf der Sorbonne studiert, ohne in Paris gewesen zu sein. Aber es brauchte keine Worte. Wir liefen zurück nach Barra. In eine Diskothek. Ich trank Bier aus der Flasche. Wir tanzten zu Ethnopop. Wir küssten uns zu Ethnopop. Wir berührten uns zu Ethnopop. Dann ein Lied von Madonna. *Just like a prayer*. Er berührte meinen Körper mit seinen Händen.

Überall. Zur gleichen Zeit. Sanft. Er konnte fantastisch küssen. Daniela Mercury. *Você abusou.* Er konnte fantastisch lieben. Inniglich. Ewiglich. Wahnsinnig.

Man sagt, dass man am südlichen Sternenhimmel in einer Nacht sehr viele Sternschnuppen sehen kann – mehr als an jedem anderen Ort der Erde. Ich habe alle gesehen. Jede. Einzelne. Verdammte. Sternschuppe. Dieser. Verdammten. Nacht. Funkelnd. Sprühend. Glühend. Leuchtend. Explodierend. Zwei davon berührten sich in einem kosmischen Feuerwerk, das sein Echo jenseits des Mars suchte und Venus liebkoste. Wir gingen zum Strand. Im Sand liebten wir uns ein weiteres Mal. Am übernächsten Tag musste er in die Hauptstadt – zum Arbeiten. Wir haben uns nie wieder gesehen."

„Wir reden immer nur über perfekte Liebe", sinnierte Beba. „Was war denn die dümmste Anmache, die du je erlebt hast?"

Ich habe mich nie getraut, es Caner zu erzählen. Aber dieses Wahnsinnshotel in Antalya hatte nicht nur eine Außenbar, sondern auch eine Clubbar. Die hatte ich am ersten Tag direkt entdeckt, vielmehr der Hotelmanager hat mir gesagt, dass diese Bar nur von Gästen benutzt werden darf, die ein Zimmer mit Meerblick gebucht hätten. Das hatte ich. Die Bar war auf einem Dach und man hatte von dort tatsächlich Blick aufs Meer. So saß ich dort den ersten Abend in den Subtropen. In der Ferne blinkten die Lichter von Antalya. Ich las einen Aufsatz mit dem Thema: *Kurze Überlegung, warum sich Jacques Derrida so lange beim Unwesentlichen aufhält.* Darin wird kurz und knapp mit Derridas Dissemination aufgeräumt. Ein spannendes Thema für einen Abend in den Subtropen, wenn in der Ferne die Lichter einer Stadt blinken und winken. Ich trank ein Bier. Auf Eis. Die Kälte nimmt das Herbe. Es kam in kleinen Gläsern. Viel Eis. Wenig Bier. Ich bestellte ein weiteres Bier.

Ich hatte Zeit, viel Zeit. Der Aufsatz war ja auch seitenreich. Nicht kurz.

Er: Auf Eis?

Ich: ¡Con Hielo!

Was bin ich doch polyglott. Ich hoffte, dass sich mit diesem verbalen Scharmützel die menschliche Kommunikation für die nächsten vierzehn Tage erledigt hätte. Still und heimlich schrieb ich auf den Bierdeckel, welche Qualen ich für die Mitbürgerin mit türkischem Migrationshintergrund bereit halte, sollte ich je mit Derrida fertig, diesem Hotel, den Subtropen und der Stadt in der Ferne entfliehen können. Ich bestellte noch ein weiteres Bier. Da war ja auch nix drin in dem Glas. Das genau war mein Fehler.

Er: ¿Con Hielo?

Ich: On the Rocks!

Was bin ich doch polyglott. Zufall entsteht erst im Kopf. Das bedeutet in der Konsequenz, dass das, was Zufall ist, wir allein bestimmen. Der Augenblick der Entscheidung ist dabei der Moment, der über gut und böse, Wohl oder Wehe entscheidet, also der absolute Wahnsinn. Eben der Flügelschlag des Schmetterlings in Kamerun, der einen Tropensturm entfacht, der über Tiefdruckschleppen im nördlichen Brasilien ein Haus umweht, in dem eine Frau Derrida liest, während ihr Mann den Abwasch erledigt.

Er: Ich kenne Derrida.

Ich: Persönlich?

Er: Ja. Er mag sein Bier mit einem Schuss Kaffeemilch.

Ich: Aha.

Sollte ich mir diesen Humor schön trinken? Und den Mann noch dazu, wenn ich schon mal dabei bin. Hatte ich irgendwo hinter oder über mir ein Schild übersehen mit der Aufschrift: „Diese Frau tut nur so, in Wahrheit ist sie leicht zu haben?“ Ich bestellte noch ein Bier.

Er: Noch was vor?

Noch was vor? Was sollte ich noch vorhaben? Derrida zu Ende lesen? Die Subtropen abholzen? Im Fernsehen zappen? Mich mit dem Goldfisch auf meinem Zimmer unterhalten? Ihr oder ihm einen Namen geben? Die sieben Cousins der Mitbürgerin mit türkischem Migrationshintergrund anrufen? Aufs Meer blicken? Bananenboote zählen? Oder einfach nur schlafen?

Ich: *Wie jetzt?*

Widerstand, heißt es bei Derrida, ist nicht das Vorwegbescheidwissen, denn woran sich ein Denken des Zufalls bemisst, ist nicht der Verweis auf die Gabe des Ereignisses als Geschehen des ganz anderen, sondern die Markierung der Kontingenz im Kontext des Gegebenen als Domäne des Kalküls. Versteht kein Mensch. Trifft aber zu. Denn:

Er: Ich heiße übrigens John!

Ich: John? Ist es wahr? John!

Ich hörte auf an der türkischen Riviera über den Zufall zu philosophieren und der Frage nachzugehen, wie ich wohl dorthin gekommen war, wie ich bin und wo ich war. Denn Kontingenz bedeutet die Beurteilung der Wirklichkeit vom Standpunkt der Notwendigkeit und der Möglichkeit her. Oder anders ausgedrückt: Alles kann, nichts muss.

Quintessenz: Wie viel Kontingenz gibt es eigentlich im Feminismus? Hat sich darüber schon jemand Gedanken gemacht? Ist Kontingenz für den Feminismus an sich überhaupt von Bedeutung? Oder ist der Feminismus an sich kontingent?

„Wie meinst du das? Zufall? Feminismus? Das wir alle per Zufall Feministinnen geworden sind? Oder dass die Machtfrage vor Urzeiten nur per Zufall dem Mann übertragen wurde?“, fragte Beba.

Wir schwiegen. Die Nacht war da. Dunkelheit. Kühle legte sich über den Park. Die Mitbürgerin mit türkischem Migrationshintergrund erzählte aus ihrem Leben. Sehr ausführlich und sehr vertraulich. Das respektiere ich an dieser Stelle. Beba trauerte der verpassten Chance nach, einem dieser barbrüstigen Jogger nachgejagt zu haben.

„In meiner Jugend, wenn nicht sogar noch Kindheit“, sagte Beba, „legte mir ein Jugendmagazin nahe, dass ich mit spätestens dreizehn Jahren mit meinem Freund geschlafen haben muss, um nicht als Mauerblümchen in der Cartland-Welt zu enden. Ich hatte richtig Panik, als ich merkte, dass ich wohl Vierzehn werden würde, ohne Sex zu haben. Ich habe damals echt gedacht, dein Leben ist vorbei! Du wirst eine alte, keifende Jungfer.“ Sie habe einem Doktor Sommer seitenlage Briefe geschrieben, in denen sie ihn bat, ihr ein Zeichen der Hoffnung zu senden. Er habe nie geantwortet.

Wir berichteten der Mitbürgerin mit türkischem Migrationshintergrund, wie es war, in den Achtzigerjahren in Westdeutschland aufzuwachsen und was das aus unserem Leben machte. Sie erzählte aus der Türkei.

Beba berichtete davon, dass sie kürzlich im Internet eine Seite einer amerikanischen Zeitung entdeckt habe, auf der man über einzelne Fotos abstimmen müsse, ob darauf eine lesbische oder eine deutsche Frau zu sehen sei. Die Mitbürgerin mit türkischem Migrationshintergrund bekam einen Lachanfall.

Das Licht der Großstadt zeichnete einen Silberstreif an den Horizont. „Wir müssen nochmals über Klamotten reden“, beschloss Beba. „Wenn wir den Feministinnen nur Wallawalla zugestehen, dann sollten wir uns auch die Mühe machen, über feministische Mode zu reden.“

Ich dazu: „Klischee: Wenn nicht Wallawalla, dann violette Latzhosen, Kurzhaarschnitt, Unterhemd aus der Herrenkollektion, kein BH.“ Beba: „Darf eine Feministin überhaupt Designerklamotten aus italienischen Schneidereien oder französischen Haute Couture-Häusern tragen, im Kleiderschrank haben?“

Ich: „Nein. Denn die Verweigerung der Mode macht einen Teil ihres feministischen Selbstverständnisses aus. Durch Ablegung aller modischen Etikette zeigt sie, dass sie auf Tüll und Tand keinen Wert legt, sondern nach den wahren Werten sucht. Und wenn dabei ein Bleistiftrock in Größe 42 rausspringt ist das eben so. Sie zeigt damit eindeutig, dass sie sich nicht einem Modediktat unterwirft, das zudem meistens von männlichen Designern ausgesprochen wird. Oder wie viele Modedesignerinnen kennt ihr?“

Mitbürgerin mit türkischem Migrationshintergrund: „Darf ich als Feministin ein Kopftuch tragen?“ Beba und ich: „Nein.“ Es sei schließlich ein Symbol für die Unterdrückung und Unfreiheit der Frau, führte Beba dazu aus. Die Mitbürgerin mit türkischem Migrationshintergrund konterte: „Aber ich ziehe es aus freien Stücken an. Es ist für mich ein Teil der Freiheit, die Euer Land, Euer Präsident mir versprechen und garantieren. Also?“

Wir einigten uns darauf, dass ein selbstbestimmtes Kopftuch dann okay sei, wenn es von einem italienischen Nobeldesigner sei. Denn das

Kopftuch gerate schließlich am aller wenigsten in Verdacht, sich der modischen Diktatur unterordnen zu müssen. Beba wollte dann wissen, ob es geschlitzte Kopftücher gäbe. Die Mitbürgerin mit türkischem Migrationshintergrund wusste es nicht, versprach aber, dies zu recherchieren und überhaupt uns Einblicke in die Kollektionen zu gewähren. Wir erörterten gleichzeitig auch das Schönheitsideal des Feminismus, so wie wir ihn kennen. Die Mitbürgerin mit türkischem Migrationshintergrund beschloss, dass Feminismus durchaus ohne Maske und Maskerade auskommen kann. Hielt aber ausdrücklich fest, dass sie ohne ihren Chanel-Lippenstift – Nummer Sechsundvierzig: *La Malicieuse* – nicht überleben könne. Beba wollte wissen, ob sie den Lippenstift auf das Kopftuch oder die Fingernägel abstimme. Und tatsächlich: Die Mitbürgerin mit türkischem Migrationshintergrund sucht den farblichen Einklang zwischen Kopftuch und Lippenrot. Alles andere widerspreche einem Mindestmaß an ästhetischem Empfinden.

Nächster Fragenkomplex: Dürfen oder müssen Feministinnen Bier trinken? Wenn sie es dem Mann als Optimum gleichtun möchten, dann müssen sie auch trinkfest sein. Aber muss dies unbedingt Gerstensaft sein. Die Mitbürgerin mit türkischem Migrationshintergrund gestand, dass sie sehr gerne alkoholfreies Weizenbier trinke. Sehr gerne auch aus der Flasche, was sie zur Feministin qua Trinkkultur mache. Ihre Siegesgewissheit machte den Park taghell. Um diese Uhrzeit.

Wir einigten uns auf eine Liste von Getränken, die in Frage kommen könnten: Champagner, Gin-Mixgetränke, dann Campari Sizilianisch, hin und wieder auch ein Bier, Rotwein, Weißwein, diverse Schnäpse, Kräuterlikör oder auch ein Magenbitter. Ausgeschlossen wurden Aquavit, Whiskey, Weinbrand und Wodka pur, aber auch ungarische Kräuterschnäpse. Ich berichtete, dass eine französische Champagnermarke nun Tüllen vertreibe, mit denen man das prickelnde Zeugs direkt aus der Flasche trinken könne und versprach diese zu besorgen. Die Tüllen kamen mit auf die Erledigungsliste.

Die Mitbürgerin mit türkischem Migrationshintergrund interessierte sich für die Sozialisation mit Alkohol und Sex und wie denn Eltern damit umgingen, wenn sie ihre Töchter besoffen antreffen würden oder herausfänden, dass die Töchter Sex hätten.

„Das mit dem Alkohol war nicht schlimm. Peinlich war vielmehr", erzählte Beba, „wenn deine Mutter plötzlich in der Disko neben dir tanzte, dir auf die Schulter tippte und sagte: ‚Fräulein, um Mitternacht ist hier aber Schluss für dich' oder andere Befehle oder bissige Bemerkungen über deinen Knaben und Tanzpartner."

„Oder über deinen Tanzstil. Das war schlimmer als Kritik an den Klamotten", ergänzte ich.

„Und Sex?"

„Unsere Mütter müssen auch irgendwann einmal geliebt haben. Alle drei!", fasste Beba zusammen.

Der Tee war alle, aber die Mitbürgerin mit türkischem Migrationshintergrund hatte genügend Reserven an Schaumwein und ließ uns gerne daran teilhaben. Hasen hoppelten über die Wiese. Nächstes Klischee: Feministinnen haben Katzen. Alle Feministinnen haben mindestens eine Katze.

Die Abstimmung unter uns ergab, dass dem wohl so sei. Ich dachte an die Haustiere meiner Familie in meiner Kindheit. Als pubertierendes Gör habe ich oft davon geträumt, einmal einen Panther als Haustier zu halten oder einen dieser Tiger von Siegfried und Roy. Aber einen Panther fand ich doch weitaus aufregender. Meine Eltern kompensiertes dies, in dem sie mir zwei Kaninchen anvertrauten. Das eine nannte ich Imelda Marcos. Das andere Indira Gandhi. Aus naheliegenden Gründen. Die beiden Karnickel erinnerten mich an die beiden Frauen und an die Weltrevolution und an die Skrupellosigkeit der herrschenden Klasse. Vom Aussehen her. Und vom Habitus. Ich bestand darauf, dass beide Häsinnen mit vollem Namen anzusprechen seien, was meinen Vater zur Weißglut brachte. Später stellte sich heraus, dass Imelda in Wahrheit ein Mann war. Meine Schwester hingegen hatte eine Katze, die Peter hieß. Peter. Wie einfallslos.

Imelda Marcos und Peter waren für mich später Beweise dafür, dass die Theorie von Frau Butler überhaupt nicht funktioniert. Nicht einmal im Tierreich. Nun können mir meine Kritikerinnen aus Pfandautomaten des Supermarkts entgegenhalten, dass es für die Butler'sche Theorie unbedingt Sprache brauche, so möchte ich erwidern, dass es auch nonverbale Kommunikation gibt. Imelda Marcos und Peter wurden entsprechend des ihnen suggerierten Geschlechts behandelt, erzogen, hin und wieder auch gekleidet. Ja, als Kind macht man sich keine Vorstellung von allen Theorien dieser Welt.

Es war Nacht. Ein leichter Wind zog durch die Baumwipfel. Sterne leuchteten. In der Ferne hupende Autos.

Die Mitbürgerin mit türkischem Migrationshintergrund: „Ihr Westlerinnen jagt immer Glücksversprechen hinterher. Hat das Leben außerdem noch einen Sinn für euch? Ist Glück eure wichtigste Prämisse im Leben?“

Stille.

„Was bedeutet oder was ist Glück für dich?“, fragte die Mitbürgerin mit türkischem Migrationshintergrund weiter.

Geld, Gold, ein geiles Leben – habe ich früher immer gesagt. Und heute stehe ich auch dazu, denn dieses Geschwätz von wegen „ein glückliches und zufriedenes Leben“, nun, daran glaube ich nicht mehr. Beziehungsweise hat die Erfahrung mich gelehrt, dass man doch sehr seines Glückes Schmied ist und die individuellen Vorstellungen von Glück so sehr voneinander abweichen, dass man anderen Menschen zwar Glück als solches, aber nicht ein bestimmtes Glück wünschen sollte. Gesundheit gehört auf jeden Fall auch dazu. Was aber den Sinn ausmacht? Das eigene Leben so zu leben, dass man mit Stolz und einem Lächeln auf seine Erfolge und Niederlagen, auf sämtliche Regentropfen im Gesicht, auf Bratpfannen und Diskonächte zurückblicken kann. Dass man in dieser Zeit seine Definition von Glück lebt und andere Menschen respektiert sowie der Umwelt mit Achtung begegnet. Oder ist es ein Glück durchs Leben zu kommen, zehn Minuten Ruhm inklusive und allzeit ein Lippenrot in der Handtasche?

Die Mitbürgerin mit türkischem Migrationshintergrund wurde grundsätzlich. So wie wir nur eine Sicht der Dinge kennen und gelten lassen würden und nur eine Lebensweise als richtig erachteten, hätten wir eben auch eine sehr eindimensionale Vorstellung von Weiblichkeit, die durchaus geprägt sei vom emanzipatorischen Aufbegehren der Siebzigerjahre. „Ihr sagt, die Welt ist bunt, das Leben rund. Beim Thema Frau und Fraulichkeit gibt es aber nur eine zulässige Sicht der Dinge, die alle Vielfalt verneint.“

„Was haben wir uns da nur herangezogen, Fauntella“, zischte Beba. „Eine Frau die uns durchschaut?!“

Es gibt durchaus andere Arten von Weiblichkeit. Auch in der sogenannten westlichen Welt, zu der wir Südamerika getrost zählen können. Im dortigen Machismo ist es durchaus üblich, dass Männer lange und ausgiebig Frauen hinterher pfeifen und Frauen eher beleidigt sind, wenn denn kein Pfiff oder kein anerkennendes Schnalzen kommt. „Das sollte sich ein Mann bei einer deutschen Frau erlauben!“, sagte die Mitbürgerin mit türkischem Migrationshintergrund. „Hier sind alle Frauen so wahnsinnig emanzipiert, beschweren sich aber, wenn ihnen der Mann nicht mit dem Koffer die Treppe zum Hotelzimmer hilft.“

Oder sie manifestieren ihren Grad der Selbstbestimmung darin, dass sie den Koffer selbst aufs Hotelzimmer schleppen können, auch wenn sie sich dadurch einen Bandscheibenvorfall einhandeln und drei Tage im Rollstuhl sitzen müssen – den sie selbstredend auch selber schieben. Dann sind mitteleuropäische Frauen richtig glücklich, emanzipiert und selbstentfesselt. Deutsche Frauen sind in dieser Beziehung besonders schlimm. Wohl weil sie die Emanzipation erfunden haben. Oder in gewohnter Perfektion umgesetzt haben.

Ein erstes Leuchten kündete den neuen Tag. Ich fragte in den frühen Morgen: „Habt ihr euch schon einmal gewünscht, ein Mann zu sein?“

„Ja“, antworteten beide im Chor.

14.
Weniger Drama. Mehr Königin der Nacht.

„Feminismus ist wirklich eine tolle Erfindung der Männer – und die dummen Frauen sind tatsächlich drauf reingefallen: Jetzt müssen sie selber morgens im Regen zur Arbeit, sich abrackern, eigenes Geld verdienen, nebenbei noch Mutter und Hausfrau sein, zum Stählen ins Fitness-Studio und dauernd hart drauf sein. Blöd gelaufen, oder!?“
Lizzy Aumeier

Beba, die Mitbürgerin mit türkischem Migrationshintergrund und ich stellten an einem Donnerstagabend fest, dass wir mit dem Feminismus fremdelten. Wir fanden einfach keinen Zugang zu den hehren Werken einer Judith Butler, Simone de Beauvoir konnten wir noch folgen. Wir haben Emma Goldman diskutiert und uns abends im Park zu einem Zwiegespräch mit Mutter Erde getroffen. Wir haben uns das Rollenbild der Frau im Rechtsextremismus angeschaut, nur angeschaut, und Blumen gepflückt. Beba hatte eine Boutique ausfindig gemacht, in der man feministische Mode zum kleinen Preis erstehen konnte. „Ohne anzuprobieren“, sagte sie. „Es gibt auch keine Schuhe in dem Laden und keine Handtaschen. Es ist ein durchgehend feministischer Laden mit Lichterketten in den Fenstern und Lampions an den Türen.“ Wir waren beim Töpferkurs in der Volkshochschule und bei einem männlichen Coach für feministische Kommunikation. Wir haben uns mit lesbischen Prostituierten unterhalten, waren auf schwulen Partys, lernten Drag-Queens mit bescheuerten Namen kennen, die uns erzählten, wie sehr sie das Elend der Welt ankotzte. Wir besuchten türkische Politikerinnen, die gerne Rotwein tranken, weil sie sich so hervorragend integriert hatten. Wir sind zum Männerkreis der katholischen Kirche gegangen und sind erst nach dreißig Minuten rausgeflogen, weil wir nicht an allem Schuld sein wollten. Wir haben uns die *Highland Games* als Weltmeisterschaften der Männlichkeit angeschaut und eine Fabrik für Landmaschinen besucht. Dazu gab es Schwarzwälderkirschtorte. Uns mit Altenpflegerinnen unterhalten und mit einer Mitarbeiterin bei der Müllabfuhr, haben Soldatinnen getroffen und wollten noch mit der Bischöfin reden. In einem schicken Franziskaner-Kloster haben wir Exerzitien mit Mönchen erlebt, haben mit den besten Sportlern im Voltigieren geplaudert. Wir haben eine Anfrage an das Internationale Olympische Komitee gestellt und keine Antwort bekommen, weil Beba wohl nicht genügend Briefmarken auf den Umschlag geklebt hat. Das hat mich und die Mitbürgerin mit türkischem Migrationshintergrund sehr traurig gestimmt, denn wir hatten doch schon auf eine Einladung für die Eröffnung der Sommerspiele von Tokio gehofft, bei denen das Synchronschwimmen in der Herrenklasse seine Premiere feiern wird.

Conclusio: Den Feminismus an sich gibt es nicht. Aber welchen Feminismus sollen wir dann leben?

Menükarte: Trilogie des Feminismus an Skatmousse und Haremskartoffeln im Orkan des Seins.

Beba: „Frauen können einfach nicht miteinander. Warum sollten sie dann gemeinsam Feminismus können?“

Mitbürgerin mit türkischem Migrationshintergrund: „Das ist ein Widerspruch, den wir auflösen müssen."

Ich: „Wollen wir es nicht einmal versuchen. Das ‚Miteinanderkönnen'?"

Mitbürgerin mit türkischem Migrationshintergrund: „Das wäre ein Versuch wert!"

Beba: „Wir drei können doch nicht einmal Doppelkopf miteinander spielen!"

Mitbürgerin mit türkischem Migrationshintergrund: „Das ist nicht regelkonform. Man braucht zum Doppelkopf vier Frauen!"

Ich: „Wissen wir drei denn überhaupt, welchen Feminismus wir denn haben wollen."

Mitbürgerin mit türkischem Migrationshintergrund: „Nein!"

Beba: „Wollen wir denn das überhaupt wissen?!"

Mitbürgerin mit türkischem Migrationshintergrund: „Nein."

Ich: „Also lebt jede ihren eigenen Feminismus und macht sich ihre eigenen Vorstellungen darüber, wir Geschlechtergerechtigkeit auszusehen hat. Wir ziehen nicht an einem Strang, sondern an vielen Fransen. Und am Ende vom Tage regen wir uns wieder darüber auf, dass Männer weiter, erfolgreicher, besser, stärker, geschminkter und ..."

Beba: „... bananenbootiger sind?"

Mitbürgerin mit türkischem Migrationshintergrund: „Wir könnten Skat spielen. Mit Ramsch!"

Beba: „Du kannst nicht einmal Skat ohne Ramsch!"

Mitbürgerin mit türkischem Migrationshintergrund: „Ich könnte es lernen."

Beba: „Mädels, dann lasst uns einen Skatabend machen. Ich bringe Bier und Schnaps mit."

Mitbürgerin mit türkischem Migrationshintergrund: „Oh, wie zuvorkommend!"

Beba: „Skat war deine Idee. Wir könnten auch fluchen wie Skat dreschende Berserker."

Mitbürgerin mit türkischem Migrationshintergrund: „Och, lasst uns doch lieber Bananenboot fahren!"

Ich: „Die Saison ist vorbei."

Mitbürgerin mit türkischem Migrationshintergrund: „Nicht in meiner Heimat."

Ich: „Dann nichts wie hin. Vorschlag: Ich fahre das Boot und auf der Banane sitzen alle deine sieben Cousins. Und es ist Nacht, tiefdunkle Nacht, wenn ich den Motor anlasse. Ein Sturm braut sich über dem östlichen Mittelmeer zusammen. Die Wellen türmen sich zu mannshohen Bergen und frautiefen Tälern auf – Frauen haben für gewöhnlich immer mehr Tiefgang. Schwimmwesten sind verboten und wer vier Runden überlebt – mit dem gehe ich in der Dunkelheit spazieren. Vier Schritte. Die sollten dann wohl überlegt sein!"

Beba: „Ich bin dabei!"

Mitbürgerin mit türkischem Migrationshintergrund: „Orkan kann nicht schwimmen. Orkan ist wasserscheu. Er geht immer bis zur Hüfte ins Meer und winkt. Davon erzählt er dann aber eine Woche lang."

Ich: „Jeder muss sein Opfer bringen. Es geht schließlich um die Weltrevolution. Da wird sich Orkan auch mal zusammenreißen können und müssen."

Mitbürgerin mit türkischem Migrationshintergrund: „Kann er wenigstens Schwimmhilfen bekommen?"

Beba: „Hüftreif oder Flügelchen?"

Mitbürgerin mit türkischem Migrationshintergrund: „Flügelchen!"

Ich: „Kein Mann zieht Schwimmflügelchen an!"

Mitbürgerin mit türkischem Migrationshintergrund: „Orkan schon!"

Ich: „Männer sind wesentlich lösungsorientierter. Vielleicht ist das unser Problem. Vielmehr: Der Stolperstein an dem sich die geschlechtliche Weltrevolution den Fuß verstaucht und die Zehen bricht."

Beba: „Du willst mir doch nicht weiß machen, dass Orkan Schwimmflügelchen anzieht, wenn er mit seinen Cousins Bananenboot fahren soll? Das macht der doch nicht wirklich! Noch dazu, wenn Fauntella das Boot steuert und wir beide kreischend am Strand stehen."

Mitbürgerin mit türkischem Migrationshintergrund: „Fauntella hat gesagt, dass sie nachts fahren würden, wenn es zappenduster ist. Dann sieht kein Mensch, dass Orkan Schwimmflügel trägt."

Beba: „Wie schwer ist Orkan?"

Mitbürgerin mit türkischem Migrationshintergrund: „Zu schwer!"

Beba: „Dann wird das Meer ihn nicht tragen."

Ich: „Aber Orkan wird doch allen erzählen, dass er todesmutig ohne Schwimmflügel auf das Bananenboot steigen wird. Was dann am Ende des Tages geschehen wird, wird Orkan nur seiner Mama anvertrauen, damit sie beruhigt ist und gut schlafen kann. Und dir natürlich. Damit du es uns erzählen kannst.“

Mitbürgerin mit türkischem Migrationshintergrund: „Ich werde es noch der Freundin von Orkan erzählen. Dann kann sie auch beruhigt sein und einen anderen Mann heiraten. Die zweite Wahl ihrer Eltern. Einen anderen Cousin. Dem machen wir auch ein Loch in die Schwimmärmchen.“

Beba: „Welcher deiner Cousins kann schwimmen?“

Mitbürgerin mit türkischem Migrationshintergrund: „Keiner.“

Beba: „Aber sich aufs Bananenboot drängeln.“

Ich: „Wenn das mal nicht typisch männlich ist. Drängeln. Hauptsache in der ersten Reihe sitzen und dann aber die Rahmenbedingungen ändern wollen und nach Schwimmhilfen schreien.“

Beba: „Ich möchte jetzt nicht biestig sein. Aber du hast sie auf dieses Boot gequatscht. Du hättest sie auch auf einen Jetski setzen oder zum Kamelreiten einladen können.“

Ich: „Und dann fällt mir noch eine Frau und die beste Freundin in den Rücken. Na, das ist ja ein feines feministisches Manifest.“

Mitbürgerin mit türkischem Migrationshintergrund: „Ich dachte, ich sei deine beste Freundin?!“

Ich: „Du bist meine beste Freundin mit Migrationshintergrund.“

Beba: „Jetzt werden aber die Pfade der politischen Korrektheit verlassen und sich im Dickicht der Versprechungen verlaufen, meine Liebe! Wer ist nun die beste Freundin und die beste Feministin? Wie in der Männlichkeit muss es doch auch im Feminismus eine Weltbestenliste geben. Wer ist denn nun die beste Feministin, beste Freundin?“

Ich: „Eben gerade wollten wir noch gemeinsam den Orkan im Meer ertränken und jetzt gehen wir uns an die Gurgel. Wissen nicht einmal, ob er gut aussieht.“

Mitbürgerin mit türkischem Migrationshintergrund: „Niemand hatte die Absicht, den Orkan im Meer zu versenken. Er sieht leidlich gut aus, wenn man auf südeuropäische Männer steht.“

Beba: „Und Madame wollte nicht mit dem Orkan spazieren gehen?“

Mitbürgerin mit türkischem Migrationshintergrund: „Nein. Madame hatte ja nicht den Weg zu den Sehenswürdigkeiten gefunden, sondern zog es vor in der Spießerwelt ihrer Hotelanlage zu bleiben, um mit dem Kellner rumzumachen. So etwas nenne ich Sextourismus.“

Ich: „Fräulein!!! Jetzt mal sachte!“

Mitbürgerin mit türkischem Migrationshintergrund: „Keine Sensibilität für fremde Kulturen, Sitten und Gebräuche, aber groß in Weltrevolution machen und mir was von Feminismus erzählen und Selbstbestimmung der Frau.“

Ich: „Ich vergaß. Du lebst ein selbstbestimmtes Leben. Durch und durch. Vollkommen und überhaupt. Und so selbstbefreit.“

Mitbürgerin mit türkischem Migrationshintergrund: „Ich bin glücklich.“

Ich: „Wo ist denn dein Mann heute Abend?“

Beba: „Im Café Harem in Neukölln. Er verdaddelt da sein Geld an allen Spielautomaten, die an der Wand hängen. Später wird er mit seinen Kumpels auf der Straße stehen und lauthals Randale machen.“

Mitbürgerin mit türkischem Migrationshintergrund und ich: „Woher weißt du denn das?“

Schweigen.

Mitbürgerin mit türkischem Migrationshintergrund: „Meine Ehe geht euch überhaupt nix an. Es gibt überall gute und schlechte Tage. Und bei uns gibt es zurzeit nur gute Tage."

Ich: „Im Café Harem in Neukölln?"

Mitbürgerin mit türkischem Migrationshintergrund: „Zurück zu Orkan. Ja, Beba, Orkan sieht gut aus. Er ist ein stattlicher Mann! Du bist doch auch unverheiratet!"

Ich: „Jetzt aber nochmals fürs Protokoll: Noch vor wenigen Minuten wolltest du Orkan im Meer los werden. Während einer Bananenboot-Fahrt im Kreise seiner Cousins und jetzt ist er gut genug für Beba? Verschacherst ihn regelrecht an meine beste Freundin ohne Migrationshintergrund, die sich gerade anschickt, den größten Fehler ihres Lebens zu machen, in dem sie sich der geschlechtlichen Weltrevolution verweigert. Aus purer Fleischeslust?! Wir müssen raus aus dieser Spirale und endlich rein in den Kampf für Gerechtigkeit zwischen den Geschlechtern und den Generationen."

Beba: „Okay. Wer besorgt das Bananenboot?"

Beba: „Können Löcher in Schwimmhilfen auch industriell produziert werden?"

Mitbürgerin mit türkischem Migrationshintergrund: „In meinem Heimatland schon!"

Ich: „Wir müssen zusehen, dass wir eine Ausrede haben falls man uns der Weltverschwörung bezichtigt und vors feministische Tribunal stellt. Also: Ich für meinen Teil werde den Weg zum Bananenboot nie und nimmer finden."

Mitbürgerin mit türkischem Migrationshintergrund: „Ich sehe im Dunkeln nichts!“

Beba: „Ich habe Angst vor Spinnen.“

Mitbürgerin mit türkischem Migrationshintergrund und ich: „???“

Beba: „An jedem Bananenboot kleben Spinnen.“

Ich: „Diese Boote werden jeden Tag durchs Wasser gezogen, da können keine Spinnen dran kleben.“

Mitbürgerin mit türkischem Migrationshintergrund: „Doch. So ganz Große. Mit Haaren an den Beinen.“

Ich und Beba: „Iiiiiiii“

Beba: „Apropos Haare. Hat Orkan Haare auf der Brust?“

Ich: „Das ist doch nicht wirklich ausschlaggebend. Wenn man verliebt ist, spielt es keine Rolle, ob da Haare sind oder nicht.“

Beba: „Wie war denn das bei deinen Männern? Landlord Heinrich Maria Donatus Graf von Rendleb-Langerburg? Caner?“

Ich: „Heini hatte wenige und Caner keine auf der Brust, weil er sich die rasierte. Im Gegensatz zu Spinnenbeinen sehen unbehaarte Männerbeine seltsam aus. Radfahrer sind unsexy. Verdammt unsexy. Vor allem die von der Tour de France.“

Mitbürgerin mit türkischem Migrationshintergrund: „Ha! Dann war Caner gar kein richtiger Türke. Der war bestimmt ein Grieche!“

Beba: „Gibt es bei der Tour de France griechische Fahrradfahrer?“

Mitbürgerin mit türkischem Migrationshintergrund: „Mit Griechen wollen wir nichts zu tun haben.“

Beba: „Wenn ein Grieche einen Platz auf dem Bananenboot beansprucht, werden wir ihm diesen nicht verweigern können."

Mitbürgerin mit türkischem Migrationshintergrund: „Und wenn die Türkei Mitglied in der Europäischen Union sein will, dann ..."

Ich: „ ... muss sie erst einmal sieben Runden auf dem Bananenboot der Nationen überleben! Da sind übrigens die Luxemburger Weltmeister."

Beba: „Es gibt Weltmeisterschaften im Bananenboot fahren?" Ich: „Es gibt für alles Weltmeisterschaften. Männer müssen ja stets herausfinden, wer der Größte überhaupt ist. Und wenn dann eine Zwergnation den Weltmeistertitel davon trägt, dann ist die Welt kurz vor dem Untergang."

Mitbürgerin mit türkischem Migrationshintergrund: „Jetzt lenkt nicht ab."

Beba: „Ich bin nicht hier um politische Themen zu diskutieren." Mitbürgerin mit türkischem Migrationshintergrund „Typisch für Westlerinnen. Immer schön alles passend machen."

Ich: „Wir könnten auch Schwarze Petra spielen!"

Später am Abend gewann Beba die Welttitelkämpfe in Schwarze Petra. Sie war eine würdige Weltmeisterin. Der Autokorso durch die Hauptstadt fiel ein wenig dürftig aus. Was wir als weiteren Beweis der Herabwürdigung der Frau werteten.

Nachrede:
Mehr Sie. Weniger Feminismus.

„Ein feministischer Burn-out ist mehr als eine temporäre Lustlosigkeit, mehr als angestauter Frust oder das Gefühl, in dem Moment keine Idee zu haben, wie es weitergehen soll. Es ist die Depression der Aktivistin – eine Enttäuschung und Erschöpfung, die so manchem Betroffenen den Aktivismus schon verleidet hat."
Teresa Bücker

Freitagmittag. Die Sonne scheint. Mir ist nach Bananenboot fahren.

Die Mutter meines Galans schaute mich mit einem Ausdruck an, der zwischen Verwunderung, Überraschung und Komplizenschaft schwankt. Doch es gilt die Contenance zu wahren. Ich sei doch eine gut situierte, belesene, intelligente, bodenständige Frau, mahnte sie. Den erhobenen Zeigefinger ließ sie in der dekorativen Meterware ihrer Übergardine mit Goldkante verschwinden. „Warum um alles in der Welt willst du jetzt Bananenboot fahren? Und was ist das überhaupt? Ein Bananenboot?"

„Ein Bananenboot ist ein überdimensioniertes Luftwassergefährt, das von PS-starken Motorbooten meist über Mittelmeerwogen oder andere subtropische Gewässer gezogen wird. Die Passagiere bestehen zu fünfundneunzig Prozent aus Frauen jüngeren Alters, die zwei Wochen des Jahres an eben einem Mittelmeergestade verbringen, sich dem Müßiggang hingeben und der Hoffnung, dass endlich, endlich etwas aufregendes in ihrem Leben geschehen möge. Diese Aufregung ist meist sexueller Natur, sei es mit dem mitgereisten Partner oder einem Mann, der gerne in der Dunkelheit spazieren geht. Das hochmotorisierte Boot wird ausschließlich von einem Mann gesteuert. Ziel der Fahrt ist es, dass die Damen auf dem Luftwassergefährt durch spontan wirkende, aber meist geplante Brems- und Wendemanöver ins Wasser fallen und ihre Hilflosigkeit demonstrieren, wenn sie bei den anschließenden Versuchen wieder auf die Banane zu steigen kläglich scheitern. Diese Versuche werden einerseits durch fehlende Kenntnisse in der Physik, andererseits durch suggerierte Dummheit vereitelt, was den bootsfahrenden Mann in seinen Allmachtphantasien und somit seiner Männlichkeit bestärken soll.

Es ist also eine Metaphorik über den Feminismus in der fair gehandelten, neoliberalen, postkommunistischen, dornenfreien Genderglücksgesellschaft. Eine zufällig vorgenommene Zuschreibung, die Art und Weise unseres Miteinanders bestimmt. Kontingent. Doch selbstbestimmt. Keine Frau wird unter Androhung von Waffengewalt oder aus einem nicht näher bestimmten Abhängigkeitsverhältnis heraus auf die Banane gequatscht oder gar gezwungen. Unter Androhung von Liebesentzug oder schlimmeren Dingen. Nein! Sie setzt sich freiwillig auf das Luftwassergefährt. Jede Frau weiß – sei es aus eigener Erfahrung, sei es durch Tradierung – dass der einzige Zweck des Platznehmens auf der Banane darin besteht, sich zum Gespött zu machen. Mehr noch: Die bananenbootfahrende Frau nimmt sogar eine Herabwürdigung ihrer Person in Kauf, die sie teilweise einkalkuliert, in dem sie besonders transparente oder schlecht sitzende Badekleidung trägt, die beim Aufsteigen auf das Bananenboot leicht verrutscht oder durchnässt ihre absolute Blöße freigibt. Die Frau auf der Banane wertet im Gegensatz dazu ihre Teilnahme an einer solchen Luftwassergefährtfahrt entweder als heroischen Akt der Selbstbefreiung, in dem sie sich selbst vorgaukelt, dass sie, indem sie möglichst weit vorne auf der Banane sitzt, dem Mann am Steuer ein Schnippchen schlagen könnte und den Ritt auf der Banane übersteht ohne ins Wasser zu fallen. Spätestens dann, wenn mitfahrende Frauen oder der lenkende Mann oder das Strandpublikum ihr das Gejohle verweigern, lässt sich auch diese Frau selbsthassend ins Wasser fallen, um sich beim Aufstieg besonders ungeschickt anzustellen, damit auch sie am Ende ihre zehn Minuten Sonnenglanz in Wassernässe abbekommt. Oder sie deutet ihre Mitreise auf der Banane als Ego-Feminismus, indem sie in der Situation genau das Theaterstück gibt, das von ihr verlangt wird. Dabei übersieht sie jedoch, dass sie nicht das Drehbuch der Szene geschrieben hat und wenig über aufkommenden Wellengang oder das Fahr-, Wende- und Bremsvermögen des Lenkers weiß. Das gesellschaftliche System wird selbstredend durch das Meer symbolisiert mit seiner ständigen Ebbe und Flut, gesteuert vom Mond, der sich nicht an den eigenen Kalender hält, und dem sich daraus ergebenden Wellengang. Es steht symbolisch für den aktiven Teil der Gesellschaft, der Höhen und Tiefen des Miteinanders bestimmt.

Das Strandpublikum ist die passive Gesellschaft, die wahrnimmt, tradiert, in dem sie an ihre Kinder und Kindeskinder das Zuschauen und das Urteilen über die Bananenbootgesellschaft weitergibt, wertet und am Schluss die Wertungstäfelchen zückt. Kommentare wie: ‚Hast du die Dritte von links gesehen, man ist die blöde, die ist ja noch zu dumm zum Bananenbootfahren' bestimmen dabei das weitere Schicksal der Passagierinnen und zementieren ihren Platz im sozialen Gefüge der Urlaubenden – und damit der Protagonisten der Gesellschaft.

Die Stigmatisierung nimmt ihren Anfang – sei es als ‚Das ist doch die Dritte von links' oder ‚Die war doch heute Mittag auch auf dem Bananenboot', woraus wieder Vorurteile und Klischees generiert werden, die zu einer Vorverurteilung führen können, wenn Bananenboot-Szenen gefilmt und anschließend in den sogenannten sozialen Netzwerken des Internets veröffentlicht, geteilt, gemocht werden, was dann auch völlig unbeteiligten Personen ein Urteil über ,die Dritte von links', ,die Frau auf dem Bananenboot', ,Frauen im Urlaub' oder ,Frauen' abverlangt. Das wird selten wertneutral ausfallen. Die Missachtung der Bedeutung und der Relevanz des Bananenbootfahrens für die Gesellschaft sollte den Frauen Anlass genug geben, das Bananenboot zu boykottieren, weil es ein subtiles Instrument männlicher Unterdrückung ist.

Deshalb fordere ich: Frauen aller Länder, vereinigt Euch! Zerstört alle Bananenboote! Befreit euch und lasst die Luft aus diesen Vehikeln!"

„Sie sind eindeutig zu viel Bananenboot gefahren! Es muss doch niemand Bananenboot fahren. Was ist das überhaupt für ein lächerliches Wort und noch lächerlicheres Gefährt. Wir sind selbstbewusste Frauen! Wir haben die Männlichkeit unserer Gesellschaft überwunden! Und Ihre Generation macht alles kaputt! Aber auch alles!", sagte die Mutter des Galans im Anblick der Kaffeetafel. Mit Buttercremetorte.

„Das Bananenboot ist ja nur ein Beispiel. Im übrigen taugen deutsche Binnenseen selten dazu, überhaupt eine Bananenboot-Rennstrecke zu unterhalten. Doch lassen sich unzählige vergleichbare Situationen beobachten und übertragen. Auf Schulhöfen, in Schwimmbädern, hier und dort und da. Dazu braucht es kein Bananenboot! Und der Feminismus schaut weg. Und stellt sich nicht den Tatsachen. Und erklärt diese auch nicht. Schlimmer noch: Die Feministin an sich beansprucht für sich auf jedwedem Bananenboot dieser Welt die Dritte von links zu sein! Noch dazu betrügt sich jede mitfahrende Frau selbst, indem sie wirklich glaubt, dass ein Ritt auf diesem Gefährt eine sportliche Betätigung und eine Ausflucht aus der Passivität einer Urlaubsreise sei. In Wahrheit verordnet sie sich diese Aktivität selbst und einzig aus dem Grund, einem Mann gefallen zu wollen oder ihm einen Gefallen zu tun. Sie bedient gesellschaftliche Schönheitsdiktate, denen sie sich – nach den Aussagen des Feminismus – gar nicht zu unterwerfen bräuchte. Stattdessen geht, nein rennt sie, zum nächsten Bananenboot-Anleger. Warum? Um es der Gesellschaft wieder Recht machen zu müssen? Weil sie gemocht, geliebt und gelobt werden will! Und wenn sie dabei ins Wasser fällt, ist ihr das vollkommen egal. Vollkommen.“

Die Mutter des Galans drehte sich um, wandte ihren Blick mir zu, ihre Mundwinkel zuckten, sie spitzte die Lippen, ein Sturmwind zog auf. Ich spürte es, der Gegenwind sollte heftig werden. Kurz vor dem Anschneiden der Buttercremetorte.

„Fräulein“, baute sie sich vor mir auf, „jetzt hören sie mir einmal gut zu! Sie! Und Ihre Mitfrauen! Sie! Sie haben den Feminismus verraten und kaputtgemacht. All das, was wir uns damals in den Siebzigern, im Internationalen Jahr der Frau erkämpft und erstritten haben, missbrauchen Sie heute, um ihre blanken Brüste ins Fernsehen zu halten und mit allerlei Dummheit Bücher zu schreiben und Karriere zu machen. Sie haben doch überhaupt keine Ahnung, kein Verständnis wie das ist, den Mann immer um Zustimmung zu bitten, ein Bankkonto zu eröffnen, eine Wohnung zu mieten, den Job zu kündigen – per Geschlecht ein Mensch zweiter Klasse zu sein. In eine Karriere als Hausfrau hineingeboren zu werden.

Was reden Sie hier von Bananenbooten? Wenn Ihre Schwestern im Geiste in knapper Kleidung hinter der Theke einer Kaffeerösterei oder einer Modefiliale oder eines Autoersatzteilhändlers stehen und mit ihren weiblichen Reizen schlechten Kaffee, billige Klamotten und überflüssige Felgen verkaufen. Dann hat der Feminismus sich selbst gerichtet. Dafür bin ich nicht, dafür sind wir nicht auf die Straße gegangen. Und dafür musste mein Sohn sich nicht als Schlüsselkind hänseln lassen! Dafür nicht!“

Ich antwortete, dass ich den Müttern und Großmüttern der feministischen Bewegung ja durchaus dankbar und in irgendeiner Weise ja auch verbunden sei. Dass diese Großartiges geleistet hätten und mehr als nur eine Straße nach ihnen benannt gehörten. Aber wir lebten ja schließlich im Jetzt und im Heute. „Und übrigens, machen sich diese von ihnen angesprochenen Damen selbst zum dummen August. Ich habe noch nicht erlebt, dass der Besitzer eines Kaffeeladens sie morgens in die Klamotten zwingt, die einfach viel zu eng sind und auch nicht sitzen.“

Nein, das erledigten diese Frauen selbst, aus eigenem Antrieb, nicht wegen der Männer, sondern wegen des Systems, des gesellschaftlichen und wirtschaftlichen, das ihnen erlaubt auf diese Art und Weise sich zur Ware zu degradieren und sich als solche feilzubieten – was nun beileibe kein Entschuldigungsmodell für Menschhandel und Zwangsprostitution sei – aber wenn eine Frau erkennt, dass sie unangestrengt zu einer Menge Geld kommt, in dem sie sich dumm stellt, sich Augenbrauen vertätowieren lässt und sich der hochdeutschen Sprache verweigert, dann macht sie das nicht, weil ein Mann sie dazu zwingt, sondern weil sie das System zu ihren Gunsten ausnutzt. Diese Frauen folgen dem System von Angebot und Nachfrage, das sicherlich irgendein schlauer Mann als Repressionsmaschinerie für Frauen erfunden hat. Sie machen das für sich und ihre Mittel Beste aus diesem System. Wir können sie dafür verdummen, wie der Feminismus alldiejenigen Frauen verdummt, die nicht in Wallawalla mit Mutter Erde kommunizieren. Brauchen wir aber nicht, wir können uns mit ihnen solidarisieren. Zum Beispiel. Könnte der Gerontofeminismus, der in den Siebzigern stehengeblieben ist, dies bitte einmal zur Kenntnis nehmen. Dass eine Frau kein rückständiges Dummchen ist, wenn sie sich nach einer Familie sehnt?! Etwas weniger Schublade und mehr bunte Vielfalt, bitte! Vor allem aber mehr Respekt für andere Lebensentwürfe. Von anderen Frauen."

„Sie wollen doch jetzt nicht mir und meinen Mitstreiterinnen vorwerfen, dass wir Borniertheit und Engstirnigkeit Tür und Tor geöffnet haben? Wir? In den Siebzigern?"

Die Mutter des Galans hob zu einer mehrminütigen Eloge über den Alltagsfeminismus vor und nach dem Internationalen Jahr der Frau an und zeichnete ein Bild des Gerontofeminismus – verstaubt und überkommen, fern aller Lebensrealitäten. Sie redete über den Befreiungskampf gegen die Unterdrückung durch den Mann, durch Kind und Kegel. Sie erzählte von den Abenden, an denen sie und ihre Mitkämpferinnen ihre Büstenhalter dem Feuer übergaben. Wir stolz sie war, dass sie endlich ein eigenes Bankkonto haben durfte, eine eigene Wohnung mieten konnte und wie sie den Führerschein Klasse Drei machte. Der Vater des Galans lächelte weise. Mehr machte er nicht. Dann kam sie zur tragenden Rolle der Frauen im Baader-Meinhoff-Terrorismus, den sie als Auflehnung gegen die Väter interpretierte.

Ich dazu: „Ja. Andreas war ein Hecht im Karpfenteich. Er verzichtete stets auf Unterwäsche, damit sein Po besser zur Geltung käme, und ließ sich dazu auch die Hosen enger nähen. Gudrun und Ulrike hatten nichts besser zu tun, als dahin zu schmelzen, wenn Herr Baader mit dem Hintern wackelte." Ja, die Geschichte und die Position der Frauen im Linksterrorismus. Selbstredend steht der Mann vorne. Baader-Meinhoff. Obwohl Ulrike dachte, während Andreas ballerte und Gudrun andere Pläne hatte.

„Sie haben überhaupt keine Ahnung. Überhaupt keine. Sie waren ja nicht einmal geboren. Zu der Zeit. Als wir die Straßen blockierten, gegen den Mann aufbegehrten!“

„Nein, aber sie sind beim historischen Feminismus stehen geblieben. Sie haben den Mann bekämpft, aber an das System haben Sie sich auch nicht ran getraut. Das sollen wir jetzt erledigen, mit ganz tollen Ratschlägen aus ihren Reihen. Ihre Generation ist auf halber Strecke aus dem fahrenden Emanzipationszug ausgestiegen, steht jetzt im Bahnhof und winkt mit weißen Taschentüchern, was wohl eher eine Kapitulationserklärung, denn ein Lebwohl-Winken ist. Wenn wir es heute wirklich mit dem System aufnehmen sollen, dann brauchen wir eine Revolution. Bereit dafür? Beba und die Mitbürgerin mit türkischem Migrationshintergrund sind es. Anna und Hanne sowieso. Aber wie sieht es mit Ihnen aus? Bereit den Speckgürtel der persönlichen Wohlfühlzone zu verlassen?“

„Wir haben bei Gott genug gekämpft! Und wie wir gekämpft haben! Schiss es uns gleichzutun?“

„Nein. Ich stehe meinen Feminismus jeden Tag. Beba und die Mitbürgerin mit türkischem Migrationshintergrund ebenfalls. Wir alle drei. Jede auf ihre Weise. Wir verdienen unser Geld, wir geben unser Geld aus, wir nehmen am Leben teil. Wir stehen ein für unsere Weiblichkeit, die sich nicht durch eine Feminismusdiktatur verändern lässt, sondern durch mehr Respekt. Rosen wollten sie alle, aber keinen Garten. Damals. Heute müssen sie dazu noch dornenfrei und fair gehandelt sein. Sie haben für ihr persönliches, weibliches Glück gekämpft, ich soll es nun für die gesamte Gesellschaft übernehmen?“

„Rosen? Meine Dahlien im Garten blühen übrigens so wunderschön. Vielleicht möchten Sie diese bewundern?!“

„Ach, Dahlien sind was für Kinder. Weil sie so schön perfekt sind. Gleichmäßig und gleichgültig. “

„Vielleicht doch einen Kaffee? Aber sicherlich ein Stück von der herrlichen Buttercremetorte!“

„Nur wenn auch diese fair gebacken wurde.“

Damit war der Feminismus beim Anblick von Dahlien im Zwist der Generationen gestrandet, wie weiland einem Bananenboot, aus dem die Luft herausgelassen wurde und das nun schlapp am Strand liegt und auf den kommenden Tag wartet, an dem es wieder Vehikel für die nächste Frauenriege sein wird – im Kampf gegen Wogen und Wellen gesellschaftlichen und individuellen Ungemachs.

Das Bananenboot-Theorem des real existierenden Feminismus zeigt, dass das Bananenbootfahren wie auch der Feminismus immer mit Aktion gleichgesetzt wird. Es gibt keinen Feminismus, der nicht die Aktion sucht, der still steht, der innehält, der reflektiert, sinniert, sich seiner selbst besinnt. Feminismus schreit immer nach großer Bühne, nach Aufmerksamkeit und Rampenlicht. Nach Diskussion, Gezeter und Mordio. Das mag gerechtfertigt sein, wenn es um die Lösung der großen gesellschaftlichen Probleme geht – und dazu gehört die Benachteiligung der Frau unbedingt und muss ganz oben auf dem Zettel stehen, auf der Erledigungsliste. Das braucht Aufmerksamkeit. Aber hin und wieder wären auch ein stiller Moment, ein Zuhören und eine etwas andere Sichtweise mit mehr Freiheitsgraden der Optionen angezeigt. Etwa wenn die beste Freundin konstatiert, dass der Ausflug auf dem Luftwassergefährt gar nicht so prall ist, man doch lieber den beiden Deppen zuschauen sollte, die versuchen Beachvolleyball zu spielen und dabei eine unheimlich schlechte Figur machen. Es braucht nicht immer die große Schwester, die der Wirtschaft erklärt, dass Frauen den gleichen Lohn für gleiche Arbeit bekommen sollten, sondern es braucht einen Schulterschluss unter Kolleginnen und ein Gespräch mit der Führungselite über Bezahlung, Arbeitsbedingungen und Annehmlichkeiten am Arbeitsplatz, über die Vereinbarkeit von Familie und Beruf.

So wie auf dem Bananenboot der Platz begrenzt ist, ist auch der Feminismus exklusiv. Sehr exklusiv. Zunächst einmal ist er ausschließlich den Frauen vorbehalten. Das mag einerseits gerechtfertigt sein. Aber Queer-Politik wird auch nicht nur von Schwulen gemacht, sondern auch von Heterosexuellen. Dem Feminismus wohnt eine seltsame Berührungsangst inne. Das mag vielleicht daher rühren, dass sich der Feminismus und seine Protagonistinnen sich ihrer eigenen Identität unsicher und im Unklaren sind. Es braucht mehr Männer in der Frauenpolitik. Unbedingt. Denn die Benachteiligung von Frauen in der Gesellschaft ist – wie gesagt – ein Problem der Gesellschaft als Ganze und nicht nur eines Teils der Gesellschaft. Man kann von Männern nicht Verständnis für die Sache einfordern und sie dann aus allem raus- und von allem fernhalten.

Doch die Exklusivität geht noch weiter und wird dann kontraproduktiv. Denn so wie auf dem Bananenboot nur Platz für eine begrenzte Anzahl von Personen ist, ist auch der Feminismus eine wahnsinnig exklusive Veranstaltung. Ein exklusiver Zirkel von Frauen, die einen geheimen Code erfüllen, das Losungswort kennen und jeder Weiblichkeit entsagen. Der Feminismus von heute ist eine akademische Veranstaltung geworden, in dem Bücher geschrieben werden, die kein Mensch versteht. Dann wird der Feminismus zum Erbpachthof. Etwa von Frauen, die Zeit haben, sich an x-beliebigen Wochentagen zur Buttercremetortenzeit mit einer gewichtigen Politikerin und deren Mutter zu treffen, um dann über den Fortgang der eigenen Karriere zu schwadronieren. Wirkliche Frauenpolitik, die diesen Namen verdient: Politik.

Für. Frauen. Diese wird dabei in den seltensten Fällen gemacht. Vielmehr wird darüber nachgedacht, wie der Zirkel seine Exklusivität steigern und die Ausgrenzung unter dem Deckmäntelchen des gemeinsamen Anliegens um Gerechtigkeit und Emanzipation verfestigt werden kann. Wer als berufstätige Frau mitten im Leben steht, ist raus aus dem Feminismus. Ebenso wie Frauen, die irgendwann die Entscheidung zugunsten einer eigenen Familie getroffen haben. Oder Frauen, die keine Zeit haben über die Ungerechtigkeit nachzudenken, sondern diese tagtäglich in irgendeiner Form erleben und sich damit arrangieren müssen. Für all diese Frauen interessiert sich der Feminismus so wenig wie seine Protagonistinnen. Schlechte Karte gezogen – zurück auf Los! Und dabei sind gerade diese Frauen, die sich mit ihren eigenen Lebenswirklichkeit arrangieren müssen, diejenigen, die mit Stil und Grazie aufs Bananenboot steigen und – wenn sie ins Wasser fallen – es im ersten Anlauf mit nicht weniger Stil und Grazie wieder zurück auf das Luftwassergefährt schaffen.

Dass sind auch die Frauen, die auf eine Quote pfeifen. Mit ganz viel Luft in den Lungen. Sie möchten ihre Stelle und ihre Stellung aufgrund ihrer Qualifikation erreichen, nicht aufgrund ihres Geschlechts. Sie möchten wegen ihres Wissens, ihrer Kompetenz und ihres Know-hows gehört werden, nicht wegen ihres Geschlechts. Sie möchten gleichberechtigt sein, nicht bevorzugt. Sie wollen das, was ihnen zusteht. Nicht weniger. Aber auch nicht mehr.

Es braucht also Solidarität, Stärke und Selbstbewusstsein. Einen Feminismus für alle Menschen, ob Frau, Mann, schwul, hetero, lesbisch, transgender oder transsexuell. Dann klappt das auch mit der Weltrevolution. In allen Facetten. In allen Ländern. In der heutigen und in der kommenden Zeit.

Es ist Zeit für einen neuen Feminismus. Eine Bewegung ohne Gallionsfigur im Medienrampenlicht. Ein Ruf nach einer Veränderung, die sich nicht mehr an dem Weltbild der Sechzigerjahre abarbeitet. Die Gesellschaft hat sich seit der damaligen Rosenblüte des Feminismus grundlegend verändert. Es gibt mehr Optionen, es gibt weniger Wahlmöglichkeiten. Es gibt mehr Netzwerke, es gibt weniger Solidarität. Das haben inzwischen alle mitbekommen. Nur nicht die Feministinnen an sich. Die verharren noch immer im Kalten Krieg der Geschlechter, kultivieren das Feindbild Mann und haben noch nicht bemerkt, dass die Mauer längst gefallen ist. Die Männer haben sich bewegt, verändert, sie haben ihr Männerbild aufgeweicht, sind zu Metrosexuellen geworden, um sich dann doch wieder Haare auf der Brust wachsen zu lassen. Nur die Walküren der Frauenbewegung halten anachronistisch an der Welt fest, die sie aus ihrer Krawallzeit kennen. Damit ist der Feminismus erstarrt und erkaltet. Eine Konserve. Ein Befund, der jetzt als Burnout verkauft und vertreten wird und sich in lächerlichen Sexismus-Debatten mit einem Aufschrei verläuft, der aber nur lahmes Geplapper alter Bekannten war, die endlich mal wieder ins Fernsehen durften. Wir leben in den Zehnerjahren eines neuen Jahrtausends. Die Gesellschaft rennt in eine perfekte Biedermeierisierung ihrer selbst und richtet sich gemütlich und behaglich in einer Doppelhaushälfte mit Carport ein. Dass darin auch ein bequemes Frauenbild zu Hause ist, verkennen die meisten Frauen – die sich im Elfenbeinturm von Weisheit und Wissenschaft wähnen oder mit Putzfrau (!) in einer schicken Wohnung im In-Kiez wohnen. Direkt neben dem Park.

Es ist höchste Zeit für einen neuen Feminismus, der sich nicht an der Welt der Männer als dem vermeintlich erstrebenswerten Optimum orientiert. Warum auch?! Frauen sind keine Männer: Warum sollten sie dann die besseren Männer werden wollen? Da können wir uns in noch so velen Hosenanzüge uniformieren. Und verlieren mit diesem Kostüm unsere eigene Identität. Unser weibliches Ich.

Bananenboote fahren auf dem Meer. Das kann Spaß machen.

„In meiner Jugend war das Leben selbst schon eine Herausforderung“, erklärte die Mitbürgerin mit türkischem Migrationshintergrund. Diese würde heute vielen Menschen fehlen. Also setze man sich auf ein Bananenboot oder binde sich ein Gummiband um die Beine und springe von einer Brücke. Beim nächsten Besuch in ihrer Heimat werde sie aber auf jeden Fall ans Meer fahren, um ein Bananenboot zu testen.

„Haben wir damit die Mitbürgerin mit türkischem Migrationshintergrund etwa für die Revolution und für den Feminismus verloren“, fragte Beba ängstlich.

„Vielleicht ist sie uns beiden blöden Westlerinnen auch Lichtjahre an Erkenntnis voraus. Sie macht ihr Ding. Kommt mit ihrem Partner klar und genießt das Leben.“

„Fauntella? Wo wollen wir Frauen eigentlich hin? Zu Uhura? Auf den Mond?“

„Ob es dort besser ist? Was haben wir denn hier oder was lassen wir zurück?“

Beba erzählte dann, dass sie fest daran glaube, dass wir uns auf eine geschlechterlose Gesellschaft zu bewegten, eine Gesellschaft in der alle Konturen verschwimmen und dann auch verschwinden würden. Es entstünde eine Gesellschaft, die alles Geschlechtliche ablege und überwinde. Die Reproduktion der Menschheit geschehe in einer gesellschaftlich, sozial, ökologisch wie ökonomisch vertretbaren Anzahl an Nachkommen. Männer wären abgeschafft, da Samenbänke ihre Funktion übernommen hätten, und die Gewerkschaft der Ultra-Feministinnen würde mit der Weltregierung darüber diskutieren, ob Frauen durch Inkubatoren ersetzt werden könnten. Sie sprach das gespenstische Szenario mit einer unheimlichen Seelenruhe aus.

„Davor habe ich aber Angst", gestand ich ein. „Es reicht doch durchaus aus, wenn Männer beispielsweise Avon-Produkte verkaufen dürfen, während sie Bananenboot fahren, das von einer Frau gesteuert wird. Über alle sieben Weltmeere."

Wohin aber geht denn die Reise? In welche Gesellschaft soll denn die Vornamen-lose Uhura in einer fernen und doch nahen Zukunft geboren werden? Welche Vorstellung hat der Feminismus von einer zukünftigen Welt? Hin und wieder fürchte ich gar keine, außer dass in dieser Welt Prosecco aus Wasserhähnen fließt, Frauen unter sich bleiben und das maskuline System durch ein feminines Konstrukt gleicher Güte und gleicher Schwäche ersetzen werden soll.

Feminismus darf aber nicht nur ein Machtkonstrukt sein. Er (sic!) muss die Gesellschaft verändern, voranbringen. Männer haben uns in die Misere zu Anbeginn des neuen Jahrtausends geführt, Frauen müssen das nun auflösen – gemeinsam mit den Männern, nicht ohne sie. Dabei dürfen sie aber nicht die gleichen Fehler wie das vermeintlich starke Geschlecht machen, sondern einfach die weiseren, schöneren, verzeihenden, bananenbootlenkenden Wesen sein. Wohlan!

Epilog

Was anschließend geschah.

Wochen und Monate später steuerten mein Galan und ich auf einen Lebensentwurf hin, den ich noch vor kurzem nicht in greifbarer, begreifbarer Nähe wähnte. Er fragte mich, ob ich seine Frau werden wolle und mich packte die Panik, ob ich dann noch eine Feministin sein könne, nun da ich mich daran gewöhnt hatte.

Seiner Mutter schenkten wir eine Woche Urlaub in Antalya. Bananenboot wollte sie nicht fahren. Traf sich aber mit dem Onkel der Mitbürgerin mit türkischem Migrationshintergrund, verpasste ihren Rückflug und unterhält nun einen schwunghaften Versandhandel für Bratpfannen mit Schnitzelklopfvorrichtung. Sie wurde von der örtlichen Polizei festgenommen, weil sie in einer mondlosen Nacht alle Bananenboote an der türkischen Riviera zerstört haben soll. Die Mitbürgerin mit türkischem Migrationshintergrund wertete das als Angriff auf die feministische Souveränität ihres Landes und ihrer Tradition. Der Vater meines Galans hatte eine Selbsthilfegruppe für feministische Männer gegründet und hinterzog Steuern.

Caner schickte mir eine Postkarte, dass er sich unheimlich für mich freue und mir freundschaftlich verbunden bleiben wolle. Der Galan nickte huldvoll mit dem Kopf. Wir trafen uns beim Italiener um die Ecke. Caner erwähnte seine Schwester mit keiner Silbe.

Über Landlord Heinrich Maria Donatus Graf von Rendleb-Langerburg bin ich hinweg gekommen. Oder auch nicht. Vielleicht doch. Aber nicht wirklich. Er hatte in der Zwischenzeit noch einen Volkshochschulkursus belegt zum Thema: „Wie piesacke ich Menschen, um in Erinnerung zu bleiben“ und zwar den für Fortgeschrittene: „Mensch ärgere dich als Form der Erinnerungskultur.“ Ich ging in eine Blumenhandlung und kaufte mir einen Strauß Dahlien, den ich bei einer Beerdigung einer mir unbekannten Person an einem Donnerstagnachmittag um halb drei ins Grab warf. Als stillen Gruß an den Landlord. Meine Art des Abschiednehmens.

Aus der Partei bin ich ausgetreten. Ich erkannte, dass dies nur eine menschenverachtende Institution ist, in der Werte im Grunde genommen keine Rolle spielen, sondern die ausschließlich dem Machterhalt und der Machterweiterung dient. Inhaltliche Komponenten sind dabei ein leidiges, leider nicht völlig vermeidbares Thema, das mit der Verteilung von Butterbrotdosen an Erstklässler erledigt wird. Menschen und die Gesellschaft an sich stören dabei nur.

Meinen Chef mag ich noch immer. Wir nehmen uns beide nicht so ganz ernst und kommen damit prima klar. Er hat einen herrlichen Humor und hat mir die Rituale des Penisvergleiches erklärt und wie dabei beispielsweise Pferdestärken in Zentimeter umgerechnet werden. Es gibt für alles eine Formel und eine Regel. Ich habe ihm das Geheimnis enthüllt, warum Frauen immer gemeinsam auf die Toilette gehen. Es sind letztendlich ähnliche Rituale ohne Sinn und tiefere Bedeutung.

Die Mitbürgerin mit türkischem Migrationshintergrund liebt ihren Mann trotz Zwang, Arrangement und Café Harem in Neukölln noch immer. Herzlich. Inniglich. Zu tiefst. Sehr. Sie ist schwanger und ich soll die Patin werden. Ich sei eine verantwortungsbewusste westliche Feministin geworden, mit deren Anspruchsdenken, Hedonismus und Allmachtsanspruch sie zwar nicht immer einverstanden sei, aber es sei ein Zeichen gegenseitigen Respekts an einer besseren Welt gemeinsam zu arbeiten, damit Kommunikationsoffizier Uhura endlich einen Vornamen bekäme. Sie teilt jedoch nicht das namenlose Schicksal mit jener fiktiven Person. Sie bestand nur immer darauf, dass sie für alle Frauen sprechen würde, die wie sie dächten. Daher wollte sie auf ihren Namen verzichten.

Beba tingelt durch die Weltgeschichte. Sie engagiert sich sehr für den Weltfrieden im Allgemeinen und das Regelwerk für Bananenbootfahren im Besonderen. Sie hat den Verband „Nationales feministisches Komitee für Bananenbootfahren“ gegründet und bemüht sich nun um die Aufnahme in die Olympische Familie. Alles für das Verständnis der Völker untereinander und bevorzugt von Frauen miteinander. Ich habe eine Verdienstmedaille gebastelt, die sie am kommenden Wochenende überreicht bekommt. Wir trinken dazu Grünen Tee. Ohne Schuss. Ihren Titel wird sie in drei Wochen verteidigen müssen. Für das Herrenteam haben wir meinen Galan, Canan und Landlord Heini nominiert. Mögen sie die Herausforderung annehmen.

Feministinnen entdeckten die Farbe Chartreuse, tingelten vom Maskulinismus getrieben durch die Welt und hinterzogen Steuern.

Mein Galan und ich sind glücklich. Wir begegnen uns auf Augenhöhe. Wir lieben und respektieren uns. Wir achten uns. Ich habe vorgestern einen Kurs „Ölwechsel – ein Kinderspiel. Auch für Frauen mit Profil“ bei Addi von der Tankstelle gehabt und er hat seine Bewerbung als Avon-Berater abgegeben.

Mein Galan sagte heute Morgen: „Ich. Liebe. Dich.“ Dann liebten wir uns. Innig, zärtlich, für immer und ewig und einen weiteren Tag. Er liebkoste mich. Er küsste mich. Er streichelte meine Brust und hielt inne. Dann tastete er und sagte:

„Du hast da was.“

Inhalt